El club del ACOLCHADO
del

Amish

WANDA E. BRUNSTETTER

inspiración para la vida

CASA PROMESA

Una división de Barbour Publishing, Inc.

Impreso ISBN 978-1-62836-686-0

Ediciones en eBook:
Edición Adobe Digital (.epub) 978-1-63058-019-3
Edición Kindle y MobiPocket (.prc) 978-1-63058-020-9

Fotografía de la portada: Bradon Hill Photos

Fotografía de la portada interior: Doyle Yoder Photography

Un agradecimiento especial a la tienda Little Helpers Quilt Shop por permitirnos utilizar sus acolchados y vestuarios.

Para mayor información acerca de Wanda E. Brunstetter, por favor, ingrese al sitio de la autora en la siguiente dirección de Internet: www.wandabrunstetter.com

Publicado por Casa Promesa, P.O. Box 719, Uhrichsville, Ohio 44683, www.casapromesa.com

Nuestra misión es publicar y distribuir productos inspiradores que aporten un valor excepcional y que fomenten la lectura de la Biblia en las personas.

PRÓLOGO

Shipshewana, Indiana

Las manos de Emma Yoder temblaron cuando un único pensamiento se disparó en su cabeza: "¿Y si me va mal?".

Se acomodó en una silla a la mesa de la cocina y bebió de su taza de té de manzanilla, esperando que este calmara sus nervios alborotados. Cuando le dio una mirada al reloj a batería colgado en una pared alejada y se dio cuenta de que eran las 9:45 a.m., se le endureció el estómago. En media hora estaría comenzando a enseñar su primera clase de confección de acolchados —y a personas a quienes nunca había visto—. Con algunos había hablado por teléfono, pero otras reservaciones habían sido hechas por familiares de los que asistirían.

Emma había confeccionado varios acolchados para vender en consignación en una de las tiendas de acolchados locales y les había enseñado a varios miembros de su familia cómo coserlos. Pero enseñarles a extraños iba a ser diferente. Los inscriptos en su curso de seis semanas podrían ser de cualquier condición social. ¿Entenderían todo lo que les enseñe? ¿Sus instrucciones serían lo suficientemente claras? ¿Cuando terminen las clases, ¿sería capaz de conseguir más alumnos? Todas estas preguntas rondaban su cabeza, pero se negó a permitir que la duda la invadiera.

La puerta trasera se abrió, lo que puso fin a sus pensamientos. Su hija, Mary, que recientemente había cumplido treinta y dos, entró en la habitación y olfateó el ambiente.

—Mmm... ¿Huelo galletas de mantequilla de maní? —preguntó Mary, mientras movía la silla que estaba junto a Emma y se sentaba.

Emma asintió.

—Preparé algunas docenas esta mañana. Estoy esperando la última hornada. —Se dirigió hacia la reja de enfriar, repleta de galletas frescas—. Planeo servirlas en mi clase de confección de acolchados, pero toma algunas si quieres.

—No, gracias. Todavía estoy satisfecha del desayuno. —La frente de Mary se arrugó—. ¿Estás segura de que realmente quieres hacer esto?

En un esfuerzo por ocultarle a Mary cuán ansiosa se sentía, Emma sonrió y dijo:

—*Ia*, estoy segura. Aprender a confeccionar acolchados les dará a mis estudiantes la oportunidad de crear algo hermoso y duradero. —Tomó otro sorbo de té, permitiendo que el delicado sabor de la manzanilla rodara por su lengua para luego calmar su estómago inquieto—. Quizá luego de que mis alumnos aprendan las cuestiones básicas de la confección de acolchados y hagan un pequeño tapiz, quieran probar algo un poco más grande.

Emma se sentía más optimista a medida que hablaba. Pensar en compartir su amor por los acolchados le dio una sensación de entusiasmo y un propósito.

Mary abrió la boca para decir algo más, pero la llamada a la puerta la interrumpió.

Emma saltó y casi tira su taza de té.

—Debe de ser uno de mis alumnos. Es seguro que ninguno de nuestros amigos o familiares usaría la puerta principal.

—¿Quieres que abra yo? —preguntó Mary.

—*Ia*, por favor. Condúcelos hacia mi salón de costura, que apenas saque las galletas del horno estaré allí.

Mary, algo dudosa, apartó la silla de la mesa y salió de la habitación.

Emma abrió la puerta del horno y echó una mirada. Las galletas tenían un dorado hermoso, una forma perfecta y olían tan bien como se veían. Se colocó el guante, tomó la bandeja para hornear y rápidamente traspasó las galletas a la reja de enfriar.

Al salir de la cocina, casi choca con Mary.

—¿Están aquí mis alumnos? —preguntó Emma.

—*Ia*, pero mamá, ¿estás realmente segura de que quieres dar esta clase de confección de acolchados? —El rostro de Mary estaba enrojecido y los ojos reflejaban una preocupación evidente—. Digo, podrías reconsiderarlo cuando veas que...

—Por supuesto que quiero dar la clase. —Emma le dio a Mary una palmadita en el brazo—. Ahora ve a casa con tu familia. Hablaremos más tarde y te contaré cómo resultó todo.

—Pero, p–pienso que deberías saber que...

—No te preocupes, Mary. Estaré bien.

Mary dudó, pero le dio a Emma un abrazo.

—Ven a buscarme si necesitas ayuda —dijo mientras salía a prisa por la puerta trasera.

Luego de tomar aire rápidamente, Emma entró a la sala de costura y se detuvo. Un hombre y una mujer que parecían tener alrededor de 35 años estaban sentados en dos sillas plegables y se miraban con el entrecejo fruncido. A la izquierda de la pareja estaba sentaba una mujer afroamericana de mediana edad con cabello corto y rizado. A la derecha, un hombre hispano de apariencia agradable cargaba una bebé en su regazo.

Frente a este grupo estaba sentada una joven que vestía una sudadera negra con la capucha cubriéndole la cabeza. Los ojos mostraban rebeldía, acentuada por su oscuro maquillaje negro. A la izquierda de la joven estaba sentado un hombre corpulento con varios tatuajes y un pañuelo negro de motociclista en la cabeza.

Algo abrumada, Emma se tomó del borde de su máquina de coser para sostenerse y pensó: "¡Ay de mí! Con razón Mary se veía tan alterada. Qué variedad de personas inesperadas han venido hoy aquí. ¿En qué me he metido?".

Capítulo 1

Tres semanas antes

Cuando Emma entró en la espaciosa sala de costura que su último esposo había agregado a la casa, la invadió un sentimiento de nostalgia. Ivan había fallecido hacía trece meses después de un infarto masivo. Emma todavía extrañaba su alegre sonrisa y su forma de ser llevadera, pero continuaba con su vida: se mantenía ocupada en el jardín y los canteros, trabajaba en varios proyectos de confección de acolchados y, por supuesto, pasaba tiempo con su amada familia. Sin embargo, lo que le molestaba era tener que depender tanto de sus hijos e hijas mayores. Mary y su familia vivían en la propiedad contigua y, desde la muerte de Ivan, la habían estado ayudando con los numerosos quehaceres, sin mencionar la contribución de dinero para sus obligaciones económicas. Pero Mary y su esposo, Brian, tenían cinco hijos que mantener, y la hija mayor de Emma, Sarah, que vivía en LaGrange, Indiana, tenía ocho. Los hijos de Emma, Richard y Ethan, se habían mudado junto a sus familias a Oklahoma dos años antes, y cada uno tenía dos niños y cuatro niñas respectivamente. Todos los hijos e hijas de Emma le habían estado dando dinero, a pesar de que a ninguno le sobraba. Emma había vendido solo unos pocos acolchados últimamente, por lo que, con la esperanza de ganar suficiente dinero para mantenerse por sí misma, había colocado hacía dos semanas algunos anuncios en periódicos locales y varios carteles en tablones de anuncios del lugar, en los que ofrecía lecciones de confección de acolchados en su casa. Hasta el momento, solamente había recibido una respuesta, la de una mujer que quería reservar un lugar para su nieta. Pero Emma tenía la esperanza de que llegarían más reservaciones.

Dejando de lado sus pensamientos, Emma se sentó en su máquina de coser para comenzar a ensamblar un camino para la mesa. Las costura le brindó sensación de paz y satisfacción, y mientras movía el pedal con ritmo, comenzó a tararear. A pesar de que varias mujeres amish del lugar habían comenzado a utilizar máquinas de coser a batería, Emma prefería coser a la antigua, como lo habían hecho su madre y su abuela. De todos modos, también tenía una máquina a batería, que prestaría a sus alumnos cuando les estuviera enseñando a confeccionar acolchados. Además planeaba pedirle prestada a Mary una de sus máquinas de coser.

Emma llevaba poco tiempo cosiendo cuando escuchó que se abría la puerta trasera.

—¡Aquí estoy! —dijo en voz alta, sabiendo que posiblemente fuese Mary.

Así era, Mary entró en la habitación.

—Brian se fue a trabajar a la fábrica de remolques y los niños recién salieron hacia la escuela, así que estoy libre para ayudarte a sacar la maleza del jardín o de los canteros.

—Aprecio el ofrecimiento —dijo Emma—, pero planeaba coser algo hoy. También quiero organizar todo lo que necesitaré para cuando comiencen mis clases de confección de acolchados.

La frente de Mary se marcó con unas pequeñas arrugas mientras se

sentaba en una de las sillas plegables cerca de la mesa en la que Emma solía cortar materiales.

—¿Estás segura de que quieres hacer esto, mamá? ¿Y si nadie responde?

Emma se encogió de hombros.

—No me preocupa. Si el buen Señor quiere que tenga un ingreso adicional mediante las clases de confección de acolchados, entonces Él me enviará alumnos. Estoy confiada, expectante y esperanzada, lo cual para mí son hebras de hilo entrelazadas que forman puntadas resistentes.

Los labios de Mary se comprimieron mientras se enroscaba en el dedo las cintas que sostenían su rígida cofia blanca.

—Desearía tener tu fe inquebrantable, mamá. Siempre estás segura de las cosas.

—Simplemente intento poner mi confianza en el Señor. Recuerda, Hebreos 11:1 dice: "Ahora bien, la fe es la garantía de lo que se espera, la certeza de lo que no se ve". —Emma sonrió, sintiéndose más confiada a medida que hablaba—. Pienso que Dios me dio la idea de enseñar a confeccionar acolchados y, si mis elecciones y deseos son Su voluntad, entonces todo saldrá como debe ser. Y si por alguna razón nadie más se inscribe en las clases, pondré otro anuncio en el periódico.

Mary se inclinó y los dedos recorrieron el contorno del hermoso acolchado de anillos entrelazados que estaba plegado sobre uno de los estantes de madera. Emma planeaba regalárselo a la hija de una amiga que se casaría ese otoño, y ya estaba casi terminado.

—Haces un trabajo tan delicado, mamá. Gracias a tu paciente enseñanza, todas las mujeres de nuestra familia han aprendido a confeccionar acolchados, y estoy segura de que las niñas más jóvenes también aprenderán de ti.

Emma volvió a accionar el pedal mientras ensamblaba otro trozo de género al camino que ya estaba tomando una forma hermosa.

—Me da placer enseñar a los demás, y si enseñar a confeccionar acolchados me genera un ingreso para que no tenga que depender de mi familia para todo, entonces mucho mejor.

—En las familias todos se ayudan entre sí —le recordó Mary—. Y no nos molesta para nada porque te amamos.

—Yo también los amo y aprecio toda la ayuda que me han dado desde que tu padre murió, pero me siento culpable al quitarles el dinero cuando ustedes tienen familias jóvenes que mantener. Realmente quiero valerme por mí misma si es posible.

—Si estás decidida a no dejar que te ayudemos económicamente, entonces supongo que podrías considerar volver a casarte. Creo que podrías gustarle a Lamar Miller y, por lo que he visto, considero que podría ser un buen...

Emma levantó la mano.

—Por favor, ni lo digas. Amé mucho a tu padre, y no tengo el menor interés en casarme otra vez.

—Puede ser que te sientas así ahora, pero algún día podrías sentirte diferente. Lamar es un viudo solitario y no creo que vaya a esperar una eternidad para encontrar a otra dama.

—Yo no le estoy pidiendo que espere. Quizá se interese en Clara Bontrager o Amanda Herschberger. Pienso que cualquiera de ellas podría ser una buena esposa para Lamar.

—¿No estás para nada interesada en él?

Emma sacudió la cabeza.

—Bueno, estoy segura de que le atraes. Por algo es que no hace más que unas pocas semanas que se mudó aquí desde Wisconsin para estar cerca de su hija y comenzó a visitarte.

—Lo sé y espero que deje de hacerlo. —Emma miró a Mary por sobre sus anteojos de armazón metálico, que usaba para leer y para trabajos de cerca—. Es hora de un nuevo comienzo, y estoy entusiasmada por empezar a dar mis clases de confección de acolchados. Lo cierto es que no puedo esperar para ver a quiénes pone Dios en mi camino.

CAPÍTULO 2

Goshen, Indiana

El aullido lúgubre del perro del vecino hizo que Ruby Lee Williams se retorciera. El irritante beagle había estado así durante toda la mañana y le estaba crispando los nervios. Por supuesto, todo parecía molestarla esos días: que suene el teléfono, que llamen a la puerta, que haya largas filas en el mercado, que el televisor esté a un volumen alto. Incluso algo simple como el zumbido constante del refrigerador podía alterarla.

Ruby Lee se sirvió una taza de café, tomó el periódico matutino y se sentó a la mesa de la cocina, decidida a concentrarse en otra cosa que no fuese el perro de al lado, que ahora alternaba sus aullidos ensordecedores con ladridos bulliciosos. Era eso o correr hasta la casa de los vecinos y exigir que hagan algo con ese chucho.

—Pero eso no sería muy amable —murmuró. Durante las últimas dos semanas, los Abbot habían asistido a la iglesia a la que servía de pastor el esposo de Ruby Lee, Gene, y no quería decir o hacer nada que pudiese alejarlos. Ya era suficientemente malo que Ruby Lee sintiera ganas de escapar.

Dentro de la casa que acababan de comprar, todo estaba finalmente en su lugar luego de haberse mudado un mes atrás de la casa pastoral que era propiedad de la iglesia. Tanto Ruby Lee como Gene estaban cerca de los cincuenta y, pensando en una casa en la que se retirarían, habían decidido que una propiedad de una planta sería lo más práctico. Pero se enamoraron a primera vista de esta antigua casa de ladrillos, a pesar de que tenía dos pisos y que tendrían que subir las escaleras para llegar a la habitación. Comparada con las propiedades que habían visto durante los meses de invierno, resultaba difícil dejar pasar un lugar en tan buenas condiciones y a un precio tan razonable. La casa era sólida, y las habitaciones estaban pintadas en colores frescos, alegres; sin mencionar los pisos de madera que brillaban como una cancha de baloncesto. Ruby Lee quedó impresionada con las grandes ventanas que tenía toda la casa y los asientos que habían construidos junto a la mayoría de las habitaciones. Con la excepción de la cocina y de los dos cuartos de baño, podía sentarse en cualquiera de las habitaciones y disfrutar contemplando los diferentes sectores del jardín. Tanto el césped del jardín delantero como del trasero estaba cortado prolijamente y los canteros no tenían maleza, al menos por el momento. Con la excepción del perro de los vecinos que a veces se volvía ruidoso, esta casa era perfecta para las necesidades suyas y de Gene. Ahora, si todo lo demás en sus vidas pudiese estar en su lugar tan bien como habían sido la mudanza y el desempaque, Ruby Lee finalmente podría relajarse.

Esta mañana, Ruby Lee le había enviado un correo electrónico a su amiga Annette Rogers, que vivía en Nashville. Su intensión había sido liberar su alma, pero terminó enviándole un mensaje casual, en el que le preguntaba cómo estaban Annette y su familia y mencionaba el hermoso clima primaveral que estaban teniendo en el noreste de Indiana. Ruby Lee había acompañado a Annette cuando había atravesado por un cáncer de mama cinco años atrás, pero ahora las cosas iban bien en la vida de su amiga y Ruby Lee no quería sobrecargar a Annette con sus propios problemas. Además, esperaba que los asuntos que estaban enfrentando en la iglesia se resolvieran pronto.

"Quizá solo necesito distraerme —pensaba—. Algo más aparte de dirigir el coro, tocar los himnos y estribillos cada domingo y liderar el ministerio de las mujeres. Lo que necesito es hacer algo divertido fuera de la iglesia".

Ruby Lee buscó la sección de anuncios del periódico, revisó algunas columnas y se detuvo al ver un aviso pequeño que ofrecía clases de confección de acolchados. "Hmm... Me pregunto si esto es algo que debería hacer. Podría hacer un acolchado para uno de nuestros inválidos mayores o tal vez algún tapiz de pared para nuestra casa. Ahora que todas las cajas están desempacadas y que he arreglado las habitaciones, necesito algo —lo que sea— para alejar mi mente de los problemas de la iglesia".

—✦—

Elkhart, Indiana

—Hola, mi dulce —dijo Paul Ramirez a su hija de nueve meses, Sophia, mientras la cargaba desde la guardería Loving Hands hasta la camioneta—. ¿Fuiste una buena niñita hoy?

Sofía lo miró con sus grandes ojos color café y sonrió.

—Pa-pa-pa.

—Claro que sí, soy tu papá y te amo mucho. —Paul sonrió. Sabía que Sophia todavía era pequeña para hablar y pensó que probablemente lo estaba imitando porque él le decía *Papá* muy a menudo. Pero también, de acuerdo con lo que había leído en su libro del bebé, algunos niños comenzaban a decir algunas palabras a corta edad.

Paul abrió la puerta trasera de la camioneta y aseguró a Sophia en su butaca. Luego le entregó a la pequeña su gatita de felpa preferida y dio la vuelta hasta el sitio del conductor. Con apenas unas pocas semanas más de clases antes del receso de verano, Paul esperaba el momento en el que estaría libre de sus alumnos de segundo grado. Podría pasar más tiempo con Sophia y también con sus cámaras. Quizás iba a poder combinar las dos cosas. Tal vez, cuando llevara a Sophia a pasear en su carriola al parque, vería toda clase de oportunidades para tomar fotografías. También sería bueno no tener que preocuparse por quién cuidaba a Sophia mientras estaba dando clases. Serían ellos dos solos pasando tiempo de calidad juntos.

Paul tragó el nudo que tenía en la garganta. "Si la madre de Sophia estuviese viva aún, seríamos los tres disfrutando juntos el verano", pensó. Hacía seis meses que Lorinda había muerto. Todos los días extrañaba ver su hermoso rostro y oír su hermosa voz. De todos modos, por el bien de Sophia, había resuelto sacar lo mejor de la situación. Gracias a su fe en Dios y al apoyo de su familia y amigos, hasta ahora se las había arreglado para salir adelante bastante bien, a pesar del dolor que sentía por la pérdida de su amada esposa. Lo más difícil era dejar a Sophia en la guardería todos los días. Esa mañana, cuando la había llevado, en el instante en que él había empezado a caminar por el aparcadero, ella había comenzado a llorar. Para cuando habían llegado al edificio, Sophia lloraba muy fuerte, el frente de la camiseta de Paul estaba húmedo por las lágrimas, y era todo lo que él podía hacer para no llorar también. Casi le rompe el corazón dejarla así. Deseaba poder estar con ella todo el tiempo, pero simplemente no era posible.

Paul esperaba pasar esa noche junto a su hermana, María, y a su familia. María había invitado a Paul y Sophia a cenar junto con ellos, y él estaba seguro de que cualquier cosa que ella preparara sería mucho mejor que lo que él pudiese improvisar.

Para el momento en que Paul llegaba a la entrada para autos de

la casa de María, su estómago había comenzado a quejarse. No había ingerido mucho en el almuerzo y estaba más que dispuesto a una comida sustanciosa. Si no fuera por las habituales invitaciones a cenar de María, casi habría olvidado cómo sabe una comida casera.

Cuando ingresó al acogedor hogar de su hermana unos minutos después, fue recibido por un aroma tentador que provenía de la cocina.

—Mmm... Aquí hay algo que huele terriblemente bien —dijo, mientras ubicaba a Sophia en la silla alta que María había comprado para que la usara la bebé cada vez que fuera a comer.

María giró junto a la estufa y sonrió, y los ojos oscuros revelaron cuán profundo era su amor.

—Comeremos enchiladas esta noche. Las hice para ti.

Paul la abrazó.

—Sé que ya lo he dicho antes, pero eres tan buena cocinera, María. Tus enchiladas son las mejores. Todo lo que puedo decir es *thank you* por invitarnos a Sophia y a mí a cenar esta noche.

—Es un placer. —María palmeó la cabeza rizada y oscura de Sophia—. No falta mucho para que deje la comida de bebé y comience a disfrutar las enchiladas, tamales y otros de nuestros platillos favoritos.

Paul asintió.

—Si lo sabré yo. Está creciendo demasiado rápido.

—Así son los niños —dijo Hosea, el esposo de María, mientras entraba a la cocina, seguido por tres niñas—. Solo mira a nuestras *girls*. —Señaló a Natalie, Rosa y Lila, de cuatro, seis y ocho años—. Parece que fuese ayer que les cambiábamos los pañales.

El rostro de Lila se enrojeció mientras hundía la cabeza.

—Ay, papá, no deberías hablar así de nosotras y los pañales porque no los usamos más.

—Es cierto —coincidió María—. ¿No ves que estás avergonzando a nuestras muchachas?

—Pero... no deberían avergonzarse frente a su tío Paul —dijo Hosea con una risita.

María le entregó una fuente colmada de enchiladas y él la colocó sobre la mesa.

—Sabes, Paul, tienes toda la razón cuando dices que María es una buena cocinera. Siempre le ha gustado pasar tiempo en la cocina, así que apenas la conocí supe que sería una buena esposa. —Hosea le guiñó un ojo a María, y ella le golpeó el brazo juguetona.

—A Lorinda también le gustaba cocinar. —Paul apretó la garganta. Ver a Hosea y María juntos y pensar todo lo que extrañaba a su esposa casi lo hace llorar. Incluso en una velada placentera como esa, era difícil dejar de pensar cómo había muerto Lorinda luego de que un camión embistiera su auto. Paul solo había tenido golpes y heridas leves como resultado del accidente, pero el lado del acompañante había recibido todo el impacto, lo que provocó que Lorinda tuviera heridas internas graves. Había muerto en el hospital unas pocas horas después, y Paul quedó solo para criar a su hija. Afortunadamente, la bebé no había estado con ellos esa noche. María había estado cuidando a Sophia para que Paul y Lorinda pudieran tener una salida para ellos solos. Habían cenado de maravillas en Das Dutchman en Middlebury y habían planeado hacer algunas compras de regreso a su casa en Elkhart. Eso nunca sucedió.

—Paul, ¿escuchaste lo que dije? —María le dio una suave palmada en el brazo.

—¿Eh? ¿Qué dijiste?

—Te pregunté si has hablado últimamente con alguien de la familia de Lorinda.

—Su madre me llamó el otro día para ver cómo estaba y dijo que pronto iba a enviar un paquete para Sophia —respondió Paul—. Ramona

suele enviar algún juguete o algo de ropa para Sophia con regularidad. Sé que para ella y Jacob es difícil vivir en California, con nosotros tan lejos, pero se mantienen en contacto, igual que nuestros padres.

—Sí, pero mamá y papá viven acá en South Bend, así que puedes verlos más seguido —dijo María.

—Es cierto.

—¿Los padres de Lorinda todavía planean viajar hasta aquí en algún momento del verano? —preguntó María.

Paul asintió.

—Hasta donde yo sé.

—Eso estará bien. —María sonrió—. Es bueno que Sophia conozca a ambos pares de abuelos.

—¿Y la hermana de Lorinda? ¿Has oído algo de ella desde el funeral? —preguntó Hosea.

Paul negó con la cabeza. Deseó que no se hubiese mencionado el nombre de Carmen.

—Dudo que vuelva a saber de ella —murmuró.

—Bueno, ¡eso es ridículo! Esa joven está confundida y carga un rencor en tu contra sin motivo. —Hosea sacudió la cabeza—. Algunas personas no distinguen el derecho del revés.

Paul fue hasta el fregadero para buscar un vaso con agua, esperando que le ayude a bajar el nudo que tenía en la garganta.

—¿Podemos hablar de otra cosa... algo que no me arruine el apetito?

Los ojos de María se iluminaron mientras se inclinaba sobre la encimera y sonrió.

—Vi un anuncio interesante en el periódico el otro día.

—¿De qué se trataba? —preguntó Paul.

—Lo puso una mujer llamada Emma Yoder. Ofrece clases de confección de acolchados en su casa en Shipshewana.

—¿Qué fue lo que te interesó de eso? —preguntó Hosea—. ¿Acaso mi hermosa *wife* está planeando aprender a confeccionar acolchados?

María sacudió la cabeza, y sus rizos cortos y oscuros rebotaron alrededor del rostro.

—Sabes que no tengo tiempo para eso. No con mi trabajo de medio tiempo en el banco, más el cuidado de las niñas. —Le guiñó el ojo a Paul—. Pensaba que quizá tú quieras tomar la clases.

Las cejas de Paul se elevaron de golpe.

—¿Por qué querría yo tomar clases de confección de acolchados?

—Bueno, a Lorinda le gustaba coser y, ya que ella comenzó ese hermoso acolchado rosado para Sophia y nunca lo llegó a terminar, pensé que quizás...

Paul la detuvo con la mano.

—Sería lindo tener ese acolchado terminado, pero seguro que yo no lo puedo hacer. A duras penas puedo coser un botón en mi camisa, nunca podría hacer un acolchado.

—Pero podrías aprender y tal vez sea divertido —dijo María.

—Bah. No lo creo. Además, tengo suficiente con mi empleo de maestro y con el cuidado de Sophia.

—Digamos, ¿qué te parece? —Hosea le palmeó el hombro a Paul—. ¿Por qué no dejas que María te inscriba en la clase? Y una vez que estés allí, te fijas si la mujer amish, o tal vez alguna alumna, puede terminar el acolchado que empezó Lorinda.

Paul se frotaba el mentón mientras reflexionaba un poco acerca de la sugerencia. Asintió apenas con la cabeza y dijo:

—Lo voy a pensar un poco, pero ahora estoy listo para comer.

—⁓—

Goshen

Star Stephens estaba sentada a la mesa de la cocina, mirando fijamente las

palabras de una canción en la que había comenzado a trabajar a principios de semana. *Parece que no busco en la puerta correcta; quizá porque no se bien qué es lo que me espera. Parece que es frío como invierno; un camino eterno, directo hacia el infierno. Y no les importa a quienes realmente les importa...*

Star golpeaba su bolígrafo mientras pensaba en su vida y en cómo ella y su mamá habían dejado su casa en Minneapolis y se habían mudado a Goshen, Indiana, seis meses atrás. Su mamá necesitaba cuidar a la abuela, que tenía algunos problemas de salud producto del enfisema. De acuerdo con lo que su mamá le había contado a Star, la abuela había fumado mucho durante varios años. A medida que pasó el tiempo, la abuela empeoró y hacía dos semanas que había muerto y le había dejado la casa grande y vieja junto con todas sus posesiones terrenales a la madre de Star, su única hija. Star nunca había conocido a su abuelo, de quien le habían dicho que se había ahogado en un lago cuando la mamá tenía tres años. La abuela nunca volvió a casarse. Había criado sola a su única hija y se habían mantenido gracias a su trabajo como auxiliar de enfermería en un sanatorio. Star tampoco había conocido a su padre. Solo contaba con su mamá, y la relación entre ellas nunca había sido la mejor. Se habían mudado mucho durante la infancia de Star, y su mamá había tenido más trabajos que los que Star podía contar. Había hecho de todo, de mesera a personal de limpieza de hotel, pero nunca mantuvo un trabajo por mucho tiempo ni se quedaron en un lugar durante más de unos pocos años. Su mamá parecía inquieta y había pasado de un novio a otro. También había sido egocéntrica y a veces le había mentido a Star acerca de pequeñas cosas. Star había aprendido a lidiar con la inmadurez de su mamá, pero de todos modos no dejaba de irritarla.

—¿Cuáles son tus planes para hoy, Beatrice? —preguntó su mamá cuando entró en la habitación vestida con una bata de baño de un rosado desteñido y un par de chinelas verde lima casi deshechas y que deberían haberse botado meses atrás.

—Mi nombre es Star, ¿recuerdas?

Su mamá pestañeó los ojos azules pálidos mientras se quitaba del rostro un caprichoso mechón de cabello rubio descolorido, largo hasta los hombros.

—Sé que nunca te ha gustado el nombre Beatrice, pero no veo por qué tenías que cambiártelo por Star. ¿No podrías haberte conformado con que te llamaran Bea?

Star negó con la cabeza con determinación.

—¡Ay, por favor! Tengo veinte años y el derecho de hacer lo que quiera. Además, me gusta el nombre Star, y así quiero que me llamen... incluso por ti.

La mamá examinó a Star y sacudió la cabeza con suavidad.

—Necesitas quitarte esa idea de que serás una estrella, porque quizá nunca suceda.

La mandíbula de Star se tensionó mientras rechinaba los dientes. Su mamá nunca había entendido su deseo de cantar o escribir canciones. De hecho, se había reído de algunas letras que Star había escrito, diciendo que debería bajar de la nube y poner los pies sobre la tierra. Bueno, de todos modos, ¿qué sabía su mamá al respecto? Apenas si podía seguir una melodía y no apreciaba el estilo de música que le gustaba a Star. Aparte de vivir bajo el mismo techo, las dos tenían muy poco en común.

La mamá se quedó mirando a Star durante un rato.

—Desearía que no te hubieses tatuado esa estrella estúpida en el cuello. Se ve ridícula.

—A mí me gusta. Representa quien soy.

—¿Y supongo que te gustan esas mechas moradas en tu cabello?

—Sip.

—¿Y ese absurdo arete en la nariz? ¿No te molesta?

—Nop.

Star vio que su mamá estaba por decir algo más, así que tomó su anotador y se dirigió a su habitación, zapateando las escaleras y golpeando la puerta. Arrojó las letras de las canciones sobre la cómoda y se desplomó quejosa en la cama. Mientras estaba recostada, mirando sin ver las grietas del cielorraso, pensó en la abuela y en todas las veces en que su mamá la había llevado a quedarse allí. Había dicho que dejaba a Star en lo de la abuela por unas semanas porque la abuela lo había pedido, pero Star tenía el presentimiento de que había sido más para el beneficio de su mamá. Deducía que su mamá simplemente se la quería sacar de encima por un tiempo para poder estar con el novio que tuviese en ese momento. Una mujer tan bella como su mamá nunca había tenido problemas para encontrar a un hombre, y no fue una sorpresa cuando se casó con Wes Morgan poco después de que Star cumpliera ocho años. Wes, alto, rubio y apuesto, la había hechizado y le había prometido todo excepto la luna.

Star tomó con fuerza el borde de la manta entre sus dedos. "¡Odiaba a ese hombre y estoy contenta de que esté muerto!", pensó.

Las lágrimas le lastimaban los ojos mientras recordaba los momentos que había pasado con la abuela, de los que ahora se daba cuenta habían sido los días más felices de su vida. "Ay, abuela, te extraño tanto", se dijo para sí.

La abuela había estado bastante enferma las dos semanas anteriores a su muerte, y verla sufrir había entristecido a Star. Pero al menos había podido compartir algunos momentos especiales, hablando del pasado y de las épocas de diversión que habían tenido. Star incluso había compartido con la abuela su deseo editar algunas de sus canciones, y la abuela jamás la había desestimado. Extrañaba las palabras de aliento que le había ofrecido la abuela, incluso cuando estaba débil. Anhelaba verla con su sonrisa alegre y ser estrechada entre sus brazos.

Tres días atrás, Star había estado revisando el cuarto de la abuela, buscando su viejo álbum de fotos. Recordaba que tenía muchas fotos de su mamá cuando era joven, y algunas de la abuela y el abuelo cuando estaban recién casados. También había algunas fotos de Star de cuando venía a quedarse. Star finalmente había encontrado el álbum en la cómoda y, al abrir el cajón, había caído un sobre. Escrito en el exterior con la letra de la abuela estaba el nombre de Star. La abuela nunca había dudado en llamar *Star* a su única nieta porque sabía cuánto le disgustaba el nombre que le habían dado.

Dentro del sobre, Star encontró una nota que decía que la abuela había pagado un curso de seis semanas para aprender a confeccionar acolchados a nombre de Star. En un principio se había sentido desconcertada, pero luego había leído el resto de la nota y se había dado cuenta de que, como la abuela siempre había disfrutado la confección de acolchados, quería que Star también aprendiera la técnica. Incluso había dicho que esperaba que, si Star aprendía a hacer un acolchado, pensaría en ella y recordaría todos los momentos felices que habían vivido juntas.

Al principio Star pensó que aprender a confeccionar acolchados era una idea tonta, pero luego de pensarlo un poco, decidió darle una oportunidad. Quizá su mamá apreciaría que confeccione acolchados en lugar de fastidiarla todo el tiempo con que Star necesitaba hacer algo sensato con su vida. No es que su mamá hubiera hecho algo razonable con su propia vida. Parecía como si ella siempre estuviese buscando algo que no podía encontrar.

Mientras Star se sacaba los malos pensamientos de la cabeza, surgieron algunas letras de canciones más. Saltó de la cama, tomó su bolígrafo y anotador y se sentó al escritorio. "Nunca abandonaré mi deseo de ser una compositora —pensó—. Y algún día le demostraré a mamá que puedo ser una verdadera estrella".

CAPÍTULO 3

Shipshewana

Pam Johnston codeó el brazo de su esposo.

—¡Mira eso, Stuart! ¿Ves ese colorido acolchado amish colgado en el tendedero del jardín del otro lado del camino?

—No me empujes mientras estoy manejando. Podrías provocar un accidente —refunfuñó él, acomodándose su gorra de béisbol.

Pam deseó que hoy no hubiese llevado esa espantosa gorra roja. ¡Se veía ridícula! Por supuesto que Stuart no lo creía así. Usaba esa tontería la mayor parte del tiempo. Le sorprendía que no intentara usarla en el trabajo. La verdad era que en el único momento que se vestía medianamente decente era cuando estaba en el trabajo, como gerente de la tienda de artículos deportivos en Mishawaka.

—De verdad quería que vieras ese acolchado —dijo Pam, en lugar de mencionar el tema de la gorra de béisbol de Stuart.

—Sí, era lindo.

—¿Cómo lo sabes? Ni siquiera miraste cuando te señalé el acolchado, y ahora ya lo pasamos.

Stuart sacudió la cabeza.

—No puedo mirar todo y concentrarme en el camino. ¿Quieres que tengamos un accidente?

—Por supuesto que no, pero al menos podrías haberle dado un vistazo al acolchado. Estoy segura de que habrías mirado si hubiese sido algo que quisieras ver.

Stuart masculló algo ininteligible como respuesta.

Pam suspiró.

—Desearía poder hacer un acolchado amish. Me daría satisfacción ser tan creativa.

Sin comentarios. Ni siquiera un gruñido.

Le codeó el brazo otra vez.

—¿Escuchaste lo que dije?

—Escuché, y si no dejas de empujarme, voy a pasar por alto Shipshewana y volver directo a Mishawaka.

—No estoy lista para ir a casa todavía. Además, dijiste que podríamos ir a la tienda de muebles Weaver y buscar una mesa de café nueva.

—Sí, está bien, pero es la última parada que voy a hacer. Preferiría estar haciendo otras cosas en lugar de comprar muebles.

—¿Como qué?

—Esta noche darán un juego de béisbol por televisión y no quiero perdérmelo.

Pam miró a Stuart con repulsión. Siempre era lo mismo.

—Cuando no estás trabajando, estás cazando, pescando, viendo algún evento deportivo en la televisión o con la nariz puesta en una de esas revistas de deportes al aire libre. Es obvio que prefieres no estar conmigo.

—Eso no es cierto. Ahora estoy aquí contigo, ¿no es así?

—Bueno, sí, pero...

—He pasado toda la mañana y parte de la tarde entrando y saliendo de cada tienda en Shipshewana solo para hacerte feliz.

Ella lo miró con furia.

—Es algo difícil para mí estar feliz cuando en casi todas las tiendas

decías que estabas aburrido y que deseabas irte a casa.

Stuart le dio un puñetazo al volante.

—Nunca dije que estuviese aburrido. Solo que podía pensar en otras cosas que prefería hacer.

—Ah, estoy segura de que sí.

Durante los minutos siguientes, Pam no dijo nada, pero en cuanto llegaron al aparcadero de la tienda Weaver, tomó una bolsa de plástico que tenía a los pies y sacó un periódico que habían comprado apenas habían llegado al pueblo.

—Antes de salir, quiero hablar contigo acerca de algo.

Stuart apagó el motor y la miró, pestañeando sus ojos castaños.

—¿Qué tienes en mente ahora?

—¿Recuerdas cómo nuestro consejero matrimonial nos sugirió que hiciéramos más cosas juntos?

—Sí... sí... ¿Con eso qué?

—Ella dijo que debíamos hacer algo que tú quisieras y, luego, algo que yo quisiera.

—Ajá.

—Yo fui a pescar contigo dos fines de semana seguidos. "Cosa que odiaba por completo" —agregó mentalmente—. Así que ahora es tu turno de hacer algo que yo quiera.

—Acabo de hacerlo. Vine aquí para que pudieras hacer compras.

—Las compras no cuentan. Todo lo que hemos comprado hasta ahora son algunas provisiones en E&S.

—Pero entramos en casi todas las tiendas del pueblo para que pudieras mirar.

Ignorando su comentario sarcástico, Pam sostuvo el periódico frente al rostro de Stuart y señaló el anuncio que había marcado.

—Una mujer amish que vive en Shipshewana ofrece clases de confección de acolchados de seis semanas.

—¿Y?

—Siempre quise hacer un acolchado amish y realmente me gustaría tomar esas clases.

—Adelante; no tengo ninguna objeción.

—Pensaba que quizá podríamos tomar las clases juntos.

Él inclinó la cabeza y la miró como si ella hubiera perdido la cordura.

—¿Quieres que vaya a una clase de confección de acolchados?

Ella asintió.

—Podría ser divertido.

—Ah, ¿eso crees? Mejor que hables por ti, porque yo creo que sería aburrido. —Stuart sacudió la cabeza enérgicamente—. No, gracias. Paso. No es la clase de cosas que haría un hombre como yo.

—Ah, ¿piensas que coser es solo para mujeres?

—Sí. Eso es exactamente lo que pienso. —Stuart golpeó el volante con los dedos, reafirmando su posición.

—Bueno, si coser es solo para mujeres, entonces pescar es solo para hombres.

Él se encogió de hombros.

—Odio pescar, Stuart —dijo ella con resentimiento—. Ahora es tu turno de hacer algo conmigo que creas que vas a odiar.

Él resopló groseramente.

—¡Déjame en paz, Pam!

—Fui a pescar para hacerte feliz. ¿No puedes hacer lo mismo por mí?

Él frunció el entrecejo.

—¿Seis semanas? ¿Realmente esperas que me siente en una estúpida clase de confección de acolchados por seis semanas enteras con un puñado de mujeres que ni siquiera conozco?

—Me conoces a mí, y no espero que solamente te quedes sentado.

—¿Qué entonces?

—Puedes aprender a confeccionar un acolchado, como yo.

Se le encogieron los ojos mientras la miraba fijamente con descreimiento.

—No puedo creer que esperes que yo aprenda a confeccionar acolchados. Eso es lo más tonto que me hayas pedido jamás.

Ella cruzó los brazos y lo miró con rabia.

—Y yo no puedo creer que pretendieras que contrate a una niñera para cuidar a los niños para que pudiera sentarme en tu bote en el lago y sostener una caña de pescar todo el día. Pero lo hice por ti, así que ¿por qué no puedes hacer esto por mí?

—Solo fuiste a pescar dos sábados. Si yo fuera a la clase de acolchados por seis semanas, no sería justo.

—¿Qué estás diciendo? ¿Esperas que vaya a pescar contigo cuatro veces más? ¿Eso es lo que estás diciendo?

—Sip. Es exactamente lo que estoy diciendo.

Pam permaneció sentada masticando la situación.

—De acuerdo.

—¿Eh?

—Lo haré.

—¿Vendrás a pescar conmigo cuatro veces más?

—Sí, eso es lo que dije.

—¿Y no te quejarás de nada?

Pam mordisqueó el labio inferior. ¿No quejarse? Bueno, eso iba a ser difícil, principalmente porque odiaba los bosques llenos de insectos.

—Bueno, ¿y entonces?

—Si prometes ir a la clase de confección de acolchados cada sábado durante seis semanas, entonces yo iré a pescar los cuatro sábados siguientes.

—¿Y no te quejarás?

—Intentaré.

—Trato hecho, entonces. ¿Ahora terminamos las discusión?

Pam tragó con dificultad mientras asentía lentamente. No podía creer lo que había pactado. Quizá, luego de que finalizaran las clases de confección de acolchados, podría pensar alguna excusa para no ir a pescar con Stuart. O mejor aún, quizá podría convencer a Stuart de no ir a pescar, punto. Bueno, por ahora, al menos, se saldría con la suya. Apenas llegaran a casa, planeaba llamar al número del anuncio y reservar dos lugares para las clases de confección de acolchados de Emma Yoder.

CAPÍTULO 4

Stuart no podía creer que Pam quisiera hacer un acolchado amish, menos aún que esperara que él confeccionara uno también. Algunas mujeres eran difíciles de entender, y su esposa era ciertamente una de ellas. Tal vez la idea de confeccionar acolchados era algo pasajero. Podría ocurrir que después de asistir a una clase o dos ella cambiara de opinión y decidiera que confeccionar acolchados no era lo que quería hacer.

"¡Seis semanas enteras! Eso era sencillamente tonto. Yo aprendo verdaderamente rápido, sin embargo. Apuesto que tendré dominado todo el proceso luego de las primeras semanas así que no tendré que ir más. Por supuesto, si Pam decide seguir con las clases, va a esperar que la acompañe, incluso aunque yo sepa cómo confeccionar un acolchado mucho antes que eso".

Stuart se tomó del volante con más fuerza. Esta era una situación sin salida... al menos para él. Por otro lado, si se tragara todas las clases, Pam tendría que cumplir con su parte del pacto e ir a pescar con él

cuatro veces más. Podría valer la pena solo verla lidiar con toda la escena pesquera otra vez.

Stuart rió entre dientes. La última vez que fueron a pescar, había sido cómico ver a Pam aplastar insectos, arreglarse el cabello y luchar con la línea de la caña de pescar al atrapar un pez. Aún podía oír sus gritos cuando intentaba enrollarla: "¡Ayúdame! ¡Ayúdame, Stuart! ¡No sé qué hacer con este pez!".

Ese día podría haber sido divertido si Pam no hubiera llorisqueado ni se hubiese quejado por cualquier pequeñez. ¿Por qué no podía relajarse y disfrutar como él de lo grandioso que era estar al aire libre? Si él hubiese sabido que era tan delicada con respecto a ensuciarse y a lidiar con insectos una vez cada tanto, lo habría pensado dos veces antes de casarse con ella. Por supuesto, durante el noviazgo se había sentido atraído por su belleza e inteligencia y no había pensado demasiado en si tenían mucho en común. Simplemente se sentía bien a su lado entonces.

"Mírala ahora —se dijo Stuart a sí mismo—. Sentada allí en el asiento del acompañante, tan estirada y perfecta. Ni un cabello fuera de lugar en su bella cabeza rubia, y apuesto a que no hay una sola arruga en sus pantalones o en su blusa. No hay dudas de que somos opuestos en lo que nos gusta hacer, en cómo vestimos y en tantas otras cosas. Con razón nuestro matrimonio está en problemas. Incluso con la ayuda de nuestra consejera, me pregunto si realmente hay algo que pueda ayudarnos a Pam y a mí".

Topeka, Indiana

—¿Cómo te fue ayer con el agente de libertad condicional? —le preguntó el empleado de Jan Sweet, Terry Cooley, cuando Jan se sentó en el asiento del acompañante de la camioneta de Terry.

Jan se encogió de hombros y se prendió el cinturón de seguridad.

—Bien, supongo. Durante nuestras sesiones, siempre me pregunta un par de cosas estúpidas, pero soy sincero.

—Probablemente eso sea lo mejor, sí. Bueno, ¿estás listo para ir a casa ahora o qué?

—Sí, vamos.

Recién habían terminado el techo de una casa cercana al restaurant Tiffany, y Jan sabía que era demasiado tarde para comenzar a voltear el de la casa de los Morgan en LaGrange.

—Supongo que comenzaremos temprano el lunes a la mañana —le dijo a Terry.

—Por mí está bien. Estoy algo cansado de todos modos.

—Lo mismo yo.

Viajaron en silencio por un rato y luego Jan trajo a colación el tema que le había estado rondando en la cabeza todo el día.

—Sabes, realmente odio tener que depender de que me lleves todo el tiempo. Qué feliz seré cuando recupere mi licencia, me gusta manejar mi propia camioneta cuando voy a trabajar. —Jan le dio un puñetazo a la rodilla—. Y, hombre, sí que extraño andar en mi Harley. Me gusta sentir el viento en el rostro y la libertad que tengo cuando me dejo llevar por el camino en mi motocicleta. ¿Entiendes lo que digo?

Terry asintió.

—Ten paciencia, amigo. Mientras no hagas nada para echarlo a perder, no te va a faltar mucho.

—Tres meses parecen una eternidad —gruñó Jan—. Mientras tanto, cuando no tenga que ir lejos, seguiré montando esa vieja bicicleta que compré en la tienda de segunda mano. Y cuando necesite ir un poco más allá, estoy agradecido de amigos como tú que están dispuestos a darme un aventón.

—Eh, hombre, no es nada. —Terry sonrió y se quitó de la cara el cabello rojo como fuego y largo hasta los hombros—. Si fuese al revés, estoy seguro de que harías lo mismo por mí.

—Estás en lo cierto. —Jan apreciaba a un amigo como Terry, que no solo era un buen trabajador, sino al que también le gustaba andar en motocicleta. Los dos, solteros, se habían hecho buenos amigos sin importar la diferencia de edad. A pesar de que Terry tenía apenas veintiocho y Jan recién había cumplido cuarenta, tenían mucho en común y estaban de acuerdo en muchas cosas. Cuando Jan se mudó a Shipshewana y comenzó su negocio como techador tres años atrás, se puso contento de encontrar a Terry.

—¿Y qué tenía para decirte tu agente de libertad condicional en tu sesión de ayer? —preguntó Terry.

Jan entornó los ojos hasta casi cerrarlos.

—Dijo que debería buscar algo creativo para descargarme.

—¿Cómo es eso?

—Piensa que estoy nervioso y que necesito encontrar algo que me ayude a relajarme.

—¿Quieres decir algo además de unas cervezas?

Jan sonrió.

—Fueron unas demasiadas cervezas en el bar de motociclistas las que hicieron que perdiera mi licencia, ¿recuerdas?

—Sí, pero si no te hubieran detenido por conducir tu motocicleta demasiado rápido, no te habrían pescado por manejar alcoholizado.

—Cierto, pero aprendí mi lección. No más tomar y manejar, y no más correr. —Jan señaló un mercado a su izquierda—. ¿Podrías detenerte allí? Tengo sed y me quedé sin botellas de agua.

—Seguro. —Terry encendió las balizas e ingresó en el aparcadero del mercado—. Creo que iré contigo, compraré algo de agua y veré qué encuentro para picotear.

—Yo buscaré el agua mientras tú buscas lo que sea que quieras masticar.

—De acuerdo. Gracias, amigo.

Cuando ingresaron en el mercado, Jan fue hasta el refrigerador y tomó dos botellas de agua. Mientras esperaba a Terry, estudió el tablón de anuncios de la pared cercana a la entrada.

Su vista se posó sobre un anuncio escrito a mano que ofrecía clases de confección de acolchados. Aprender a confeccionar acolchados seguro sería algo creativo, e incluso lo ayudaría a relajarse. Jan nunca se lo había dicho a nadie, pero había hecho algo de costura en el pasado y hasta había bordado unas imágenes que tenía colgadas en su cuarto, donde nadie más podía verlas.

Arrancó un trozo de papel con el número telefónico y lo guardó en el bolsillo de la camisa. No sabía si iba a tomar las clases de confección de acolchados o no, pero lo pensaría.

CAPÍTULO 5

Shipshewana

Suart murmuró mientras conducía su camioneta todoterreno en la entrada para autos cubierta de grava que llevaba hacia una granja importante en las afueras del pueblo:

—Todavía pienso que esta es una idea tonta y, a pesar de que acordé venir contigo, si esta clase es aburrida, no esperes que haga otra cosa más que sentarme y escuchar.

Pam frunció la nariz.

—Eso no es justo. No necesito recordarte que yo fui a pescar contigo no una, sino dos veces.

—Eso es diferente —refunfuñó él—. Pescar es fácil y algo que hacen tanto hombres como mujeres.

—Algunos hombres cosen y algunos hombres cocinan. Ya lo discutimos, Stuart.

—Yo cocino cada vez que quieres algo asado.

—No es lo mismo, y lo sabes.

—Para mí sí.

—Ya que estamos, ¿te has mirado en el espejo últimamente?

—Sí, esta mañana mientras me cepillaba los dientes. ¿Por qué?

—Bueno, no te miraste muy en detalle, porque obviamente se te olvidó rasurarte.

Stuart se frotó el mentón sin afeitar.

—Supongo.

—Tampoco estoy de acuerdo con tu elección de vestuario. Podrías haberte puesto algo un poco más lindo que esa estúpida gorra de béisbol roja, unos jeans desteñidos y una camisa de franela a cuadros rojos y negros. Ah, y espero que hoy no cuentes bromas trilladas. Estamos acá para aprender a confeccionar acolchados, no para montar un espectáculo ni tratar de hacer reír a las personas.

Cuando Stuart y Pam habían comenzado a salir él solía hacer bromas y ella había pensado que era divertido, pero ya no. Ahora le molestaban, sin mencionar que cuando las hacía en público ella se sentía avergonzada.

—¡Ya está bien! ¿Podrías dejar de provocarme? —gritó Stuart.

Pam frunció el ceño. Era seguro que no estaban comenzando con el pie derecho. Esperaba que Stuart no la humillase durante la clase. Ya que él no quería ir, no se sabía qué podía llegar a decir o hacer.

—Parece que no eres el único hombre aquí —dijo ella, señalando a un hombre hispano de aspecto atractivo con una bebé de cabello oscuro y mejillas rosadas mientras bajaban de una camioneta plateada, estacionada junto a la todoterreno de Stuart. A pesar de que vestía unos jeans informales, su camisa azul pálido se veía bien planchada. Eso era más de lo que podía decir de Stuart.

Stuart gruñó:

—Es obvio que el tipo no está con su mujer. Me pregunto qué ocurre allí.

—Quizás ella no pudo venir hoy. Quizás él se preocupa tanto por ella que desea tomar la clase en su lugar.

—¿Eso crees?

—Supongo que lo sabremos pronto. —Pam abrió la puerta del acompañante y puso un pie afuera, cuidando de que sus pantalones color beige no rozaran el costado del vehículo polvoriento. Realmente necesitaba un buen lavado.

Justo había cerrado la puerta cuando llegó un auto azul mediano. Unos minutos después, una mujer afroamericana salió del vehículo.

—¿Estás aquí para la clase de confección de acolchados? —preguntó, sonriéndole a Pam.

—Sí, así es —respondió Pam, admirando el hermoso vestido color turquesa que llevaba la señora—. Estoy deseosa de aprender a confeccionar un acolchado, y que me enseñe una mujer amish es buena garantía de que me enseñará bien. Por lo que sé, la mayoría de las mujeres amish son expertas confeccionadoras de acolchados.

La mujer asintió.

—Eso es lo que yo escuché también.

Pam miró a Stuart, pensando que podría estar hablando con el hombre hispano, pero no, estaba parado frente a su vehículo, con los brazos cruzados y mirando al suelo. "Quizá fue un error forzarlo a venir aquí —pensó—. Quizá podría haber elegido alguna otra cosa que yo quisiese hacer y que él también disfrutase. Bueno, demasiado tarde para eso. Acá estamos, así que entremos".

Pam dio la vuelta hasta el frente del auto y tomó a Stuart del brazo.

—¿Estás listo para entrar?

—Más listo que nunca —dijo entre dientes.

—Bueno, mantente así —murmuró ella, deseando otra vez que no la avergonzara durante la clase.

Comenzaron a caminar hacia la casa y, cuando llegaron al porche, estacionó un pequeño auto rojo con extrema necesidad de pintura. Cuando una delgada joven vestida con un par de botas de gamuza negra, jeans negros y una sudadera negra con la capucha cubriéndole la cabeza se bajó del auto y se dirigió hacia ellos, Pam no pudo evitar quedarse mirando. La muchacha no parecía ser la clase de persona que querría aprender a confeccionar acolchados, pero tampoco el hombre hispano aparentaba eso. Pensó que todos los que habían venido tendrían sus propias razones y esperó que Stuart se diera cuenta ahora de que los acolchados no eran solo una cuestión de mujeres.

Pam estaba a punto de golpear la puerta cuando Stuart la codeó.

—Mira quién viene ahora. —Señaló a un hombre alto y corpulento con barba color café y que montaba una bicicleta, ¡para completarla! Vestía jeans azules, una camiseta blanca ajustada y un chaleco de cuero negro. Tenía un pañuelo negro de motociclista atado en la cabeza y por detrás de este colgaba una cola de caballo color café. El hombre tenía tatuada una pantera negra de aspecto feroz en el brazo izquierdo y el nombre *Bunny* en el brazo derecho. Llevaba botas de cuero negras —de las que usan los motociclistas— y daba la sensación de que pertenecía más a una Harley que a una bicicleta plateada destartalada.

"Cuando me inscribí en esta clase —pensó Pam— realmente nunca esperé que un grupo tan curioso tomara el curso".

La joven que vestía la sudadera con capucha apenas miró a Pam mientras se acercaba a la puerta y tocaba antes de que Pam tuviera la oportunidad de levantar la mano. Unos segundos después, una mujer amish de alrededor de treintaipico abrió la puerta. Tenía un vestido muy sencillo color azul con una cofia blanca rígida posada sobre la parte trasera de su cabello color café, que estaba dividido con raya al medio y sostenido en un rodete detrás de la cabeza. La mujer se quedó mirándolos con una expresión extraña. Después de varios momentos incómodos, dijo que era Mary, la hija de Emma Yoder, y luego los condujo hasta una sala inesperadamente amplia, donde les dijo que era el lugar en el que se dictarían las clases.

Pam trató de absorber todo con una sola mirada. La habitación tenía una mesa larga, varias sillas plegables, algunos estantes de madera con coloridos acolchados plegados encima de estos y tres máquinas de coser. Una era a pedal y parecía ser una antigüedad. Las cuatro lámparas de gas que parpadeaban por encima de ellos completaban la imagen de un modo de vivir simple y sencillo.

—Si desean tomar asiento, voy a buscar a mi madre —dijo Mary mientras se retiraba de la habitación. La pobre mujer sonrojada parecía tan incómoda como se sentía Pam en ese momento.

Pam y Stuart encontraron asientos rápidamente y todos los demás hicieron lo mismo. Stuart giró hacia Pam y la miró con furia.

—¿Por qué no me dijiste que sería así?

—No lo sabía. —Le devolvió la misma mirada, mientras tomaba la gorra de Stuart y la dejaba caer de golpe sobre su regazo. ¿No tenía modales? Entre el aspecto furioso de Stuart y la expresión inmutable del motociclista, junto con la joven vestida de negro, la sala parecía impregnada de ondas negativas.

Pam miró hacia la mujer de piel oscura y se sintió aliviada cuando le sonrió. Al menos alguien en la sala parecía amigable. No podía decir mucho acerca de la conducta del hombre hispano porque estaba ocupado con su bebé.

Todos se quedaron sentados y en silencio durante varios minutos hasta que entró en la sala una mujer amish algo regordeta, con mejillas rosadas, el cabello gris asomándose por debajo de su rígida cofia blanca, un vestido sencillo color rosado y un par de anteojos con armazón de metal. Parecía abrumada cuando se quedó parada junto a la máquina de coser antigua, sosteniéndose del borde hasta que los nudillos se pusieron blancos. Quizá ella, tampoco, había esperado a un grupo tan curioso.

—∽—

Emma soltó la máquina de coser e inspiró profundamente, con la esperanza de poder encontrar su voz. Cuando colocó los anuncios y letreros acerca de las clases de confección de acolchados, no había imaginado que los que viniesen podrían tener estilos de vida tan dispares. ¡Y realmente jamás había imaginado que un hombre pudiese asistir a sus clases! Con razón Mary se veía tan preocupada cuando la había venido a buscar.

Recordando las llamadas telefónicas que había recibido, hubo una de un hombre, pero había dicho que quería hacer una reservación para Jan. Emma había asumido que era para la esposa del hombre o una amiga. Y ahora que lo pensaba, otra mujer que había llamado había dicho que quería reservar un lugar para alguien de la familia, y Emma había asumido que se trataba de la madre o la hermana.

—Hola —dijo sonriendo, a pesar de la mezcla de dudas y del revuelo que sentía en el estómago debido a los nervios—. Me llamo Emma Yoder. Ahora, por favor, ¿podrían presentarse cada uno de ustedes, contarnos de dónde son y la razón por la que se inscribieron en esta clase? Quizá las presentaciones los relaje.

La mujer inglesa de cabello rubio dorado que apenas le pasaba los hombros fue la primera en hablar.

—Mi nombre es Pam Johnston. Es Johnston con una *t*. Disfruto la costura y siempre he querido aprender a confeccionar acolchados. —Giró en su silla y señaló al hombre con abundante cabello color café que estaba sentado junto a ella—. Este es mi esposo, Stuart, y vivimos en Mishawaka. Stuart es gerente en una tienda de artículos deportivos, y

yo soy ama de casa y mamá de nuestros hijos: Devin, de ocho, y Sherry, de seis.

Pam tenía un aire de seguridad, pero Emma presentía que podía ser simplemente una fachada para ocultar la falta de confianza en sí misma.

Stuart le hizo un gesto con la cabeza a Emma y luego miró a su esposa como si buscase su aprobación.

—Ella es la que realmente quería venir acá. Yo solo vine para traerla.

—Eso no es cierto. —Pam sacudió la cabeza—. Mi esposo también quiere aprender a confeccionar acolchados.

—Sí, claro —murmuró Stuart. Su tono era entrecortado, y la mirada que le dio a su esposa podría haber detenido el *tictac* de cualquiera de los relojes que tenía Emma.

Rápidamente, Emma giró hacia la mujer afroamericana que tenía un vestido turquesa largo hasta los pies con un amplio suéter tejido color café.

—¿Cómo es tu nombre y qué te trae a mi clase?

—Soy Ruby Lee Williams y vivo en Goshen, donde mi esposo sirve de pastor en una iglesia. Tenemos hijos mellizos que tienen veinte años y que van a un instituto bíblico en Nampa, Idaho. Por supuesto que en unas semanas tendrán vacaciones de verano en la escuela, pero ambos han encontrado trabajo allí, así que no vendrán a casa hasta Navidad. —Sonrió, algo avergonzada—. Supongo que eso es mucho más de lo que me pidió que contara.

—No, está bien —dijo Emma. Después de todo, Ruby Lee no había contado mucho más que Pam—. ¿Te importaría contarnos por qué tomas esta clase?

—Vine a aprender cómo confeccionar acolchados porque pensé que quizás...

—¿En qué iglesia sirve de pastor tu esposo? —interrumpió Pam.

—Es una iglesia comunitaria —respondió Ruby Lee.

Pam hizo un leve movimiento con la cabeza.

—Ah, entiendo.

—Entonces, ¿qué te trajo a mi clase? —Emma le preguntó a Ruby Lee.

—Bueno, pensé que podría ser divertido y quizá podría hacer algo para nuestra nueva casa o tal vez un acolchado para algún conocido.

Emma sonrió y dirigió su atención hacia la joven vestida con jeans negros y una sudadera negra con capucha, la que seguía manteniendo sobre la cabeza. Realmente hacía bastante calor como para vestir una sudadera, especialmente adentro de la casa.

—¿Por qué no sigues tú?

—Mi nombre es Star y también vivo en Goshen. Mi abuela solía confeccionar acolchados y, antes de morir, pagó estas clases para mí porque quería que yo también aprendiera a confeccionar acolchados.

—Tienes un nombre muy bello. —Ruby Lee sonrió a la joven—. ¿Cómo es tu apellido, Star?

Star levantó la mirada, como si estudiase las grietas del cielorraso.

—Simplemente dime Star.

—¿Ese es tu nombre verdadero? —le preguntó Pam antes de que Emma pudiera hacerlo—. Nunca había conocido a alguien llamado Star.

Además de las prendas oscuras que vestía, los ojos color café estaban resaltados con un delineador negro intenso.

—Es verdadero para mí. —Star bajó la vista y, al asentir con la cabeza, el arete dorado brillante al costado de la nariz captó la luz que ingresaba por la ventana.

—Pensé que quizá era un apodo —dijo Pam.

Star levantó la barbilla y miró hacia adelante. No se necesitaba ser un genio para ver que la joven tenía algunos asuntos que necesitaba resolver.

Aún más incómoda, Emma giró hacia el hombre alto y musculoso con barba corta y tatuajes en los brazos.

—¿Y tú quién eres?

—Jan Sweet. ¿No es dulce? —Palmeó el costado de la pierna y rió, un sonido rico y cálido—. Vivo aquí en Shipshewana y tengo mi propio negocio como techador. Fui detenido hace tres meses por conducir bajo la influencia del alcohol cuando iba demasiado rápido en mi Harley; me suspendieron la licencia por seis meses; estuve en prisión treinta días y pagué una multa considerable. Estaré bajo libertad condicional por tres meses más, momento en el cual recuperaré mi licencia de conducir. —Jan hizo una pausa para tomar aire—. Mi agente de libertad condicional sugirió que hiciera algo creativo, así que cuando vi su nota en un tablón de anuncios, me inscribí.

—¿Jan Sweet? ¿Qué clase de nombre es ese para un hombre? —rió Stuart, que había estado mirando al hombre tatuado todo el tiempo—. A mí me parece más un nombre de niña mimada.

Los ojos de Jan se encogieron mientras lo miraba de arriba a abajo.

—Mejor que cuides tus palabras, amigo, o podría tener que mostrarte qué tan hombre puedo ser. —Su tono se había vuelto frío y los músculos de los brazos se marcaron levemente.

—Eh, e–estoy segura de que me mi esposo solo estaba bromeando —dijo Pam rápidamente. Le dio un codazo a Stuart en el brazo—.Creo que le debes una disculpa al Sr. Sweet, ¿no es así?

—Disculpa —dijo Stuart entre dientes sin mirar a Jan.

—Sí, bueno, algunos deberían guardarse las opiniones —gruñó Jan—. ¿Escuchaste?

Emma podía adivinar que, por la sonrisa de superioridad que conservaba Stuart, él aún pensaba que su comentario acerca del nombre de Jan era gracioso. Y Jan parecía completamente molesto. ¿Cómo haría para llevar las cosas adelante si se mantenía la animosidad entre estos dos hombres? ¿Tendría el valor de pedirle a uno o a los dos que se retiren? ¿Sería eso lo correcto? ¿Le habría enviado Dios a este grupo tan dispar a su casa por otra razón aparte de enseñarles a confeccionar acolchados?

Emma dirigió su atención al hombre hispano que sostenía a la bebé.

—¿Cómo te llamas y quién es esa linda niñita en tu regazo?

—Soy Paul Ramirez, de Elkhart. Enseño en segundo grado y esta es mi hija, Sophia. Tiene nueve meses. —Paul se inclinó y besó la parte superior de la cabeza de la bebé—. Mi esposa, Lorinda, comenzó un acolchado para Sophia, pero murió en un accidente de autos hace seis meses, así que el acolchado nunca quedó terminado. Vine aquí con la esperanza de que alguien pudiese terminarlo para mí. —Tomó el pequeño acolchado rosado de la bolsa de papel que había traído con él.

—Oh, creo que tú deberías ser quien lo termine —dijo Emma, entendiendo el dolor que veía en el rostro del hombre. Quizá, el hecho de completar el acolchado que inició su esposa le brinde algo de paz.

—N–no sé nada de costura, pero creo que con su ayuda puedo intentarlo. —Paul señaló a la bebé—. No traeré a Sophia cuando vuelva la semana próxima, pero no pude encontrar una niñera hoy. Como no pensaba quedarme toda la clase, la traje conmigo. Una mirada y Emma pudo ver todo lo que esa pequeña adorable significaba para Paul.

—Es una chiquilla preciosa —dijo Jan en voz alta. Para ser un hombre tan grande y de aspecto duro, realmente tenía una expresión de ternura cuando le sonrió a la bebé de Paul.

Emma aún no podía creer que terminara con un grupo tan curioso de personas, pero Dios mediante, les enseñaría a confeccionar acolchados y, tal vez, algo más también.

CAPÍTULO 6

Cuando Emma se sentó en su silla mecedora y se cubrió la falda con un acolchado colorido, todos se reunieron alrededor. Luego, mientras Emma comenzaba a explicar la historia de los acolchados amish, Star levantó la vista hacia el muchacho motociclista. Cuando lo hizo, la capucha de la sudadera se deslizó, y rápidamente la volvió a su lugar. No podía creer que Jan hubiese soltado así la lengua acerca de sí mismo, o, ya que estamos, que estuviese atrapado en un nombre de chica. No encajaba con su exterior rudo. Pero entonces, el hecho de que siguiera sonriéndole a la bebé sentada sobre el regazo de su papá tampoco encajaba con la apariencia de Jan. Quizás no era tan duro como aparentaba. Quizá su punto débil eran los niños. Con seguridad no parecía ser de la clase que quisiera aprender a confeccionar acolchados, pero tampoco lo aparentaba el otro tipo, Stuart.

"Supongo que yo tampoco encajo —pensó Star—. A pesar de que les conté que la abuela me inscribió en las clases, algunos deben de estar pensando qué hace aquí una chica como yo".

Star quitó la vista del motociclista y se concentró en la mujer amish que

45

sostenía otro acolchado colorido que, según decía, se trataba del patrón de la estrella solitaria. "Ahora ese sí encaja conmigo —pensó Star—. Soy una estrella solitaria, a quien nadie, excepto la abuela, ha amado realmente".

Para evitar caer en la autocompasión, Star estudió sus alrededores. A pesar de que había visto a varios amish cuando había ido al mercado de pulgas de Shipshewana, esa era la primera vez que estaba en una de sus casas. Apenas entró en la casa de Emma, notó cuán ordenada y limpia estaba. Desde su punto de vista, nada estaba fuera de lugar. Un aroma delicioso también impregnaba el lugar, como de galletas recién horneadas, lo cual le daba sensación de hogar. De alguna forma, la casa de Emma le recordaba a Star la casa de su abuela, pero con una gran diferencia: la ausencia de electricidad. La sala de costura gigante apenas estaba iluminada con la luz que ingresaba por las ventanas y las lámparas de gas suspendidas desde el cielorraso.

"Qué raro sería para mí vivir sin electricidad —pensó—. Sin TV, computadora, lavavajillas, secador de cabello o microondas". Star estaba segura de que se aburriría si no pudiese conectarse en línea y publicar mensajes en foros para personas que no conocía o descargar sus canciones favoritas en la computadora. Sin embargo, algo de estar allí en ese hogar tan simple y sencillo le brindaba una sensación de paz. Estaba contenta de que había seguido los deseos de la abuela y había venido a la clase. Después de todo, podría ser una linda diversión.

—Y este acolchado colorido se llama "Doble anillo de bodas" — dijo Emma, metiéndose en los pensamientos de Star—. Se trata de un acolchado que suele regalarse a las parejas jóvenes cuando se casan.

—Desearía que alguien nos hubiese regalado un acolchado tan adorable como ese cuando Stuart y yo nos casamos —dijo Pam en voz alta. Se le notaba un aire de melancolía en el rostro perfectamente maquillado.

—Quizás, después de que aprendas cómo confeccionar un acolchado, puedas hacer uno para ustedes —dijo Emma, dándole ánimo.

—Sería lindo. —Pam miró a su esposo—. ¿No te parece, Stuart?

—Ajá. Lo que sea —murmuró, mientras sacaba del bolsillo uno de

esos teléfonos inteligentes más nuevos.

—Parece que hay una sensación de unidad en el equilibrio y la combinación de todas las partes y colores en sus acolchados —interrumpió Ruby Lee.

Emma asintió, mirando rápidamente a Ruby Lee por encima de sus anteojos.

—Creo que tienes razón. Además, la técnica no solo mantiene juntas las capas de tela, sino que también es importante para el diseño y aspecto de los acolchados.

Emma le mostró a la clase algunos acolchados más, incluso el de la "Fiebre tejedora", "Olas del océano" y uno llamado "La dalia".

—El modelo de la dalia tiene un efecto tridimensional provocado por la unión de pétalos que rodean el centro de cada flor con forma de estrella —continuó explicando—. Debido a que amo las flores, los acolchados con el modelo de la dalia son uno de mis favoritos.

—Ese es el que me gusta a mí —dijo Ruby Lee alegremente—, porque desde que nos mudamos a nuestra casa nueva, disfruto de todas las flores bellas que crecen en mi jardín en primavera.

—A mí también me gustan las flores —coincidió Pam—, pero mi favorito sigue siendo el acolchado del doble anillo de bodas.

—Este podría ir contigo, Jan —dijo Emma, sosteniendo un acolchado hecho con telas color café claro y oscuro, que identificó como el modelo "Cabaña de troncos"—. Este acolchado se hace generalmente a partir de varios retazos. A menudo, las piezas delgadas y con forma de troncos tienen diferentes largos, y se pueden utilizar piezas de material más pequeñas que no son lo suficientemente largas para otros modelos.

Jan encogió sus anchos hombros.

—Bueno, no me gusta mucho acampar, pero supongo que la casa en la que vivo podría considerarse mi cabaña.

—A mí me gusta acampar —interrumpió Stuart. Al menos había vuelto a prestar atención.

Emma alcanzó otro acolchado.

—Este se llama "Bloques en cascada" y también se lo conoce como "Bloques de bebé". Utilizando solo una forma de diamante, con variedad de colores, el acolchado crea una ilusión óptica de hexágonos, cubos, estrellas o diamantes. —Señaló el pequeño acolchado que había traído Paul—. Mi modelo de bloques en cascada es similar al acolchado que la esposa de Paul comenzó a hacer para Sophia.

La frente de Paul se arrugó.

—Todavía no estoy seguro de si alguna vez podré finalizar ese acolchado.

—No te preocupes por eso ahora —dijo Emma con paciencia—. Posiblemente te sientas diferente cuando aprendas a confeccionar acolchados.

Star miró a Stuart. Otra vez estaba tocando su teléfono. Posiblemente, el tipo estaba navegando en la web o jugando algún juego. Apartó la mirada y su mente volvió a vagar mientras continuaba examinando sus alrededores. Al otro lado de la sala había un máquina de coser a pedal. Star sabía qué era porque había visto una en una tienda de antigüedades cuando ella y la abuela habían salido a hacer compras durante una visita a su casa, unos años antes de que enfermara. A la abuela le habían interesado las antigüedades, y las botellas de leche extrañas que estaban en la encimera de la cocina eran algunas de las cosas antiguas que había coleccionado. Había un secreter anticuado en el cuarto donde dormía Star. En el ático, también había visto varios muebles en necesidad urgente de reparación, y un baúl maltrecho, que esperaba revisar algún día.

Cuando Stuart exhaló de manera profunda y ruidosa, Star lo miró con repulsión. Desparramado en su silla con los ojos medio cerrados, todavía sosteniendo el teléfono en una mano, parecía tan aburrido con todo esto como ella solía sentirse durante las clases de matemática de la preparatoria. Era obvio que el pobre tipo no quería estar allí. Su esposa, en cambio, sentada derecha en su silla con una mirada expectante, sin dudas estaba ansiosa por aprender todo lo que pudiese acerca de la confección de acolchados. El maquillaje de la rubia delicada estaba perfecto, como las uñas, pintadas con un esmalte color lavanda pálido que combinaba con la blusa de seda semitransparente.

"Me pregunto si se pinta las uñas para combinarlas con la ropa que usa —pensó Star con desdén—. No puedo entender por qué algunas personas se ven tan perfectas, mientras otras no parecen preocuparse por su apariencia". Volvió a mirar a Stuart y notó una mancha oscura —probablemente de café— en su camisa. Era seguro que él y Pam no encajaban, al menos no en el modo en que se vestían. Emma y los demás estaban bien, pensó. Al menos parecían tener más los pies sobre la tierra que Pam, aunque Star tendría que esperar a pasar más tiempo con estas personas antes de sacar verdaderas conclusiones.

—Ahora que les he contado algo de la historia de los acolchados y que les he mostrado varios de los diseños que tengo aquí, les explicaré qué haremos con los tapices acolchados que aprenderán a hacer —dijo Emma—. Tengo muchos materiales para que elijan y pienso que sería bueno que todos utilicen el mismo modelo sencillo de estrella para el primer proyecto. Luego, con suerte, una vez que aprendan las cuestiones básicas de la confección de acolchados, podrán hacer un acolchado más grande ustedes mismos. O en el caso de Paul, debería poder terminar el acolchado de bebé que comenzó su esposa. Por supuesto, pueden usar materiales del color que les guste, lo que hará que cada tapiz sea algo diferente y único.

Cuando la bebé de Paul comenzó a quejarse un poco, Star dirigió su atención hacia él y notó cuánta atención le brindaba, mientras le daba palmaditas en la espalda. Seguro no era fácil para Paul perder a su esposa y tener que criar solo a su hija. Star tenía la esperanza de que él lo hiciera mejor que su mamá con ella. Una bebé necesitaba saber que era amada y que sus necesidades estaban primero, no al revés.

Durante la infancia de Star, había sentido que su mamá era más una hermana que una madre. A veces, su mamá parecía una colegiala tonta, especialmente cuando andaba con alguno de sus novios. Tal vez, la inmadurez de la mamá surgía del hecho de que tenía solo dieciocho años cuando Star nació, pero para ahora ya tendría que haber crecido y dejar de ser tan egocéntrica.

Emma dejó de lado el último acolchado que les había mostrado y apenas se había levantado de la silla mecedora cuando un sonido ensordecedor atrajo la atención de todos hacia la ventana detrás de ella. Una cabra blanca con la nariz pegada al vidrio los miraba fijamente. *¡Beeee! ¡Beeee!*

—¡Aléjate, Maggie! ¡Vete ahora, fuera! —Emma golpeó la ventana y aleteó las manos hacia la cabra. Cuando el animal no se movió, Emma giró hacia la clase con las mejillas rojas—. Disculpen la interrupción. A veces Maggie puede llegar a ser un fastidio. A menudo se escapa del corral y provoca toda clase de problemas. Hasta sacó algunas prendas que estaban colgadas en la cuerda el otro día, y tuve que volver a lavarlas.

—¿Quiere que la encierre? —preguntó Stuart, prácticamente saltando del asiento—. Practico deportes y sé mucho de animales.

Emma se veía un poco dubitativa, pero asintió.

—Puedes intentarlo si quieres. Mis nietos que viven al lado me ayudaron a plantar un pequeño jardín hace dos semanas, y no me gustaría ver que Maggie lo pisotee y lo arruine.

—Seguro, no hay problema. La pondré nuevamente en su corral. —Stuart se puso la gorra en la cabeza y atravesó la habitación rápidamente.

Pam lo siguió y lo tomó del brazo.

—No creo que sea buena idea, Stuart.

—¿Por qué no?

—Perseguir una cabra no es lo mismo que cazar un venado. El animal podría cornearte.

Stuart soltó lo dedos de Pam de su brazo y se acomodó la gorra, que estaba un poco torcida.

—¡Pero sí! Solo atraparé al animal y lo volveré a poner en su corral.

—Ten cuidado —gritó Pam mientras él salía por la puerta.

Star intercambió miradas con el motociclista. ¿Sabía él qué estaba pensando ella?

Jan sonrió con los labios cerrados y le guiñó el ojo.   .

Ahogando una risita, Star fue hasta la ventana, ansiosa por ver cómo le iba al cazador sabelotodo en la captura de la cabra. Todos la siguieron, Emma incluida, y disputaron un lugar en la ventana.

Tan pronto como Stuart puso un pie en el porche, la cabra saltó la reja y corrió a toda velocidad por el jardín. Stuart hizo lo mismo.

"Me pregunto qué estará tratando de probar este tipo —pensó Star—. Al menos podría haber usado las escaleras".

Star volvió a mirar a Jan, que ahora estaba parado junto a ella con una gran sonrisa. Igual que Star, probablemente pensaba que iban a presenciar un buen espectáculo. Divertida y algo escéptica, estaba ansiosa por ver qué pasaría a continuación, a pesar de que se guardaba los pensamientos.

Cuando Stuart se acercó a la criatura de cuatro patas, Maggie emitió un estridente *Beeee* y saltó sobre la mesa de picnic. Stuart se inclinó hacia adelante con los brazos extendidos. Estaba a punto de tocarle el cuello cuando la cabra dio un salto, y casi le golpea la cabeza a Stuart con una de sus pezuñas. Afortunadamente, la gorra recibió el impacto y voló por los aires. Después de que las patas de Maggie tocaron el suelo, miró atrás hacia Stuart como si dijera: "Ahora sí. ¡Atrápame si puedes!".

Enrojecido y sacudiendo el puño, Stuart se volvió a calzar la gorra y corrió por todo el pasto persiguiendo a la cabra. Dieron vueltas por el jardín una y otra vez hasta que Stuart saltó de golpe sobre el animal. Ésta se lanzó por entre las piernas de Stuart, y él terminó boca abajo en el suelo, desafortunadamente en un charco de agua, que sin dudas era de la lluvia de la noche anterior.

Todos menos Pam comenzaron a reír; realmente era una escena cómica. Star pensó que valió la pena venir solo para ver eso.

Pam respiraba de manera entrecortada mientras la cabra se daba vuelta y arremetía contra la gorra de Stuart. Unos segundos después, Maggie corría por todo el jardín con la gorra en la boca.

—Realmente lo siento —dijo Emma, mientras se volvía hacia Pam con una expresión de arrepentimiento.

Pam sacudió la cabeza suavemente.

—No es su culpa. Mi esposo no debería haber salido pensando que podría capturar su cabra.

—Si alguien carga a Sophia, yo saldré y veré si puedo ayudar a Stuart a arrear la cabra —dijo Paul.

—Yo cargaré a la bebé —dijo Jan con ímpetu, antes de que cualquiera de las mujeres pudiera responder.

—¿Por qué no dejas que la carguemos nosotras y tú sales a ayudar a los hombres a atrapar la cabra? —sugirió Pam.

Jan sacudió la cabeza.

—No tengo ganas de correr a una cabra estúpida que obviamente no quiere ser atrapada. —Miró a la pequeña de Paul y sonrió—. Además, prefiero cargar a la bebé.

Paul lo dudó, pero luego le pasó la bebé a Jan. Cuando Paul salió, Jan se sentó en la mecedora y comenzó a balancearla mientras le daba suaves palmadas en la espalda.

Star dudaba entre ver al motociclista corpulento hablarle suavemente a la bebé y a Paul en el jardín ayudando a Stuart a perseguir a la cabra. Parecía extraño que Jan prefiriese cargar a la bebé en lugar de ayudar a los hombres a probar su valor, pero algo de la apariencia tierna de Jan mientras cargaba a la pequeña Sophia tocó alguna fibra del corazón de Star. Ya crecida, nadie más que la abuela la había mirado de un modo tan dulce.

Debido a que nunca conoció a su padre real y a que tuvo a un imbécil como padrastro, no sabía cómo era tener padres amorosos. Suponía que, a su manera, su mamá la amaba, pero nunca había expresado su amor por ella para que Star lo creyera o sintiera. Su mamá siempre había parecido preocuparse más por satisfacer sus propias necesidades que las de Star. Si no hubiese sido por la abuela, posiblemente Star nunca habría sentido cómo era ser amada. Quizá si la mamá hubiese podido estar más en casa con Star, las cosas habrían sido diferentes. Y, otra vez, lo dudaba.

Después de que su mamá se casó con Wes, Star había pensado que los días de su madre como mesera terminarían, pero el holgazán nunca tuvo un trabajo fijo, así que su mamá se había visto forzada a trabajar tiempo completo para pagar las cuentas. "Nunca me gustó ese hombre —pensó Star con amargura—. Era violento con mamá y a mí me trataba como si ni siquiera estuviese allí. Probablemente deseaba que así fuera, así tendría a mamá toda para él. ¡Los dos años que vivió con nosotras fueron horribles, y espero que mamá nunca se vuelva a casar!".

—Bueno, ¡miren eso! —gritó Ruby Lee—. Paul prácticamente tiene a esa cabra malgeniosa comiendo de la mano.

Star dirigió la mirada nuevamente hacia la ventana. Paul estaba cerca del límite del jardín, sostenía varios trozos de pasto y Maggie, la cabra, se movía hacia él lentamente. Cuando Maggie se acercó y tomó el pasto con la boca, Paul le colocó las manos alrededor del cuello y la condujo hacia el corral con facilidad. Mientras, Stuart estaba parado cerca del porche sosteniendo su gorra de béisbol destrozada y sacudiendo la cabeza. ¡Demasiado para el gran cazador blanco!

Cuando los hombres volvieron a la casa, Emma, aún riéndose entre dientes, se disculpó con Stuart por la gorra arrugada.

—Creo que tal vez todos necesitamos un pequeño receso —dijo—. Permítanme ir a la cocina a buscar algunos refrigerios.

—Iré con usted —dijo Ruby Lee, siguiendo a Emma fuera de la habitación.

Star pensó que la maestra necesitaba un receso tanto como los de la clase. Con suerte, después de algunos refrigerios, todos se calmarían y relajarían.

Jan parecía no querer devolverle la bebé a Paul, pero cuando él olfateó el aire y dijo que los pañales necesitaban un cambio, Jan arrugó la nariz y rápidamente le entregó a Sophia a su padre.

—Los bebés son así. —Pam le dio un codazo en el brazo a su esposo—. ¿No es cierto, Stuart?

—¿Eh? —Stuart estaba jugando nuevamente con su teléfono.

—Dije: "Los bebés son así". —Pam lo miró con furia y señaló el teléfono—: Por favor, ¿podrías guardar eso? Supongo que estarás viendo los resultados de algún evento deportivo.

Stuart se encogió de hombros y volvió a guardar el teléfono en el bolsillo. Star no había esperado que cediera tan fácilmente. ¿Siempre era tan obediente o simplemente trataba de evitar una pelea?

—¿Y qué haces para divertirte? —preguntó Star, volviéndose hacia Jan.

—Monto mi Harley. —Sonrió avergonzado—. Bueno, eso hacía antes de perder mi licencia.

—Nunca he montado una motocicleta —dijo ella.

—Alguna vez tienes que probarlo. Es realmente muy divertido. —Frunció el ceño mientras sacudía la cabeza lentamente—. Seguro que es mejor que montar una bicicleta destartalada que tienes que pedalear para llegar a cualquier lado.

—Bueno, quizás debas conseguirte alguna que no esté tan destartalada —interrumpió Stuart.

Star contuvo la respiración, esperando que Jan le respondiera con alguna ocurrencia, pero simplemente ignoró al hombre. Ni siquiera miró para ese lado. Tal vez era algo bueno, porque si hubiese dicho algo despectivo, los dos hombres habrían terminado enfrentados otra vez.

"A Stuart le vendría bien que Jan lo golpeara en la nariz —pensó Star—. Tiene una gran bocota y debería saber cuándo callarse. Quizás Su Señoría necesite a alguien más grande que él para que lo ponga en su lugar".

Paul volvió del cuarto de baño, donde había ido a cambiar a la bebé, justo cuando Emma y Ruby Lee entraban a la sala de costura trayendo un plato lleno de galletas de mantequilla de maní, una cafetera y una jarra de té helado. También tenían tazas, vasos y servilletas, que colocaron sobre la mesa. La atmósfera de la sala parecía más relajada después de que todos se sirvieron.

Emma le sonrió a Paul y luego a Stuart.

—Les quiero agradecer a ambos por arrear mi cabra, algo que seguro salvó mi jardín.

—No hay problema —dijo Paul.

—Sí, lo hice con gusto —agregó Stuart con una sonrisa de satisfacción. ¿Tan rápido se había olvidado de que la cabra lo había vencido? ¿No le importaba que todos se hubiesen estado riendo mientras veían sus payasadas desde la ventana?

"Qué imbécil —pensó Star—. Es igual al novio de mamá, el sabelotodo Mike. Solo que pienso que a Stuart le gusta presumir para ganar atención".

Mientras comían los refrigerios, todos compartieron un poco más acerca de ellos. Star se sorprendió al enterarse de que a Jan le gustaba el mismo tipo de música que a ella, y que había sido autodidacta para tocar la armónica. Por supuesto, no pensaba que tocar la armónica fuese difícil. Uno de los tontos de la cafetería en Goshen tenía una armónica y le había contado que no era más que aprender cuándo aspirar y cuándo soplar.

Cuando todos terminaron sus galletas y bebidas, Emma le mostró a la clase cómo usar un molde y comenzar a marcar el diseño en la tela, usando una tiza de costurero o un lápiz.

—Cuando hayan terminado de marcar, necesitarán cortar las piezas del modelo —dijo Emma—. En el siguiente paso, llamado "ensamble", coserán entre sí las piezas que cortaron y luego a la cubierta del acolchado, que también necesita cortarse —continuó—. Ahora, las piezas del modelo generalmente se cosen a máquina sobre la cubierta. Luego se alinean el forro, el relleno y la cubierta, se colocan en un bastidor y se acolchan. Cuando eso está hecho, se colocarán los ribetes y el proyecto estará listo.

Stuart, que obviamente estaba desinteresado en todo el proceso, se recostó en la silla, que había ubicado cerca de la pared. Con los brazos detrás de la cabeza, cerró los ojos y dormitó. Star estaba segura de que estaba durmiendo porque escuchó algunos ronquidos suaves desde ese lado de la mesa.

"Ese tipo no debería siquiera estar aquí —pensó—. Tendría que estar en su casa durmiendo una siesta o haciendo lo que sea que haga para ocupar su tiempo. Probablemente sea uno de esos tontos a los que les gusta sentarse y ver algún juego en la TV y no ayudan para nada a su esposa".

—¡Despierta! —Pam sacudió el brazo de Stuart y lo despertó tan de golpe que casi se cae de la silla—. No estamos acá para que duermas.

—No lo puedo evitar. Perseguir a esa cabra estúpida me agotó. —El rostro todavía le brillaba por el sudor del esfuerzo.

Pam frunció la nariz.

—No deberías haber salido entonces. Todo lo que lograste fue que casi se te arruinara la gorra y que los jeans quedaran húmedos y sucios. Ah, y ya que estamos, mejor dame tu pañuelo para que pueda limpiarte esas manchas del rostro. No puedo creer que no te hayas lavado antes de comer las galletas que preparó Emma.

Como un niño obediente, Stuart buscó en sus pantalones y le dio el pañuelo, pero no se veía contento en lo más mínimo. Star casi sintió pena por el pobre tonto. Por supuesto, si Stuart se enfrentara a Pam y la pusiera en su lugar, probablemente tendrían una pelea.

La frente de Star se arrugó mientras fruncía el ceño. Todo lo que parecían hacer las parejas casadas era pelear, una razón más por la que nunca se casaría. No valía la pena el sufrimiento ni la decepción.

—Eh, Stuart, quiero darte las gracias por hacernos reír a todos —dijo Jan con una sonrisa sobradora—. Fue un gran entretenimiento verte afuera en el jardín con esa cabra. De hecho, te veías completamente tonto.

—Bueno, no hay gracias para ti. Al menos Paul fue lo suficientemente hombre para dar una mano. —Stuart se puso de pie y dio un paso hacia Jan—. Tú elegiste sentarte aquí con las mujeres y un bebé en los brazos. Así que no deberías estar riéndote de mí.

Jan también se puso de pie y se dirigió hacia Stuart hasta que casi se tocaban las narices.

—Así que crees que es gracioso que yo me quede en la casa cargando a la bebé de Paul, ¿no?

—Bueno, ya que lo preguntaste...

Jan se enfureció.

—¡Eh, estoy hablando, y todavía no había terminado, así que por favor no interrumpas!

—Estás completamente fuera de lugar, ¿sabes?

—Ah, sigues hablando. ¿Sabes por qué los tipos como tú tienen que probar su hombría? —Los ojos de Jan se achicaron mientras señalaba a Stuart—. Porque tienen miedo.

—Ah, sí, claro —dijo Stuart bruscamente, cambiando su postura. Luego llevó los hombros hacia atrás y se paró derecho para demostrar toda su estatura, que Star calculó no era más que cinco pies y diez pulgadas—. Para tu información, Sr. Tatuado, no le temo a nada.

El rostro de Jan se enrojeció y dio otro paso hacia Stuart. Igual que la feroz pantera negra tatuada en su brazo, Jan parecía estar listo para atacar.

—Pero, te voy a...

—¿Qué vas a hacer, golpearme?

—Si es lo que hace falta para que te calles.

Los ojos de Emma se ensancharon; la boca de Pam se abrió, al igual que la de Paul. Ruby Lee entrecruzó las manos como rezando, y Star se quedó sentada sacudiendo la cabeza. Los hombres pueden ser tan infantiles a veces; siempre tratando de probar cuán rudos son. Bueno, si tuviera que tomar una posición, sería la del motociclista. El tonto de la gorra de béisbol actuaba como un gran sabelotodo. Posiblemente creyera que era más listo y mejor que Jan. Al menos Jan parecía real y con los pies sobre la tierra. Lo había demostrado cuando contó que había conducido alcoholizado y que había estado un tiempo en la cárcel. Era dudoso que Stuart hubiese tenido siquiera una multa por alta velocidad, y si la tuviera, probablemente jamás lo admitiría.

Star se inclinó hacia adelante, esperando ver quién daría el primer golpe, pero antes de que alguno levantara una mano, Ruby Lee dejó su asiento y se interpuso entre los dos.

—Creo que los dos deberían calmarse. Vinimos aquí para aprender a confeccionar acolchados, no para verlos actuar como un par de escolares tontos que tratan de sacar ventaja sobre el otro.

Los hombres, ambos con el rostro enrojecido y molestos, se quedaron parados unos segundos más, pero finalmente volvieron a tomar asiento.

Emma, hablando rápido y luciendo algo perturbada, comenzó a explicar más acerca de las cosas que iban a aprender en las semanas posteriores. Todos escuchaban y, afortunadamente, no hubo más comentarios desagradables por parte de Stuart o Jan.

Star se sintió apenada por la pobre Emma: "Apuesto a que nunca esperó que algo así sucediera en su clase", pensó.

Para cuando la clase terminó, Emma le había entregado a cada uno algunos materiales y un molde para el modelo de la estrella, junto con las instrucciones para la semana sobre cómo deberían marcar, cortar y unir las partes con alfileres.

Todos se despidieron de Emma y, mientras salían, Jan miró a Paul y le dijo:

—Tienes suerte de tener una bebé tan hermosa.

Paul sonrió y asintió.

—Sí, me siento bendecido.

Star miró a Stuart y Pam, que estaban discutiendo acerca de la aventura de la cabra mientras se dirigían al auto. "Apuesto a que el hombre está deseando no tener que volver jamás a este lugar. Tal vez está pensando qué clase de excusa inventar para evitar aprender cómo hacer un acolchado. Será interesante ver si aparece la semana próxima. Apuesto que no. Apuesto que la delicada Pam viene sola", pensó Star.

CAPÍTULO 7

Con los labios tensos, Pam dijo:

—No puedo creer lo que hiciste.

—¿Qué se supone que significa eso? —preguntó Stuart mientras conducía su todoterreno hacia la carretera.

—El modo en que actuaste en la clase fue absolutamente imperdonable. —Encogió los ojos mientras lo miraba con furia, con la esperanza de que él se diera cuenta de cuán enojada estaba—. Emma Yoder parece una mujer muy agradable, pero después de hoy, probablemente se esté preguntando por qué decidió dar las clases de confección de acolchados.

—Si te estás refiriendo a la aventura de la cabra, yo solo estaba tratando de ayudar. No fue mi culpa que ese animal loco pensara que mi gorra de béisbol podría ser un desayuno grandioso. Además, por si no lo recuerdas, Emma me agradeció por la ayuda.

—No estaba hablando solo de la cabra o de tu estúpida gorra.

Principalmente me refería a que en toda la clase estuviste durmiendo o diciendo algo grosero.

Él frunció las cejas tupidas.

—¿De qué estás hablando, Pam?

En ningún momento dije algo grosero.

—Te digo que sí.

—¿Como qué?

—Para empezar, el modo en que le hablaste al motociclista fue horrible. Cuando se presentó, no estuvo bien burlarse de su nombre. ¿Por qué tenías que insultarlo así?

Stuart se encogió de hombros, indiferente.

—Bueno, ¿qué puedo decir? Jan es un nombre tonto para un tipo. Además, se lo merecía, por el modo en que se burlaba de mí por como perseguí a la cabra.

—Cuando tocaste el tema del nombre, no tenías forma de saber que te diría algo acerca de la cabra. Y aun si crees que el nombre Jan es tonto, no tenías que darle importancia y decir que sonaba como el de una niña mimada. —Pam tomó con fuerza las correas de su cartera, como si tratara de controlar sus emociones—. Y luego meterte con que se quedó en la casa con las mujeres mientras ustedes trataban de arrear la cabra empeoró las cosas. De hecho, el modo en que actuaste hoy no te hizo mejor que él.

—Solo estaba mostrando lo obvio. ¿Tienes algún problema con eso?

—A decir verdad, sí.

—Sí, bueno, no iba a dejar que un matón tatuado me pasara por encima.

—Jan no parece un matón. Pienso que solo estaba defendiendo su orgullo.

—Ah, ¿y yo no?

Ella resopló.

—Eres imposible, Stuart.

—Déjame en paz. No soy más imposible que tú. —Miró a Pam y frunció el ceño—. No puedo creer que pretendieras que yo aprenda a confeccionar un acolchado o que me siente en esa clase aburrida con un montón de gente rara.

—No son raros; simplemente son diferentes. Y tú necesitas superar tus prejuicios.

—No tengo prejuicios.

—Lo que digas. —Pam sabía que debía detenerse ahí, pero no podía—. Entonces, déjame preguntarte algo, Stuart. ¿Qué se siente ser el Sr. Correcto las veinticuatro horas al día?

Él siguió con la vista al frente.

—Creo que deberíamos buscar otra cosa para hacer juntos. Algo que no sea confeccionar acolchados.

—¿Como qué?

—No lo sé. Cualquier cosa que no sea sentarse en una habitación en penumbras y escuchar a una mujer amish aburrirnos con la historia de los acolchados. Me sorprende que no se hubieran dormido todos.

—Emma solo nos estaba dando información de referencia para que podamos saber mejor cómo se hacen los diferentes modelos de acolchados. Tenemos tarea para hacer en la semana, y el próximo sábado nos enseñará el siguiente paso en nuestro tapiz, así que estoy segura de que la clase será más interesante.

—Para ti, quizás —murmuró él—. ¡Ahora desearía no haberte llevado jamás a pescar!

—¿Sabes una cosa? —Pam contraatacó—. En eso estamos de acuerdo. ¡Yo también desearía que no me hubieses llevado a pescar!

—⁓—

Al poco tiempo de que se fueron los alumnos, Emma fue hasta la cocina para prepararse algo de almorzar. La mañana no había resultado como lo había planeado, y no podía sacarse de la cabeza el pensamiento de que Dios le había enviado a un curioso grupo de personas para que les enseñara.

"¿Soy realmente apta para la tarea? —Se preguntó Emma mientras tomaba una rebanada de pan integral de la panera—. ¿Deberé enseñarles algo más que a confeccionar acolchados?". Con la excepción de Ruby Lee, que parecía ser inteligente y alegre, los demás parecían tener algunos asuntos serios con los que estaban lidiando. Estaba preocupada por Star y Paul porque ambos habían perdido a un familiar recientemente, a pesar de que, por lo que Emma podía ver, Paul parecía estar manejando la muerte de su esposa bastante bien. Tal vez había encontrado consuelo en su bebé, y quizás tenía una fuerte fe en Dios. Cuando se había inclinado para levantar un juguete que la beba había tirado, Emma había notado que tenía una cadena de plata con una cruz alrededor del cuello. Pensó que probablemente la usaba como muestra de sus creencias religiosas.

Star, por otro lado, estaba vestida casi completamente de negro. ¿Sería el luto por la muerte de su abuela o simplemente prefería vestirse así? Con la excepción del episodio de la cabra, en el que todos se habían reído, Emma no había visto a Star reír o sonreír en las dos horas de clase.

Emma hizo una pausa para soltar una sonrisa, mientras pensaba cuán gracioso se había visto Stuart, corriendo por el jardín persiguiendo a Maggie luego de que le robara la gorra. Por el bien de Pam, Emma había tratado de no reírse, pero con todos riéndose mientras miraban por la ventana, no pudo evitarlo.

—Un día sin sonreír es un día perdido —murmuró Emma mientras tomaba una lata de atún de la despensa. Ese solía ser uno de los dichos preferidos de Ivan, y lo había llevado a cabo viendo el lado positivo de

la vida y teniendo una sonrisa alegre y buen sentido del humor. Emma también trataba de ser alegre, especialmente desde la muerte de Ivan. La risa era una buena medicina para el alma, y buscar cosas por las que alegrarse había ayudado a Emma durante los momentos más tristes.

Volviendo sus pensamientos nuevamente hacia Star, Emma se preguntó si esa joven sombría estaría enojada con alguien. O simplemente solo era insegura de sí misma. Cualquiera fuera la razón, Emma odiaba ver a Star o a quien fuera tan triste.

A Emma le tocó el corazón saber que Star había venido porque su abuela había querido que aprendiera a confeccionar acolchados como una manera de recordarla.

Emma conocía todo acerca de las cosas que hacen que una persona recuerde a los seres amados. Pensó en Ivan y en cómo había muerto unas semanas antes de que ella cumpliera sesenta y cinco. Le había hecho algo especial para Emma: un estante para acolchados perfectamente terminado, que encontró tres días después de su cumpleaños, escondido en el granero detrás de un montículo de heno. Ivan le había agregado una nota al regalo, en la que le decía cuánto la amaba. El amor y el respeto que Ivan y ella se tenían siempre la acompañaría, y cada vez que mirara el estante que le había hecho, pensaría en él con cariño.

Sabiendo que necesitaba terminar de preparar su almuerzo, Emma tomó un frasco de mayonesa del refrigerador operado a propano y dejó que sus pensamientos se dirigieran hacia el hombre musculoso de chaleco de cuero negro y tatuajes que había venido a su clase para aprender a confeccionar acolchados. Con la excepción de los encontronazos con Stuart, Jan le había parecido bastante agradable. Y realmente se había mostrado contento cuando había cargado a la bebé de Paul. Sin embargo, Emma tenía el presentimiento de que el hombre con el nombre de niña tenía un pasado doloroso y, tal vez, vergonzoso.

Luego estaba el matrimonio, Stuart y Pam. No se habían dicho una sola palabra amable en toda la mañana. Stuart parecía que necesitaba probar su hombría y era obvio que se aburría y que probablemente lo habían obligado a venir a la clase.

"Desearía que Stuart hubiese conocido a mi Ivan y escuchado cuán amablemente me hablaba. —Emma hizo una mueca—. Claro que Pam tampoco fue muy amable con Stuart. Esas miradas repulsivas que le daba, sin mencionar las palabras desagradables, me hacen dudar si realmente ama a su esposo".

Quizá luego de conocer a sus alumnos durante algunas semanas, Emma pudiese hacer que se abran y compartan qué tienen en sus corazones. Si los conociera mejor, podría saber qué cosas de su propia vida podría compartirles para ayudarlos también.

Con el sándwich ya preparado, Emma se sentó a la mesa e inclinó la cabeza. "Querido Señor, rezó en silencio, si se supone que debo hacer más que solo enseñarle cómo confeccionar acolchados a este grupo de personas, por favor, dame sabiduría, un corazón sensible y, por supuesto, Tu dirección".

La puerta trasera se abrió y Mary ingresó en la habitación justo cuando Emma terminaba su oración.

—¿Cómo estás? —preguntó Mary.

—Estoy algo cansada, pero por lo demás bien.

—¿Cómo estuvo la clase?

Emma señaló la silla que estaba al lado de ella.

—Si te sientas mientras como mi sándwich, te contaré. Y puedes acompañarme. Puedo preparar otro sándwich para ti.

—No, adelante. Tomé un tazón de sopa justo antes de venir. —Mary corrió la silla y se sentó—. Entonces, ¿cómo te fue con la clase? ¿Pudiste enseñarle algo hoy a ese... eh... curioso grupo?

—Admitiré que me tomó por sorpresa ver a las personas que habían venido a mi clase. Por las llamadas telefónicas que había recibido, realmente había pensado que les enseñaría a todas mujeres.

—Y apuesto que no esperabas que una estuviera vestida completamente de negro y con un arete en la nariz.

—No, seguro que no.

—Cuando abrí la puerta esta mañana, estuve más que sorprendida por el grupo que esperaba en el porche.

Emma mordió el sándwich y bebió algo de agua.

—Yo también. Realmente nunca hubiese esperado a alguien como Jan Sweet en la clase.

Mary inclinó la cabeza.

—¿Jan Sweet?

—*Ia*. Era el hombre grandote, alto y musculoso que usaba ropa de motociclista.

—Ah, ¿entonces su nombre es Jan?

Emma asintió.

—Uno de los otros hombres, Stuart, molestó a Jan por el nombre. Dijo que era un nombre de niña mimada, y Jan no lo tomó muy bien.

Los ojos de Mary se abrieron.

—¿Qué sucedió?

—Jan le dijo a Stuart algo así como que se guarde las opiniones. —Emma frunció el ceño—. Por un momento, temí que Jan pudiese golpear a Stuart.

Con el ceño fruncido de preocupación, Mary apoyó la mano sobre el brazo de Emma.

—Ay, mamá. ¿Realmente crees que debes enseñarle a estas personas? Digo, ¿qué pasaría si...?

Emma levantó la mano.

—Como bien sabes, Dios nos hizo a todos, y todos somos únicos y diferentes.

—*Ia*, algunos más que otros. —Las líneas de preocupación en la frente de Mary se acentuaron.

Emma sonrió.

—Será lo que tenga que ser, Dios los quiere tanto como a ti y a mí. Estoy segura de que él mira más allá de lo que la gente es hacia lo que puede ser, y tengo el presentimiento aquí en mi corazón de que Dios trajo a estas personas que vinieron hoy para algo más que para aprender a confeccionar acolchados.

—¿Qué otra razón puede haber?

Emma tomó otro sorbo de agua y se secó los labios con una servilleta.

—Bueno, luego de solo un encuentro, pude sentir que la mayoría de ellos está lidiando con algún asunto doloroso o angustiante. Y con la ayuda de Dios y Sus sabias palabras, espero poder decir o hacer algo que los ayude espiritual o emocionalmente, además de enseñarles cómo confeccionar acolchados.

El rostro de Mary se relajó levemente.

—Algo que sé es que has sido bendecida con la habilidad de sentir cuando las personas sufren. Diste prueba de eso muchas veces durante mi niñez y, especialmente, durante mis años de adolescente, cuando tenía un problema y no lo compartía hasta que tú me lo sonsacabas.

Emma sonrió.

—Bueno, espero no tener que sonsacar nada de mis alumnos, pero te pediría que ores para que el Señor me brinde la comprensión y sabiduría para saber qué decir y cuándo decirlo.

Mary asintió.

—Rezaré por ti y por tus estudiantes también.

CAPÍTULO 8

Durante los últimos tres días, Jan y Terry habían estado techando una casa en LaGrange, y para cuando Jan volvía a casa del trabajo cada tarde, estaba demasiado cansado para hacer otra cosa más que preparar algo rápido para cenar, tocar unas notas en la armónica y tirarse en la cama. El techo de la casa en LaGrange había sido empinado, y estaba contento de haber terminado. Cada músculo de las piernas parecían dolerle por la energía que le demandó mantener el equilibrio en ese techo tan agudo.

Pero el jueves a la mañana llovía demasiado para comenzar su siguiente trabajo en Middlebury, así que Jan estaba en casa, solo él y su perro, Brutus. Había comprado un pastor alemán negro y tostado hacía dos años, cuando era cachorro. Brutus había demostrado ser un buen compañero, a pesar de que, debido a que Jan tenía mucho trabajo durante los meses cálidos, no pasaba demasiado tiempo con el perro.

A lo lejos, se escucharon truenos mientras Jan se servía una taza de café y se sentaba a la mesa de la cocina. Brutus, que dormía pacíficamente debajo de la mesa, ni se movió; solo comenzó a roncar.

Jan decidió que ese día sería una buena oportunidad para comenzar a trabajar en su proyecto de acolchado. A solo dos días del próximo sábado, quería estar seguro de que había hecho su tarea como Emma lo había indicado. Lo que les había pedido parecía sencillo, así que estaba seguro de que lo terminaría rápido. Pensaba que una vez que terminara el tapiz, podría intentar hacer un acolchado completo. Podría donarlo a una de las subastas a beneficio locales. Solía haber muchas en el lugar, ya que era la forma en que los amish recaudaban dinero para los gastos médicos. Una cosa era segura: Jan no podía esperar a contarle a su agente de libertad condicional, cuando la viera la semana siguiente, que había encontrado algo creativo para hacer.

Pensó en Emma y sonrió. Por su trabajo y vivienda en Shipshewana, se había encontrado con otras personas amish, pero no había llegado a conocerlas bien. Emma parecía el tipo de persona que hace amigos fácilmente, y su paciencia con los de la clase del sábado pasado le hicieron pensar que era buena y aceptaba a los demás.

"Emma me recuerda a mamá, Dios conserve su alma —pensó Jan mientras tragaba su café tibio y se dirigía hacia la sala de estar para buscar los materiales que necesitaba—. Hasta tiene la misma sonrisa alegre y el tono suave de hablar que mamá. Ojalá pudiese decir lo mismo de mi papá".

La madre de Jan había muerto de un tumor cerebral cuando él tenía diecisiete. Un año después, su papá salió a buscar algo y nunca regresó. Jan era hijo único y como no tenía la menor intención de vivir con su tío borracho, Al, se las arregló solo, haciendo cualquier trabajo que encontraba y viviendo en la parte trasera de su camioneta vieja. Jan terminó quedándose en Chicago durante un tiempo, donde compró una motocicleta, se asoció a un club y conoció a una muchacha con la que pensó que se casaría. Cuando las cosas terminaron, se quedó por un tiempo, pero finalmente se mudó e hizo de todo, desde mesero en una cafetería en Sturgis, Dakota del Sur, hasta un aburrido trabajo de fábrica en Springfield, Missouri. Varios años después, mientras vivía en Grand Rapids, Michigan, Jan aprendió el oficio de techador bajo la guía de un compañero motociclista que tenía su propio negocio. Luego de unos pocos años, Jan se volvió inquieto, así que se mudó y terminó en Shipshewana, donde abrió su propio negocio. Era la primera vez que se quedaba en un lugar por más de un año, y como le gustaba que fuese un pueblo tranquilo y pintoresco, sintió que ahí se quedaría.

Tratando de volver sus pensamientos al presente, Jan estaba a punto de tomar su bolsa de materiales cuando alguien llamó a la puerta.

—Me pregunto quién podrá ser —balbuceó Jan, mientras cruzaba tranquilo la habitación. Con la lluvia cayendo tan fuerte, no podía imaginarse que alguien pudiese estar afuera. Desde adentro podía escuchar cómo la lluvia bombardeaba el techo.

Cuando Jan abrió la puerta, se sorprendió al ver a Selma Nash, la anciana que vivía en la casa de al lado, parada en el porche. Tenía un paraguas negro en una mano, pero no había hecho mucho por protegerle la ropa, porque la falda del vestido y las mangas de su chaqueta liviana estaban mojadas.

—Buenas, Selma. ¿Qué la trae a mi puerta en este día lluvioso de primavera? —le preguntó, mientras le ofrecía una sonrisa y esperaba que esta le quitara ese profundo ceño fruncido que le arrugaba el rostro—. ¿Está todo bien?

El ceño fruncido de Selma se hizo más profundo.

—No, joven, no está todo bien.

—¿No?

Ella sacudió la cabeza.

—¿Qué sucede?

—Ya me estoy cansando de que su perro me destruya los canteros. Si no hace algo al respecto, voy a llamar a control de animales y se llevarán a ese chucho arrastrando a la perrera.

Las cejas de Jan se elevaron.

—Brutus está acá en la casa conmigo. Es más, está durmiendo debajo de la mesa de la cocina en este momento, así que no veo cómo puede estar cavando en sus canteros.

Selma bajó el paraguas y lo sacudió levemente.

—No juegue conmigo, Sr. Sweet. Sé que el desastre que hizo Brutus no fue hecho recién. Lo hizo ayer mientras usted estaba en el trabajo.

—¿Cómo sabe que fue mi perro y no el de otro? —preguntó Jan—. Hay muchos perros aquí en el vecindario, sabe.

—¡Bah! Sé que fue Brutus.

—¿Cómo puede estar tan segura? ¿Realmente lo vio desenterrando las flores?

—No, pero lo vi vagando por mi jardín poco después de que usted se fue a trabajar, y no fue mucho tiempo después que vi que mis canteros estaban destruidos. Sacudió el paraguas con más fuerza esta vez, salpicando agua hacia donde estaba Jan.

Él dio un paso hacia atrás, pero no sin antes recibir algunas gotas de resplandor líquido en el rostro.

—No creo que mi Brutus haya arruinado sus canteros, pero haré todo lo posible por vigilarlo a partir de ahora.

Ella frunció los labios e inclinó la cabeza hacia atrás mientras lo miraba con furia, los pálidos ojos azules entrecerrados.

—¿Y cómo piensa hacer eso? Con usted trabajando todo el día, ese chucho sarnoso que tiene es libre de hacer lo que le place. Usted sabe, hay leyes acerca del control de mascotas.

Jan no podía discutir contra eso. Cuando dejaba salir a Brutus cada mañana, no tenía idea de qué hacía el perro todo el día. Pero no creía que Brutus se fuera lejos, porque cuando volvía a casa del trabajo, el perro generalmente estaba echado en el porche frontal esperándolo. Ya que la casa que había comprado unos años atrás estaba en la zona rural y sobre un terreno de casi un acre, Jan nunca había tenido la necesidad de encadenar al perro o construirle una caseta. Ahora, con Brutus bajo sospecha de la vecina, Jan pensó que sería mejor hacer algo al respecto. Estaba seguro de que no quería que la anciana llamara a control de animales y que se llevasen a Brutus a la perrera.

—Le diré qué haré —dijo él, sonriéndole a Selma—. Le construiré a Brutus una caseta apenas tenga tiempo. Hasta ese momento, lo mantendré en la cochera cuando yo salga. ¿Está bien para usted?

—Sí, supongo que eso evitará que vuelva a desenterrar mis flores, pero ¿qué hay de los pensamientos que ya me arruinó? ¿Usted me va a comprar unos nuevos?

Jan odiaba gastar dinero en flores que no estaba seguro que su perro había destruido, pero no quería enfadar a la señora más de lo que estaba. Así que en lugar de discutirlo, metió la mano en el bolsillo de sus jeans y sacó un billete de veinte dólares.

—¿Creo que esto cubrirá el costo de unos *posamientos* nuevos?

Ella asintió con rapidez.

—Eran pensamientos lo que su perro destruyó, Sr. Sweet, y mejor que no vuelva a ocurrir.

—No, no volverá a pasar.

Selma levantó el paraguas por sobre la cabeza y salió disparada, murmurando algo entre dientes acerca de tener un mejor vecino, algo acerca de un perro.

Cuando Jan volvió a la sala de estar, ahora sin ánimo de trabajar en el tapiz, vio a Brutus recostado sobre el sofá.

—A la Sra. Nash posiblemente le daría un ataque si supiera que te permito estar sobre los muebles. —Jan se dejó caer junto a Brutus y se estiró para acariciar las orejas sedosas del perro—. Suerte para ti que no la invité a pasar.

Brutus gruñó y hociqueó la mano de Jan con su nariz húmeda. Jan estaba contento por la lealtad del perro porque sabía que algunas personas no eran de fiar. Con la excepción de sus compañeros motociclistas, Jan no se permitía acercarse a muchos, especialmente a las mujeres. No había vivido cuarenta años sin aprender algunas cosas acerca del sexo opuesto. Se había quemado una vez con una preciosura que le había prometido amor eterno, y se había jurado algún tiempo atrás que no iba a permitir que le volviera a suceder.

Con la determinación de ver algo de televisión, buscó el control remoto debajo de la pata de su perro dormido. Mientras lo hacía, miró más de cerca y vio algo de lodo en las patas delanteras de Brutus.

—Brutus, ¿tú estuviste cavando los canteros de la vecina?

Ajeno a las palabras de su amo, Brutus comenzó a hacer sonidos ahogados de ladridos y continuó durmiendo.

Jan sonrió para sí mismo mientras observaba al perro, que todavía soñaba y ahora estaba haciendo movimientos como si estuviese cavando con las patas delanteras. Qué cómico se veía con esas patas moviéndose mientras su hocico temblaba como si tratara de ladrar. Todo lo que Jan podía hacer era reírse por lo bajo mientras pensaba: "Creo que mejor le hago la caseta a este perro cuanto antes".

—※—

Goshen

Ruby Lee ingresó al presbiterio para practicar las canciones que había elegido para el domingo. Se le hizo un nudo en el estómago. Le resultaba difícil creer que ella y Gene hubiesen estado aquí por diez años ya.

También era difícil creer que la alegría que habían sentido cuando le habían pedido a Gene que tomara la iglesia ahora se había desvanecido. Al menos para Ruby Lee. Gene continuaba con sus deberes de predicar, actuando como si todo estuviese bien, pero ella estaba segura de que en lo profundo estaba herido, posiblemente más que ella, para decir verdad. Había visto la expresión de dolor de su esposo cuando había regresado a casa de las últimas reuniones del consejo. Había escuchado su preocupación cuando hablaba acerca del futuro de su iglesia. Si tan solo supiera cómo hacer que las cosas mejoraran. Si tan solo pudiera quitar el dolor y la frustración que les tironeaba el corazón a ella y a Gene.

Ruby Lee sabía que debía ir al altar y dejar su carga allí, pero hoy no se sentía con ganas de orar. Ay, ya le había traído sus problemas al Señor tantas veces. Nada había cambiado, y estaba empezando a afectar su habilidad para predicar a los demás. Sentía como si su fe estuviera a prueba y se preguntaba si vendría el fin.

Con un suspiro de resignación, Ruby Lee se sentó al piano y abrió el libro de himnos. Además de los estribillos alegres que cantaban cada domingo para abrir el servicio de adoración, siempre hacían algunos himnos tradicionales. El favorito de Ruby Lee era *Roca de la eternidad*, una de las canciones que había decidido tocar este domingo.

"Roca de la eternidad, —cantaba mientras tocaba— fuiste abierta para mí; sé mi escondedero fiel".

Realmente estos días tenía ganas de esconderse; esconderse de la gente de la iglesia, de sus amigos y sí, hasta esconderse de Dios. Con los problemas que había estado teniendo la iglesia, su fe en quienes se llaman cristianos a sí mismos había comenzado a mermar de a poco, semana a semana. Pero no podía decir nada. Tenía que mantener la frente alta y poner una sonrisa en su rostro para que nadie supiera el profundo dolor que tenía en el corazón. Después de todo, era la esposa del pastor, y era su deber ser un buen ejemplo para los demás. No estaría bien dejar que alguien en la congregación supiera cuán verdaderamente triste se sentía. Podría poner en peligro el ministerio de Gene.

Mientras los dedos de Ruby Lee se deslizaban con facilidad sobre las teclas del piano, continuó tocando el resto de la canción. Ya no podía cantar, sus pensamientos fueron a la clase de confección de acolchados a la que había asistido el sábado anterior. Emma Yoder parecía una persona tan agradable y paciente. El tipo de persona de la que fácilmente sería amiga.

En dos días iría a la casa de Emma para otra lección, y Ruby Lee se preguntaba cómo serían las cosas. "Qué mal que no soy la única alumna de Emma —pensó con tristeza—. Sería más fácil aprender a hacer acolchados si los demás no estuvieran allí, haciendo tantas preguntas innecesarias y comentarios maliciosos, como los que hizo Stuart Johnston la semana pasada".

No se necesitaba ser un genio para ver que el matrimonio de Pam y Stuart estaba tenso, tal vez hasta en problemas. Durante sus años como pastor, Gene había aconsejado a muchas parejas con problemas matrimoniales. Algunos lo escucharon, otros continuaron por el mismo camino que los había traído hasta su oficina en busca de consejo. Un buen matrimonio requería compromiso y el deseo de satisfacer las necesidades del esposo o esposa. Cuando el egoísmo y el deseo de hacer siempre lo que uno quiere se apoderaba de la situación, significaba problemas. Y por lo que Ruby Lee había visto durante la clase, tanto Pam como Stuart tenían asuntos con los que lidiaban, asuntos que habían afectado su matrimonio.

Después estaba la joven que se hacía llamar Star. Por el modo en que hablaba, y toda su conducta, a Ruby Lee le parecía obvio que Star era una resentida y que probablemente necesitaba bajar la guardia. Ruby Lee se preguntaba por qué Star había usado la sudadera negra con la capucha sobre la cabeza durante todo el tiempo que había estado en la clase. ¿Estaba tratando de hacer alguna declaración, escondiendo algo debajo de la capucha? ¿O tal vez esa joven rebelde sería uno de esos "góticos" que Ruby Lee había visto por el pueblo? Star era una chica bella, así que la razón por la que escondía su belleza natural era desconcertante para Ruby Lee. Quizá Star también necesitaba algún consejo.

Es probable que el motociclista con los grandes bíceps también tuviera algunos asuntos. Pero con la excepción de su encontronazo con Stuart, Jan parecía bastante llevadero. A pesar de que Jan parecía del tipo que golpearía en la nariz a cualquiera que lo mirara mal, Ruby Lee tenía el presentimiento de que no era más que un grandote buenazo con un corazón de oro.

El joven maestro hispano que había perdido a su esposa recientemente parecía bastante estable, sin embargo, Ruby Lee se imaginaba que todavía debía de dolerle mucho. ¿A quién no le dolería perder a la esposa y quedar con un bebé que criar? Era una lástima que la niña de Paul creciera sin nunca conocer a su madre.

"Debo ser muy amable con esas personas —pensó—. Soy la esposa de un pastor, y es mi deber ser un buen ejemplo para los demás. ¿Pero cómo puedo hacerlo si me siento tan enfadada y deprimida?".

Ruby Lee se inclinó hacia adelante, apoyando la frente sobre las teclas del piano y oró: "Por favor, Dios, te pido que me des algo de paz".

—⚭—

Cuando Star salió del Walmart de Goshen, luego de trabajar en el turno de la mañana temprano almacenando mercadería, frunció el ceño. Llovía copiosamente y, para el momento en que llegó al auto, estaba empapada.

"Bueno, que llueva —pensó—. No tengo otro lugar al que ir más que a casa". Igual, no le agradaba este clima mojado. Era deprimente y, cuando llovía, no le gustaba tener que quedarse adentro.

Star pensó que podría pasar el resto del día cortando las piezas para el modelo de estrella que estaría en el centro de su tapiz. Después de eso, esperaba poder escribir algunas líneas más de la canción que había comenzado unas semanas atrás. Tal vez, algún día encontraría la forma de hacer que le editen su música. Tal vez, algún día sus habilidades musicales serían reconocidas. Pero por ahora, tendría que conformarse con tocar la guitarra y cantar sus canciones en la cafetería del centro de Goshen los viernes por la noche. Algunos chicos de la universidad local se reunían ahí y unos pocos actuaban en el pequeño escenario, aunque solo Star cantaba canciones originales.

"¿Quién sabe? —pensó Star mientras encendía el motor del auto y salía del aparcadero—. Tal vez la persona correcta se siente en la cafetería una noche y me descubra".

Soltó una mano del volante y se abofeteó el costado de la cabeza. "Tonta. Estúpida. Como si eso fuese a pasar alguna vez. Soy solo una desconocida por la que nadie se preocupa. Es como dice siempre mamá: Estoy llena de grandes ideas que nunca se harán realidad. Y ahora que la abuela se fue, probablemente nunca encuentre a nadie que me ame realmente por la persona que soy. Siempre estaré perdida, como una estrella fugaz a la que nadie presta atención".

Le vinieron a la cabeza algunas palabras nuevas para una de las canciones sobre la que había estado trabajando, y comenzó a cantar en un tono suave: "Qué difícil respirar; qué difícil descansar; que difícil saber si estás cuando eres una estrella fugaz".

CAPÍTULO 9

Mishawaka, Indiana

Stuart estaba sentado en el sofá de la sala mirando televisión con los pies apoyados en la mesa de café cuando Pam le dijo:

—Estoy lista para trabajar en mi tapiz acolchado.

Sin respuesta.

—Stuart, ¿me estás escuchando?

Aún sin respuesta

Pam apartó el camión de juguete de su hijo con el pie y se paró frente al televisor.

—¡Eh! Me estás bloqueando la visión. —Stuart la miró fijamente y con enojo, y le hizo un gesto con la mano para que se moviera.

Ella permaneció firme, con ambas manos sobre las caderas.

—Es la única manera en la que puedo tener tu atención.

—¿Qué quieres?

Stuart echó un vistazo por un costado para ver la televisión.

Ella se movió hacia la derecha para continuar bloqueándole la visión.

—Dije que ya estoy lista para trabajar en mi tapiz acolchado.

—Qué bien. Por favor, ¿podrías moverte de mi camino?

Mientras lo señalaba, Pam sintió que le hervía el rostro.

—La próxima clase es en solo dos días, y prometiste que esta tarde podríamos trabajar juntos en nuestros tapices.

Stuart sacudió la cabeza.

—Nunca prometí algo así. Tú dijiste que querías trabajar en tu proyecto, y yo dije que por mí estaba bien. —Señaló el televisor—. Estoy viendo un juego de béisbol. Al menos en eso estaba hasta que me interrumpiste.

El enojo de Pam llegó al tope.

—Si no trabajas en tu proyecto esta noche, no tendrás lista la primera etapa del tapiz antes del sábado.

—Lo haré mañana a la noche.

—Mañana es el recital de piano de Devin y luego llevaremos a los niños a tomar helado. ¿Recuerdas?

—Ah, sí, es cierto. Bueno, entonces trabajaré en el estúpido tapiz el sábado a la mañana, antes de ir a Shipshewana. —Bostezó y estiró los brazos por encima de la cabeza—. O tal vez ni siquiera trabaje en eso. Tal vez ni vaya esta semana. Podría dormir hasta tarde el sábado.

Ella entrecerró los ojos.

—Mejor que cumplas con tu palabra.

Él se inclinó hacia la izquierda, estirando el cuello para volver a ver el televisor.

—¡Ah, genial! Me perdí la última jugada y ahora el otro equipo está por batear.

Pam rechinó los dientes.

—¿Por qué ese béisbol es más importante que yo?

—No lo es.

—Sí lo es. Si no lo fuera, apagarías el televisor, vendrías al comedor y cortarías los materiales para tu modelo de estrella. Podemos conversar mientras cortamos y prendemos las piezas con alfileres.

El rostro de Stuart se puso rígido y se le formaron pequeñas arrugas sobre la frente.

—Mira, Pam, cuando fuiste a pescar conmigo, no tuviste que hacer todo antes de ir.

—¿Qué quieres decir?

—Yo no esperaba que buscaras lombrices para usar como carnada o incluso que sacaras los elementos de pesca del armario. Yo lo hice por ti. Todo lo que tuviste que hacer fue sentarte en el bote y pescar.

El enojo de ella iba en aumento.

—¿Estás diciendo que piensas que yo debería trabajar en mi proyecto y en el tuyo también?

Se asomó una sonrisa en las comisuras de la boca de él.

—No estaría mal.

—¡Ah, claro! Así el sábado llegas a lo de Emma con una gran sonrisa y les haces creer a todos que hiciste lo que ella pidió.

Él se encogió de hombros.

—Si no quieres hacer tu tarea, es tu decisión, pero no esperes que yo la haga por ti. —Pam giró y salió de la habitación dando pisotones. No creía que ninguna cantidad de sesiones de consejería matrimonial ni hacer cosas juntos salvarían su matrimonio. Iban por una calle de un solo sentido y, a menos que ocurriese un milagro, temía que el viaje terminara en divorcio.

Elkhart

—¿Podría empeorar la semana? —masculló Paul mientras su hija jugaba en el corral.

Reunión de padres una tarde y con el director de la escuela la siguiente era demasiado para una sola semana. Las dos veces le había pedido a Carla, una adolescente de la iglesia, que cuidara a Sophia. Carla parecía bastante capaz, pero en ambas oportunidades, al llegar a casa, Sophia había estado lloriqueando. Ya era bastante malo que tuviese que dejar a su pequeña en la guardería cada mañana antes de la escuela. Deseaba no tener que dejarla con una niñera cada vez que debía salir durante la tarde. También deseaba que su hermana, María, pudiese cuidar a Sophia todo el tiempo, pero con su trabajo de medio tiempo en el banco, más el cuidado de sus tres niñas movedizas, simplemente era imposible. Los días en los que Paul llevaba a Sophia a la guardería, ella todavía lloraba tan pronto como estacionaba frente al edificio. Le rompía el corazón cuando ella le estiraba los brazos, como rogándole que se quedara.

Paul esperaba que María pudiese cuidar a Sophia los sábados restantes en los que tomaría las clases de confección de acolchados así no tendría que llevarla con él, como la semana anterior, o peor, dejarla con una niñera que no conocía. A pesar de que Sophia se había portado bien durante las dos horas que habían estado en lo de Emma, a Paul le había costado concentrarse en lo que ella trataba de enseñarles. Le resultaba importante aprender alguna técnica para acolchar, ya que había decidido que definitivamente intentaría terminar el acolchado para Sophia, y esperaba que, al hacerlo, pudiese darle un cierre a la situación.

Esta noche, Paul estaba agradecido por estar en casa, pero tenía algunos trabajos que calificar. Sophia estaba con él en el comedor, pero no estaba muy contenta en el corral en lugar del regazo de su papá, como acostumbraba la mayoría de las tardes. De todos modos, era mejor a que alguien más la cuidara.

—Ay, Lorinda —susurró Paul mientras se frotaba un lunar que le molestaba en la frente—. Cómo quisiera que estuvieses aquí conmigo, cargando a nuestra hermosa pequeña.

—∿—

Shipshewana

Emma recién se había sentado frente a la máquina de coser a pedal cuando escuchó que se abría la puerta trasera. Unos segundos después, su nieta Lisa, de ocho años, brincó en la sala.

—Papi hizo una fogata atrás, y pronto asaremos perros calientes y malvaviscos —anunció la pequeña de ojos azules y cabello rubio—. ¿Te gustaría venir y comer con nosotros, abuelita?

Emma sonrió y abrazó a Lisa.

—Gracias por la invitación, pero ya comí.

—Entonces ven a comer malvaviscos. —Lisa le sonrió a Emma y se relamió los labios—. Saben superdeliciosos.

—Yo también creo que son deliciosos, pero ahora estoy ocupada cosiendo. Quizás alguna otra vez que tu papá haga una fogata pueda ir con ustedes —dijo Emma.

Lisa sacó el labio inferior hacia afuera. Emma odiaba decepcionar a la niña, pero si no terminaba de ensamblar ese acolchado, no lo tendría listo para la subasta de caridad que se haría en unos pocos meses. Tampoco había terminado el acolchado para la boda de otoño a la que asistiría. Sin embargo, tampoco quería dejar pasar la oportunidad de estar con parte de su familia.

Le dio una palmadita en el brazo a su nieta.

—Los acompañaré en un rato, luego de coser un poco. ¿Qué te parece?

Una enorme sonrisa se formó en el rostro de Lisa.

—¡Cose rápido, abuelita!

Emma sonrió mientras la pequeña de mejillas rosadas salía de la sala correteando. Era agradable vivir tan cerca de Mary y su familia. No solo estaban cuando los necesitaba, sino que casi siempre había alguien con quien conversar en la casa de al lado cuando se sentía sola. Otras veces, especialmente durante los meses más cálidos, cuando las ventanas estaban abiertas, era agradable simplemente escuchar a los nietos del otro lado de la cerca, riendo y jugando en el jardín. Hacía que se sintiese conectada a ellos.

Durante la siguiente hora, Emma trabajó en el acolchado. Mientras cosía, pensaba en la próxima clase de confección de acolchados. Esperaba que fuera mejor que la de la semana anterior, y que todos comenzaran a interesarse en las cosas que planeaba enseñarles. El sábado anterior, cuando Stuart se había quedado dormido, se había preocupado porque tal vez estaba aburrido o no había entendido lo que ella había intentado explicarles. A pesar de que Emma sabía mucho acerca de la confección de acolchados, no estaba segura de que hubiese presentado la información de manera clara e interesante. Se aseguraría de ir un poco más despacio esta semana y de no permitir que la invadieran los nervios. Y con suerte no habría interrupciones, como Maggie, que se escapó de su corral, o Stuart y Jan, que intercambiaron palabras acaloradas y casi se pelean. A Emma le había parecido que eso era lo más incómodo.

Los pensamientos de Emma se detuvieron cuando escuchó el sonido de una sirena que parecía acercarse cada vez más. Cuando vio las luces rojas a través de la ventana y se dio cuenta de que venían por el camino que separaba su casa de la Mary, se preocupó mucho.

Olfateó el aire. "¿Es humo lo que huelo?".

Se apresuró hacia la ventana y se quedó sin aliento cuando dos camiones se detuvieron. Se movió hacia la ventana lateral y notó que el humo y las llamas venían del cobertizo donde su yerno guardaba madera y herramientas de jardinería. El cobertizo no estaba lejos del granero, y Emma temió que si no controlaban pronto el fuego, el granero también se prendiera.

Con una oración rápida, pero firme, Emma salió por la puerta trasera mientras el sonido de las maderas crujiendo llegaba a sus oídos.

Capítulo 10

Goshen

Star recién se había sentado a la mesa de la cocina para cortar las piezas de su modelo cuando su mamá entró en la habitación.

—Acabo de ver los horarios del cine —dijo su mamá, mientras le mostraba el periódico a Star—. Esa nueva comedia romántica que vimos anunciada en la televisión se está dando en el Linway Cinema 14. ¿Te gustaría ir?

Star sacudió la cabeza.

—No, estoy bien. Me voy a quedar aquí esta noche.

—¿Haciendo qué?

—Estaré ocupada cortando las piezas del modelo de mi tapiz de pared. Tengo que terminar esta primera parte antes del sábado. —Señaló el material negro y dorado que había elegido.

Las cejas de mamá se unieron cuando frunció el ceño.

—Sigo pensando que es una idea tonta que sigas perdiendo el tiempo en esa clase de confección de acolchados.

Star rechinó los dientes. "Otra vez, no. Ya tengo suficiente con tratar de impresionar a mamá con algo que hago".

—La abuela quería que fuese, si no, no me hubiera reservado un lugar.

Su mamá miró a Star como si aún no comprendiera.

—Extraño a la abuela, tomar las clases para aprender a confeccionar acolchados me hace sentir más cerca de ella —dijo Star.

—Puedes extrañarla todo lo que quieras, pero yo soy la única madre que tienes y debes apreciarme y desear pasar algún tiempo conmigo cuando tenemos la oportunidad.

—Pasaría más tiempo contigo si nos gustaran las mismas cosas. — Lo que Star quería decir realmente era: "Sí claro, ¿como todo el tiempo que pasaste conmigo mientras crecía?". Pero no pudo hacer que salieran de su boca esas palabras llenas de rencor.

—¿De qué cosas estás hablando? —preguntó su mamá.

Star dejó las tijeras sobre la mesa y la miró.

—Me gusta tocar la guitarra, cantar, escribir canciones, y a ti no te gusta la música en absoluto —dijo, tratando de sonar tranquila. Algo que no necesitaba esa tarde era una discusión con mamá. Ya habían tenido demasiadas.

—Eso no es verdad. Simplemente no me gusta la clase de música que cantas y tocas.

Star comenzó a subir la guardia, a pesar de su decisión de mantener las cosas en calma.

—¿Y qué tiene de malo mi música?

—Es lenta y las letras que escribes son deprimentes.

—Tal vez sea porque me siento deprimida la mayor parte del tiempo.

La mamá de Star cruzó los brazos y la miró con furia.

—No tienes más motivos que yo para estar deprimida, y yo no ando por ahí con canciones pesimistas.

Star tomó la pieza de material con tanta fuerza que los nudillos se pusieron blancos.

—No es pesimismo. Simplemente expreso lo que siento.

—¿Y cómo te sientes?

—Sola y rechazada.

—No tienes motivos para sentirte rechazada. Desde que eras un bebé, te he cuidado. Eso es más de lo que puedo decir de...

Star levantó la mano.

—No entremos en eso, mamá. He escuchado esa historia tantas veces que ya me sé cada palabra de memoria.

—Bueno, bien. Entonces debes apreciar los sacrificios que he hecho, y salir de ese lugar de víctima.

—Sí, claro, lo que digas. —Star se dio cuenta de que no tenía sentido decir nada más. Su mamá la había criado sola y pensaba que merecía el premio por la mamá del año. Cualquier cosa que dijera caería en oídos sordos.

Luego de decidir que ese sería un buen momento para cambiar de tema, Star dijo:

—Sabes, mamá, no te vendría mal hacer algo creativo, algo diferente alguna vez. Realmente conocí a personas interesantes en la clase de confección de acolchados. Pienso que también voy a disfrutar de conocerlos mejor, especialmente a Emma; de verdad parece agradable.

—¿Tú, haciendo amigos? Has apartado de tu vida a casi todos. ¿Qué cambió ahora?

—Bueno, debe de haber una razón por la que la abuela quería que aprendiera a confeccionar acolchados. Quién sabe... quizá va más allá de los acolchados; y para decirte la verdad, estoy algo ansiosa por descubrirlo.

—¿Es eso? —su mamá se puso las manos en las caderas—. Bueno, veremos cuánto te dura.

—Ay, mamá, puedes ser tan negativa. —Star retorció las puntas de su cabello sobre el hombro—. De verdad no me importa lo que pienses. Tengo el presentimiento de que las clases de Emma son exactamente lo que necesito ahora. Aprender a confeccionar acolchados podría ser algo positivo para mí.

—¡Tienes que estar bromeando! Me suena como si le tuvieras más fe a esa mujer amish que la que nunca me tuviste a mí.

"La verdad es que es difícil tener más fe en alguien que piensa más en sí misma que en su hija", pensó Star. Con todas las pequeñas mentiras que su mamá había dicho durante años, Star no podía entender cómo esperaba que tuviese demasiada fe en ella. Por supuesto, para ser justos con su mamá, Star debía admitir que desde que se mudaron a Goshen, había parecido más estable, y no tan caprichosa. Star no la había pescado diciendo ninguna mentira piadosa, así que al menos hasta ahí era algo bueno.

Su mamá dio un golpecito con el pie y continuó:

—No conoces ni la mitad de las cosas. Tuve que renunciar a mucho para darte una vida decente y...

—Antes de que digas nada más y empieces con el griterío, escucha lo que tengo que decir —interrumpió Star.

—Bueno, seguro; adelante.

—Como te iba a decir acerca de Emma... ella escucha de verdad cuando las personas hablan, y parece una persona auténtica, también. Me recuerda a la abuela en muchos sentidos. Ella sola podría darme una razón para continuar yendo a las clases.

Al ver que tenía la atención de su mamá, Star se apresuró a agregar:

—También está el tipo motociclista, que estoy segura no es más que un oso de felpa grandulón. Además hay una mujer afroamericana muy agradable que es esposa de un pastor, y un maestro de escuela hispano que tiene a la bebé más bella. Es una pena que la esposa del pobre hombre haya muerto hace seis meses. Ah, también asiste un matrimonio.

Todavía no logro entenderlos, pero hicieron que la clase fuese bastante interesante. Es hasta casi gracioso verlos molestarse entre sí.

—Está bien, esas personas parecen únicas, pero sigo pensando que hablas mucho y no vas a terminar las clases. —Su mamá se encogió de hombros—. Pero sigue adelante y haz lo que quieras; como siempre.

La guardia de Star subió.

—Olvídalo, mamá. No puedes ver más allá de tus narices, pero anota mis palabras: te voy a probar que estás equivocada, porque no solo terminaré las clases, sino que voy a aprender a hacer un hermoso tapiz acolchado ¡porque eso era lo que la abuela quería que hiciera! —Star volvió a tomar las tijeras y comenzó cortar otra pieza del modelo.

—¿Entonces vas a venir a ver la película conmigo o no? —preguntó su mamá, agitando el periódico frente al rostro de Star.

—¿No me escuchaste la primera vez? Dije que no. Voy a pasar la noche trabajando en mi tarea.

La mamá se quedó mirando a Star con disgusto.

—Está bien; ¡veré si Mike quiere ver la película conmigo!

—Excelente idea —balbuceó Star mientras su mamá salía rápidamente de la habitación—. Seguramente sea mejor compañía que yo, de todos modos.

Star se enderezó, tratando de no permitir que cayeran las lágrimas que le nublaban la visión. "Vaya, por una vez me gustaría ser yo quien pronunciara un: 'Te lo dije'", pensó.

—⚬⚬—

Shipshewana

Para cuando Emma llegó al jardín de Mary, estaba sin aliento y agitada. Dio un grito ahogado cuando vio cómo el fuego se había descontrolado. Y si comenzaba a soplar el viento, la casa podría estar en peligro. Incluso la casa de Emma.

"No llames a los problemas —se dijo Emma a sí misma mientras se apresuraba hasta donde estaban Mary y su familia viendo a los bomberos combatir las llamas—. Simplemente necesitamos confiar en Dios y orar por que suceda lo mejor".

—¿Están todos bien? —preguntó Emma mientras tomaba a Mary del brazo.

—Sí, estamos bien —dijo Brian antes de que Mary pudiese responder—. Me temo que no estaba prestando suficiente atención y algunas chispas de nuestra fogata hicieron que el cobertizo se prendiera fuego. —Se secó el sudor de la frente y apartó un mechón de cabello color arena—. Intenté apagarlo con la manguera del jardín, pero no tardé mucho en darme cuenta de que necesitaba a los bomberos, así que envié a Stephen hasta la cabina telefónica para que llamara mientras yo continuaba echando agua.

—Luego de que las autobombas llegaron —continuó Mary—, Brian y los niños querían ayudar, pero les dijeron que se apartaran y que permitieran a los bomberos hacerse cargo de la situación. Los ángulos de sus ojos oscuros se llenaron de lágrimas. Parecía estar terriblemente conmovida.

—Mientras un grupo de hombres trabaja para apagar el fuego, otro grupo mantiene la casa y el granero húmedos para que no se prendan fuego —agregó Brian.

Emma se alegró de que la estación de bomberos no estuviera demasiado lejos de dónde vivían. Al recordar los primeros años de matrimonio, cuando Ivan y ella habían perdido el granero y varias piezas de ganado porque vivían muy lejos de cualquier ayuda, se alegró de que se hubieran mudado más cerca del pueblo varios años atrás, donde la ayuda en tiempos de crisis estaba al alcance de la mano.

—¿Dónde están los pequeños? —Emma le preguntó a Mary al notar que los niños no estaban a la vista.

—Lisa y Sharon estaban asustados, así que los envié a casa de los vecinos —respondió Mary.

—Podrías haberlos enviado a mi casa. —Emma se sintió algo herida porque Mary había elegido enviar a los niños a lo del vecino inglés en lugar de a su casa.

—Sabía que vendrías apenas escucharas las sirenas —explicó Mary.

Emma asintió. Incluso aunque los niños hubiesen estado en su casa, habría ido. Pero les habría dicho que se quedaran quietos mientras ella iba a ver cómo estaban las cosas. Nunca había sido el tipo de persona que se sienta y espera descubrir qué ocurre. Suponía que se trataba de su naturaleza curiosa, junto con la necesidad de ayudar siempre que podía.

—Mary, ¿por qué no vas con tu madre hasta su casa? —sugirió Brian, mientras se secaba más sudor de la frente—. No tiene sentido que ambas se queden aquí paradas en la brisa fresca de la tarde.

Mary sacudió la cabeza con determinación.

—No voy a ningún lado hasta que sepa que nuestra casa y nuestro granero están a salvo del fuego.

CAPÍTULO 11

Cuando Emma se despertó el sábado a la mañana, se sentía tan cansada que apenas podía mantener los ojos abiertos. Había pasado todo el día anterior ayudando a Mary a limpiar la casa y a deshacerse del persistente olor a humo. También habían alimentado a los hombres que habían venido a ayudar a Brian a limpiar las ruinas que había dejado el fuego. Habían perdido el cobertizo, pero afortunadamente, el granero y la casa no se habían prendido fuego. En algún momento durante la semana entrante se construiría un nuevo cobertizo, y Brian planeaba alejar el hoyo para el fuego de las construcciones exteriores.

Emma se alegró al saber eso. La idea de perder la casa en manos del fuego le daba escalofríos. Cuando era niña, una de sus amigas había muerto cuando se incendió la casa, y varios miembros de la familia habían resultado gravemente heridos. Emma nunca había olvidado esa tragedia y esperaba que ningún conocido tuviera que pasar por algo similar.

Se escuchó un golpe en la puerta principal. Emma miró el reloj en la pared de la cocina. Faltaban diez minutos para las diez, así que se imaginó que alguno de sus alumnos había llegado un poco antes.

Cuando Emma respondió a la puerta, se sorprendió de ver a Lamar Miller en el porche, sosteniendo su sombrero de paja en una mano.

—Buen día, Emma —dijo él con una sonrisa amigable.

—Buen día —respondió Emma sin devolverle la sonrisa. No quería parecer grosera, pero al mismo tiempo, no quería alentarlo a nada.

—Escuché acerca del fuego en lo de Brian y Mary y quería asegurarme de que todo estuviera bien —explicó Lamar.

—A excepción de algunos nervios destrozados, todos están bien. Podría haber sido peor. Brian tendrá que volver a armar el cobertizo, por supuesto, pero aparte de eso, no hubo otros daños.

—Me alegro de escuchar eso —dijo Lamar aliviado. Se movió levemente y aclaró la garganta—. La otra razón por la que pasé por aquí es porque voy a la pastelería a comprar algunas rosquillas y me preguntaba si te gustaría acompañarme.

Ella sacudió la cabeza.

—Mi clase de confección de acolchados comienza a las diez, y mis alumnos deberían llegar pronto, así que estoy ocupada toda la mañana. Pero gracias por preguntar —agregó rápidamente.

Lamar se colocó el sombrero de paja sobre la cabeza y lo empujó hacia abajo, como si le preocupara que se cayera.

—Supongo que podríamos esperar hasta la tarde, pero es probable que entonces no encontremos más rosquillas.

—Está bien; ve tú. Esta tarde estaré ocupada también con otras cosas.

—Ah, ya veo. Lamar dejó caer los hombros.

—Tal vez otro día —dijo Emma, sin saber por qué. En realidad, no tenía ninguna intención de ir a ningún lado con este hombre persistente—. Ah, y gracias por preocuparte por el fuego de al lado.

—Me alegra que solo fuesen daños menores. —El rostro de Lamar se iluminó levemente—. Tal vez vuelva a pasar la próxima vez que vaya a la pastelería.

"Ah, genial —pensó Emma mientras observaba a Lamar caminar

sin prisa por el jardín hasta el carro tirado por un caballo—. Espero tener una buena excusa para no acompañarlo la próxima vez que pase".

Lamar recién había salido del jardín de Emma cuando llegó la todoterreno de los Johnston, seguida por el automóvil de Ruby Lee. Poco tiempo después, el vehículo destartalado de Star se asomó por la entrada para autos y Jan llegó pedaleando su bicicleta. Estaban todos menos Paul.

—Entremos y tomemos asiento —sugirió Emma—. Apenas llegue Paul, comenzaremos la clase de hoy.

Plácidamente, todos acercaron una silla a la mesa.

—¿Por cuánto tiempo tenemos que sentarnos aquí a esperar al maestro de escuela? —preguntó Stuart, mirando su reloj con nerviosismo—. No tengo tiempo para quedarme aquí sin hacer nada todo el día, y seguro no me quedaré después del mediodía porque empezamos tarde.

Las cejas de Pam se compactaron cuando le echó una mirada de disgusto.

—Ay, deja de quejarte. Estoy segura de que Paul llegará en cualquier momento.

Stuart cruzó los brazos.

—Bueno, mejor que así sea.

Pam miró a Ruby Lee y arrugó la nariz.

—Todo lo que hace es quejarse.

Ruby Lee cambió el tema de conversación por el clima que habían estado teniendo esa primavera. Eso pareció ayudar a cambiar un poco el ambiente.

Emma estaba a punto de sugerir que cada uno mostrara qué había hecho esta semana con el proyecto de acolchado cuando escuchó que golpeaban la puerta. Se sintió aliviada cuando la abrió y encontró a Paul en el porche.

—¿Dónde está tu bebé? —preguntó Jan cuando Paul entró con Emma en la sala y se sentó—. Esperaba que viniera contigo otra vez.

—Mi hermana, Maria, está cuidando hoy a Sophia —respondió Paul—. Maria y su familia estaban fuera de la ciudad la semana pasada, por eso traje a Sophia.

—Ah, ya veo.

Emma no pudo evitar notar la decepción de Jan. Obviamente esperaba que Paul trajera a la bebé con él. A Emma también le hubiese encantado volver a ver a Sophia, pero sabía que a Paul le resultaría más fácil concentrarse si no tenía que ocuparse de la bebé.

—Perdón por llegar tarde —dijo Paul—. Estábamos a punto de salir cuando Sophia se ensució el pañal. Por supuesto, para ser justo con Maria, tuve que cambiarla antes de dejarla en su casa. Nunca creí que habría tanto para limpiar con un bebé en la casa. —Sacudió la cabeza—. Y nada de eso es divertido.

—Siempre he creído que Dios nos da niños para hacernos humildes —dijo Emma con una sonrisa—. No puedo contar las veces que mis hijos se ensuciaron la ropa de ellos o la mía, y por lo general era el domingo a la mañana cuando ya estábamos casi listos para ir a la iglesia.

—¿Dónde se encuentra su iglesia? —preguntó Paul.

—Oh, no rendimos culto en un edificio de iglesia como lo hacen los inglesitos —dijo Emma—. Tenemos nuestros servicios cada dos semanas, y los miembros de nuestro distrito se turnan para albergar la iglesia en su casa, granero o tienda.

—¿Tienen una iglesia en un granero? —preguntó Star.

Emma asintió.

—A veces, si ese es el edificio más grande disponible y sabemos que asistirán muchas personas.

Stuart se rió disimuladamente y se tapó la nariz.

—Imagino que debe de oler bastante mal con todos esos animales sucios ahí. ¿Los relinchos de los caballos y mugidos de las vacas los acompañan en sus cantos? —preguntó riendo.

Pam le dio un codazo en las costillas a su esposo, lo que hizo que saltara.

—¡Stuart, no seas tan grosero! Estoy segura de que no hay animales en el granero cuando los amish ofrecen sus servicios de culto.

—Así es —coincidió Emma—. Si elegimos hacer un servicio en uno de nuestros graneros, sacamos a los animales y limpiamos antes de colocar los bancos de madera.

Ruby Lee arqueó una ceja.

—¿Quieres decir que se sientan en bancos de madera en lugar de sillas acolchadas?

—Sí. Tenemos bancos sin respaldo que se trasladan de casa en casa en uno de nuestros carros siempre que tengamos un servicio, boda o funeral.

En la frente de Pam se formaron pequeñas líneas mientras fruncía el ceño.

—No me puedo imaginar sentarme en la iglesia durante toda una hora en un banco de madera sin respaldo.

—En verdad, nuestros servicios duran más de una hora —dijo Emma—. Por lo general, duran alrededor de tres horas, y a veces más si tenemos comunión u otro servicio especial.

—¿Tres horas completas? —se quejó Stuart—. Nunca podría sentarme tanto tiempo en un banco de madera sin respaldo.

—Te sientas esa misma cantidad de tiempo en las gradas cuando vas a algún estúpido evento deportivo —dijo Pam, mientras volvía a conectar el codo con las costillas de Stuart.

"No solo le deben de doler las costillas a ese pobre hombre con tantos golpes —pensó Emma—, sino que es probable que también se sienta avergonzado por el comportamiento de su esposa. ¿Debería decir algo o lo ignoro?".

—Sentarse en las gradas no se compara con los bancos de madera. —Stuart se puso de pie y alejó su silla de Pam—. Cuando veo un juego, me levanto y me siento muchas veces. Además, hay más para ver en un juego de béisbol o de fútbol que lo que puede haber en un granero. —Sacudió la cabeza lentamente—. La verdad es que me alegra no ser amish.

—¡Stuart! —Las mejillas de Pam se pusieron de un rosado brillante; se veía completamente avergonzada.

Emma deseaba decir algo en ese momento, pero no se le ocurría absolutamente nada. Notaba cuán incómodos se veían también los demás, mientras se retorcían en sus sillas.

—Digamos, ¿por qué no te guardas las opiniones? —Jan rompió el silencio—. Los amish tienen su manera de hacer las cosas, y nosotros, inglesitos, tenemos la nuestra. ¿Y quién dice que se necesitan bancos acolchados para adorar a Dios?

—¿Y tú qué sabes? —respondió Stuart—. ¿Cuándo fue la última vez que pusiste un pie en una iglesia?

Jan se inclinó hacia adelante y lo miró de tal forma que a Emma se le erizó el cabello detrás del cuello.

—Podría hacerte la misma pregunta, amigo. ¿Quieres que lo resolvamos de otra manera?

"Ay no, basta de problemas entre estos dos hombres". Emma sabía que tenía que decir o hacer algo antes de que las cosas se salieran de control.

—Bueno, bueno —dijo Ruby Lee, antes de que Emma pudiese hallar la voz—. No vinimos para hablar de la iglesia. Vinimos para aprender más sobre la confección de acolchados. —Miró a Emma y sonrió—. ¿No es cierto?

Emma asintió, aliviada de que luego del comentario de Ruby Lee ambos hombres parecieron relajarse un poco.

—Antes de comenzar con el próximo paso en la confección de sus tapices, ¿todos cortaron las piezas de su modelo esta semana?

Todos excepto Stuart asintieron.

—Con todas las responsabilidades que tengo en la tienda de artículos deportivos, no tuve tiempo de hacer nada del proyecto esta semana —murmuró.

Pam cruzó las piernas, y el pie se balanceaba de arriba hacia abajo mientras le dirigía una mirada de desprecio.

—Eso no es verdad, ¡y lo sabes! Habrías tenido tiempo de sobra para cortar todas las piezas de tu modelo si no hubieses mirado tanta televisión. Pero no, apenas llegabas a casa cada noche, ahí estaban los estúpidos programas de deportes.

—Bueno, al menos no estoy todo el día sentado viendo novelas melodramáticas —respondió él.

—¡Yo no hago eso! —resopló Pam—. Cuando no estoy limpiando, cocinando o lavando ropa, estoy en el auto llevando a los niños a la escuela o trayéndolos a casa. Ah, y no te olvides, llevo a Devin ida y vuelta de sus clases de piano y de la práctica de fútbol todas las semanas.

—Yo voy a todos los partidos.

—Claro, pero no es lo mismo que...

Emma se aclaró la garganta, esperando poner fin a la discusión de los Johnston.

—¿Comenzamos con la próxima etapa de la confección de los tapices?

—¿Cómo hará él para comenzar la próxima etapa si no ha hecho la primera? —preguntó Star, señalando a Stuart. Era la primera vez que la joven decía algo más que unas pocas palabras desde que había entrado a la casa de Emma esta mañana—. Espero que no tengamos que sentarnos aquí y ver cómo hace lo que debería haber hecho durante la semana.

—Puedes estar segura de eso —dijo Jan—. Todos pagamos una buena cantidad de dinero para tomar esta clase y aprender a confeccionar acolchados. Miró a Stuart de tal forma que Emma pensó que podría haber detenido a un caballo desbocado.

Antes de que Stuart pudiese responder, Emma intervino:

—Ahora, por favor, si todos colocan las piezas sobre la mesa, yo podré ver cómo van las cosas.

A Emma no le sorprendió ver cuán prolijas estaban cortadas y prendidas las piezas rosadas de Pam y las azules de Ruby Lee, pero no hubiese esperado que las piezas color verde oscuro de Jan estuviesen hechas con tanta precisión. Las piezas de Paul eran amarillas, y tanto las piezas de él como las negras y doradas de Star estaban algo descentradas, pero nada que no pudiese arreglar un pequeño reajuste y volver a prender.

Emma sonrió.

—Todos lo hicieron bastante bien.

—Todos menos él. —Pam señaló a su esposo—. No hizo nada de nada.

Los ojos de Stuart se entrecerraron mientras la miraba con desagrado.

—Eso es. ¡Sigue recordándomelo! —El rostro se le puso rojo, y la voz se elevaba con cada palabra que decía—. Siempre todo va bien entre nosotros cuando me echas las cosas en la cara. Y mejor todavía cuando tienes público, ¿no? Estoy seguro de que te sientes muy bien si logras que los demás se pongan de tu lado.

—Eres imposible —masculló Pam, mientras giraba la cabeza.

Emma se retorció nerviosa. Parecía haber mucho enojo y tensión entre Pam y Stuart. Sabía que tenía que decir algo para aliviar la tensión, y su mente intentaba encontrar las palabras correctas. Luego, recordando algo que una vez le había dicho Ivan, miró a Pam primero y luego a Stuart.

—Tolerancia es lo que necesitamos tener entre nosotros. Las cosas fluyen mejor si somos amables con los demás.

Ninguno de los dos respondió nada.

—Amar a Dios, a ti mismo y a los demás. Eso es lo que enseña la Biblia —agregó Ruby Lee.

Paul asintió con decisión; Star alzó los ojos hacia el cielo raso; Jan encogió los anchos hombros; y Stuart y Pam se quedaron mirando la mesa. Emma se dio cuenta de que no todos sus alumnos iban a la iglesia o tenían una relación con Dios. A pesar de que los amish no evangelizaban como lo hacían muchos creyentes ingleses, muchos, como Emma, trataban de dar un ejemplo cristiano a través de sus acciones y palabras. Emma tomó la decisión en su corazón de tratar de mostrarles a sus alumnos el amor de Jesús, y comenzaría ese mismo día.

CAPÍTULO 12

Emma estaba a punto de mostrar a la clase qué necesitaban hacer a continuación cuando escuchó que golpeaban la puerta trasera.

—Discúlpenme un minuto mientras veo quién es —dijo, mientras salía de la sala apresuradamente.

Cuando Emma abrió la puerta, se sorprendió al ver a Lamar sosteniendo una caja de cartón rectangular. "Ay por favor, ¿qué quiere ahora?". Ya le había dicho más temprano que estaría dando su clase hasta la tarde, así que no podía imaginarse qué hacía nuevamente allí.

Antes de que Emma pudiese preguntárselo, Lamar sonrió y le extendió la caja.

—Sé que aún tienes invitados, y no quise interrumpir, pero cuando llegué a la pastelería y vi que tenían a la venta rosquillas de chocolate y de azúcar en polvo, compré una docena de cada una. Como sé que es más de lo que puedo comer, decidí traer aquí la mayoría de las rosquillas, pensando que podrías compartirlas con las personas de tu clase.

Emma, que aún se sentía un poco incómoda por la interrupción, tomó la caja de rosquillas, le agradeció a Lamar y dijo que necesitaba volver con los alumnos.

—Ah, por supuesto. Perdón por la intromisión. Seguiré mi camino.

Emma asintió y volvió a entrar en la casa, casi cerrándole la puerta en la cara.

—¿Quién era? —preguntó Pam cuando Emma regresó a la sala de costura.

—Ah, simplemente era Lamar Miller, un hombre de mi comunidad. Estaba camino a su casa desde la pastelería y pasó a dejarme estas. —Levantó la caja de rosquillas—. Pronto podemos tomar un receso y las compartiré con ustedes.

—Mmm... rosquillas, suena bien —dijo Stuart.

—Yo paso —dijo Paul—. Esta mañana comí algunos tamales caseros que preparó mi hermana en el desayuno y todavía me siento lleno.

Las cejas de Jan se elevaron.

—¿Comiste tamales en el desayuno?

Paul asintió.

—Puedo comerlos a cualquier hora.

—¿Invitó al hombre agradable que trajo las rosquillas a que nos acompañara? —Ruby Lee le preguntó a Emma.

El rostro de Emma hervía mientras sacudía la cabeza. Tanto esfuerzo por dar el buen ejemplo a sus alumnos. Es probable que piensen que había sido grosera al no preguntarle a Lamar si quería entrar y compartir las rosquillas. Bueno, ellos no entendían. Si lo hubiese invitado a entrar, él lo habría visto como una invitación a volver a venir, incluso durante una de sus clases. Ya era bastante malo que hubiese estado merodeando tanto últimamente, haciendo tareas que ella no le había pedido y tratando de tener conversaciones que ella prefería evitar. Unas semanas atrás, Lamar había pasado cuando ella no estaba en casa y había cortado el césped.

Emma sabía que había sido él porque había dejado su sombrero de paja en uno de los postes de la cerca, y había descubierto su nombre en la parte interna del ala. Emma pensaba que tenía que hacer algo para desalentarlo pronto o se encontraría con una propuesta de matrimonio.

—¿Está bien, Emma? —preguntó Ruby Lee—. Parece molesta.

—Estoy bien —dijo Emma, sin querer discutir sus pensamientos—. Llevaré las rosquillas a la cocina hasta que sea el momento del receso. —Salió de la sala, más nerviosa que nunca.

Cuando Emma regresó, completamente repuesta, escuchó por encima a Paul que le contaba a Jan acerca de Sophia y de cómo esperaba que el acolchado, que quería terminar luego de aprender las cuestiones básicas de la confección de acolchados, fuese un recuerdo para la bebé. Explicó que planeaba contarle la madre maravillosa que había sido su esposa cuando Sophia tuviese la edad suficiente.

Paul hizo una pausa y buscó un pañuelo en el bolsillo mientras caían muchas lágrimas sobre las mejillas.

Se hizo un silencio sepulcral. Obviamente nadie sabía qué decir.

—Lo siento. Sé que Lorinda se encuentra en un lugar mejor —dijo Paul luego de secarse las lágrimas y sonarse la nariz—. Pero la... la extraño tanto, y me entristece pensar que Sophia no conocerá nunca a su madre. —Luego de tomar aire profundamente, continuó—: Además, esta última semana fue una pesadilla, con reuniones, trabajos para calificar y Sophia que protestaba todo el tiempo. El fin de semana no llegaba más.

Emma dio un paso hacia adelante y colocó la mano sobre el hombro de Paul.

—Nunca es fácil perder a las personas amadas. Hace algo más de un año que mi esposo murió, y todavía lo extraño y deseo que pudiese volver a mí. —Tragó con fuerza, esperando no rendirse ante la amenaza de sus propias lágrimas—. Cuando sucede la muerte de las personas que amamos, todo cambia, y te descubres haciendo cosas que nunca pensaste que podrías hacer.

—Yo extraño a mi abuela, también. —La frente de Star se arrugó, y abrió la boca como si fuese a decir algo más, pero luego la cerró y bajó la mirada hacia el suelo.

Emma sentía pena en su corazón por los miembros de su clase que obviamente estaban sufriendo. A pesar de que aún extrañaba a Ivan, había vuelto a encontrar alegría en la vida. Esperaba poder compartir algo de esa alegría con la clase.

—⁓—

Mientras Emma le mostraba a la clase cómo coser las piezas utilizando una de las máquinas de coser a batería, Ruby Lee pensaba cuán nerviosa se había puesto Emma luego de que el hombre amish trajera las rosquillas. Al menos asumía que era amish. Si bien Ruby Lee no había visto al hombre, había escuchado el *clipeti-clop* de los cascos del caballo y el sonido de las ruedas mientras se alejaba el carro.

"¿Habría algo entre Emma y ese hombre? —se preguntaba Ruby Lee—. De ser así, supongo que no me incumbe".

El rol de Ruby Lee como esposa de un pastor muchas veces la ponía en el lugar de conocer las cuestiones de los demás, a veces más de lo que quería saber. Siempre había sido discreta con respecto a las cosas que escuchaba, sabiendo que no estaría bien comenzar con los chismes. Pero había otros en su congregación que no parecían preocuparse por eso. Algunos, incluso alegando buenas intenciones, hacían correr los chismes como reguero de pólvora.

Ruby Lee se sentía apenada. Durante los últimos meses, Gene había sido objeto de chismes en la iglesia, pero él no hacía nada para detenerlos. Simplemente ponía la otra mejilla y trataba de no permitir que los rumores y las quejas lo molestaran. Era todo lo que Ruby Lee podía hacer para evitar subir al púlpito algún domingo a la mañana y regañar a quienes habían chismeado y se habían quejado. La congregación necesitaba saber que Gene cuidaba con el corazón los intereses de la iglesia y que no merecía que lo acusaran injustamente.

—Y ahora quisiera que cada uno dedique la próxima media hora a su proyecto —dijo Emma.

Con la decisión de no pensar en nada relacionado con la iglesia, Ruby Lee tomó una de las piezas y la sujetó a otra con un alfiler, asegurándose de que estuviese correctamente ubicada. Se había inscrito en esta clase para olvidarse de la iglesia y sus problemas, y estaba decidida a hacerlo.

—Eh, mira lo que haces, joven —dijo Jan, señalando a Stuart—. Te vas a pinchar con un alfiler si no tienes cuidado.

Stuart frunció el ceño.

—Preocúpate por lo tuyo; yo voy bien por acá.

Jan se encogió de hombros.

—Como quieras. Solo estoy diciendo que...

—¿Cómo luce esto? —preguntó Ruby Lee, mientras sostenía dos piezas de material que había cosido, esperando dispersar cualquier otra discusión entre los hombres.

—Está perfecto. —Emma sonrió—. Saben, acabo de acordarme de algo.

—¿Qué cosa? —preguntó Pam.

—Mi abuela solía decir que Dios da puntadas en la tela de nuestra vida de acuerdo con Su propósito y modelo perfecto para formarnos en lo que Él quiere que seamos, igual que ustedes están dándoles forma a sus modelos de acolchados.

—Es un poco pretencioso, ¿no le parece? —dijo Star—. Digo, ¿comparar a Dios, si realmente hay un Dios, con nosotros que hacemos un tapiz acolchado? Me parece un poco exagerado.

—Por supuesto que hay un Dios —dijo Ruby Lee inmediatamente. A pesar de que su fe en otros cristianos podía haber disminuido en los últimos meses, nunca había dudado acerca de la existencia de Dios.

—Yo creo que quien no cree en Dios debe de tener algún problema —agregó Paul—. Es que veo la mano de Dios en todos lados.

—Así es —coincidió Emma—. La mano de Dios está en las flores, los árboles...

—En la risa dulce de un bebé —dijo Paul, mientras recogía un trozo de hilo de sus jeans.

Star se encogió de hombros.

—Pueden pensar lo que quieran, pero no estoy convencida de que Dios exista, y *no* tengo ningún problema.

—Todos tienen algún problema o algo que están tratando de esconder —dijo Jan—. Solo que algunos lo esconden mejor que otros. —Miró directamente a Star—. ¿Cuál es tu problema, entonces?

—Acabo de decirlo, no tengo ningún problema. —Star le devolvió la mirada, desafiante—. Y si lo tuviera, no discutiría mi vida personal con un grupo de extraños.

—No somos del todo extraños —intervino Pam—. Esta es la segunda vez que nos reunimos, y...

—Y a excepción de tú y yo, ninguno conoce a los demás. —Stuart se quitó la gorra de béisbol verde que llevaba ese día y se pasó los dedos por el cabello para dejarlo parado—. Por supuesto, hay días en los que tampoco estoy seguro de conocerte del todo a ti.

Pam pestañeó un par de veces.

—Espero que estés bromeando, Stuart. Llevamos diez años casados, y salimos dos años antes de contraer matrimonio. Si no me conoces ahora, supongo que nunca me conocerás.

"Ay no, otra vez lo mismo. Van a volver a discutir. Estos dos realmente necesitan un consejero matrimonial". Ruby Lee alejó la silla de la mesa.

—No sé ustedes, pero yo tengo hambre. ¿Está bien si comemos esas rosquillas ahora, Emma?

—Sí, por supuesto. Ya mismo las traigo. —Emma salió de la sala y Ruby Lee la siguió.

—¿En qué puedo ayudar? —le preguntó a Emma mientras ingresaba en la cocina acogedora.

—Puedes llevar algunas servilletas y la caja de rosquillas, que yo llevaré el café y las tazas. —Emma sonrió—. Tal vez estas rosquillas endulcen a todos y hoy terminemos la clase en un ambiente placentero. Ah, y ten cuidado de no ensuciarte con el azúcar en polvo. —Haciendo un gesto con la cabeza hacia las rosquillas, agregó—: Debe de haber un hoyo en la base de la caja, porque veo que cae algo de polvo por debajo y odiaría ver que algo de eso caiga sobre la hermosa blusa rosada que llevas hoy.

Ruby Lee asintió, apreciando la advertencia y, aún más, el cumplido que le había hecho Emma.

Cuando regresaron a la sala de costura de Emma, a Ruby Lee le alegró ver que, a excepción de Paul, que hablaba por su teléfono celular, todos estaban conversando. Parecía como si comenzaran a agradarse un poco. Colocó las rosquillas y las servilletas en el centro de la mesa y se sentó.

—Traje café para acompañar las rosquillas —dijo Emma mientras dejaba la bandeja con la cafetera y las tazas junto a las rosquillas—. Adelante, sírvanse.

—No me gusta mucho el café —dijo Pam—. ¿Tiene alguna otra cosa para tomar?

—Hay chocolatada en el refrigerador, o puedes tomar agua —respondió Emma.

—Chocolatada está bien. —Pam comenzaba a levantarse de la silla, pero Emma sacudió la cabeza.

—Sírvete una rosquilla mientras busco la leche.

Cuando Emma volvió de la cocina con un vaso de chocolatada, Paul había cortado la llamada y todos habían comenzado a comer las rosquillas. Paul mencionó que había llamado a su hermana para ver cómo estaba Sophia y se sintió aliviado al saber que estaba bien. Luego la conversación tornó hacia el estado del tiempo.

—Sí que ha llovido mucho esta primavera —comentó Ruby Lee—. Espero que continúe el sol que tenemos hoy, porque odiaría que vuelva la inundación como hace dos años.

—Recuerdo que fue tan grave que algunos caminos fueron cerrados —dijo Emma—. Una de mis amigas tenía tanta agua en su casa que ni siquiera podía ir a la cabina telefónica.

—¿Cabina telefónica? —Pam parecía sorprendida—. ¿No tienen teléfono en la casa?

Emma sacudió la cabeza.

—La mayoría de nosotros comparte un teléfono con otra familia o con dos o tres vecinos cercanos, y es una pequeña construcción de madera a la que llamamos nuestra "cabina telefónica".

—Oh, yo no podría vivir sin un teléfono en casa —dijo Pam, mientras sacudía la cabeza lentamente.

—Y yo sin mi teléfono celular. —Stuart se estiró por encima de Pam para tomar otra rosquilla y le golpeó el brazo justo cuando estaba a punto de tomar un sorbo.

El vaso se inclinó y la chocolatada se derramó por todo el frente de la blusa color crema de Pam.

—¡Ay, no! —resopló—. ¡Mira lo que has hecho ahora! ¡Se arruinó mi blusa nueva!

—Lo–lo lamento —balbuceó Stuart—. No quise golpearte el brazo.

Roja, Pam se levantó de la mesa, con los ojos enfurecidos.

—¡Levántate, Stuart; es hora de irnos a casa! —Y así, salió disparada por la puerta principal.

Stuart, profundamente apenado, tomó los proyectos de él y Pam, los metió dentro de la bolsa de lona que había traído ella y se volvió hacia Emma.

—Lo siento, pero mejor me voy. —Antes de que Emma pudiese responder, salió disparado por la puerta.

CAPÍTULO 13

Las lágrimas le quemaban los ojos a Pam mientras se deslizaba en el auto, sintiéndose humillada y furiosa con Stuart. ¿Cómo había sido tan descuidado y le había golpeado el brazo de esa manera? ¿No miraba qué estaba haciendo?

—¿Estás bien? —le preguntó Stuart mientras se sentaba al volante y ajustaba el cinturón de seguridad.

—¡No, no estoy bien! —Aspiró y secó las lágrimas que caían por las mejillas—. Acabo de comprar esta blusa hermosa, y ahora está arruinada.

—Seguro que estará bien una vez que llegues a casa y la laves.

—Lo... lo dudo. El chocolate es difícil de quitar, y seguramente quedará una mancha horrible.

—Y si es así, puedes comprarte una blusa nueva.

—No, no puedo. Esta era la última que tenían en mi talla y de este modelo.

—Entonces compra una de otro modelo.

Ella sacudió la cabeza.

—Me gusta esta. Además, no soy como tú. Serías feliz si esa gorra de béisbol, esos jeans desteñidos y la camisa de franela a cuadros rojos que usas la mayoría del tiempo fueran las únicas prendas que tuvieses. ¿No te cansas nunca de vestirte así? ¿No sería lindo que alguna vez te vistieras con un poco más de gusto, especialmente cuando salimos juntos a algún lugar?

—Estás exagerando, Pam. No uso una camisa de franela y una gorra de béisbol todo el tiempo. No las uso en el trabajo.

—¿No te das cuenta cuán vergonzoso es para mí cuando te vistes tan desaliñado?

—Todo se trata de ti, ¿verdad? —respondió Stuart—. ¿No se te ocurre que quizás esté cómodo con esta ropa? O debería decir *harapos*, que es lo que seguramente pienses que sean. Ahora, ajústate el cinturón. Nos vamos a casa.

Pam no dijo nada mientras él encendía el motor y salía del jardín de Emma. ¿Para qué? Ella estaba segura de que la blusa se había arruinado y de que a Stuart no le importaba. Tampoco le importaba parecer desaliñado.

Viajaron en silencio hasta que casi estaban fuera de Shipshewana; luego Stuart miró a Pam y dijo:

—Esto no funciona. Quiero...

El corazón de Pam golpeó con fuerza y se le secó la boca.

—¿El divorcio? ¿Eso es lo que quieres? —Ella sabía que la relación pendía de un hilo.

—¡Epa! ¿Quién dijo algo de un divorcio?

—Tú dijiste que las cosas no funcionaban, así que asumí que querías decir que...

—Estaba hablando de la estúpida clase de confección de acolchados. —Le dio un golpe al volante—. Me aburre la clase, nunca voy a aprender a coser, y estoy harto de escuchar que hablas de mí con cualquiera. Me haces parecer el peor esposo del mundo, y se lo cuentas a un grupo de personas que ni conocemos. —Se quejó—. ¿Por qué siempre me tienes que hacer ver como alguien malo? ¿Es para que tú te veas bien?

—Definitivamente no. —Cruzó los brazos y miró fijamente hacia adelante—. Estás demasiado sensible, eso es todo.

Durante unos pocos segundos, la conversación se puso en pausa mientras el tránsito se detenía en ambos sentidos. Pam vio cómo una mamá pata, seguida por siete patitos apurados, cruzaba el camino frente a ellos para llegar al área donde el agua había formado una pequeña charca luego de la lluvia. "Si la vida fuese tan sencilla como cruzar el camino para llegar al otro lado, donde te espera algo bueno", pensó.

Retomando la conversación como si nunca hubiesen visto los patos, Stuart continuó hablando a medida que el tránsito volvía a moverse.

—¡Ajá! ¿Así que crees que estoy demasiado sensible? Tú eres quien se salió de quicio cuando te golpeé el brazo y la chocolatada se derramó sobre tu blusa. No lo hice a propósito, lo sabes.

—Si tú lo dices.

—Mira, Pam, todo este asunto de los acolchados solo le está agregando estrés a nuestro matrimonio, y estoy seguro de que no nos ayuda en nuestra relación. Pienso que deberías ir sin mí la próxima semana.

Ella permaneció en silencio por varios segundos, absorbiendo las palabras; luego, asintió rápidamente y dijo:

—Está bien, iré sola, y tú puedes quedarte en casa y cuidar a los niños en lugar de pedirle a nuestra joven vecina que sea la niñera.

—¿Por qué no puede volver a cuidarlos Cindy? Dijo que estaría disponible durante las seis semanas.

—Sería un gasto innecesario cuando uno de los dos no va.

Un músculo de la mejilla derecha de Stuart tembló, como siempre que se molestaba con ella.

—Está bien. ¡Yo cuidaré a los niños!

Pam estaba segura de que Stuart quería hacer otra cosa el próximo sábado, tal vez ir a pescar con uno de sus amigos. Bueno, qué mal. Si no iba a mantener su promesa y tomar la clase de confección de acolchados con ella, entonces podría quedarse en casa y lidiar con los niños.

Apoyó la cabeza contra el asiento y cerró los ojos, mientras permitía que los pensamientos vagasen por su niñez. En ese entonces, por lo único que se tendría que haber preocupado era divertirse con sus amigas, decidir qué hacer durante el día y a qué juegos jugar. Aquellos deberían haber sido días repletos de diversión sin sentido, en los que hacían cosas que los niños disfrutaban, como recostarse sobre el pasto sin preocuparse por el mundo y mirar cómo las nubes formaban toda clase de personajes y formas. Era una etapa de su vida en la que los horarios no tendrían que haber sido tan importantes todavía. Desafortunadamente, la infancia de Pam no fue tan sencilla. Sin importar qué tan atrás pudiese recordar, se había sentido como si tuviera el peso del mundo sobre las espaldas. Nunca había tenido esos días de juventud despreocupados. En cambio, Pam siempre tenía la nariz metida en algún libro y se esforzaba para ser una alumna diez para que mamá y papá pudiesen estar orgullosos de ella y decir algo que le demostrase su aceptación. La esperanza de ganar su aprobación le dio a Pam la determinación y el impulso por seguir buscando la perfección.

"Los libros escolares hacen pésimos amigos", pensó. Incluso con todo lo que había estudiado, nada de eso parecía importarles a los demás. Las buenas calificaciones eran recompensadas, pero con dinero o ropa, no con palabras de afirmación ni con un abrazo amoroso.

Durante la infancia de Pam, ni siquiera había tenido una amiga cercana. Heather Barkely, a quien había conocido en la clase de aeróbic hacía unos años, era la única amiga real que había tenido jamás.

Peor que no tener ninguna amiga cercana, y lo que realmente odiaba de la escuela, era volver en el otoño luego de las vacaciones de verano.

Cuando la maestra preguntaba si los alumnos querían compartir las aventuras del verano con el resto de la clase, Pam envidiaba escuchar acerca de las salidas en familia que la mayoría había tenido. Claro, sus padres le habían regalado varias cosas, y ella había aprendido a simular desde muy pequeña. Pam había sido lo suficientemente lista como para engañar a sus padres y a los demás cuando simulaba calmarse con los llamados tesoros que le habían comprado. Y agradecía que le hubiesen dado linda ropa. Al menos eso era algo por lo que la elogiaban durante sus años adolescentes —eso y su bonita apariencia— especialmente los muchachos.

"Tal vez es por eso que me molesta tanto la forma en que se viste Stuart —pensó—. Simplemente quiero que se vea tan bien como yo, así las personas se llevan una buena impresión".

Stuart no había sido tan desaliñado antes de casarse con ella. ¿Qué había sucedido desde entonces hasta ahora para que cambie tanto su apariencia?

Mientras se concentraba en el entorno a medida que continuaban el camino a casa, Pam mantuvo con ella todos esos sentimientos olvidados del pasado. Si le dijera a Stuart algo de eso, no entendería. No parecía querer comunicarse con ella de ninguna manera en esos días.

—⁓—

Star notó que, tan pronto como Stuart y Pam salieron furiosos de la casa de Emma, la sala de costura se había vuelto tan silenciosa que podría haber escuchado una aguja caer sobre el suelo. Hasta Ruby Lee, que solía ser habladora, se sentó a tomar su café con una mirada extraña.

Emma, que parecía más nerviosa que cuando pasó el hombre de las rosquillas, estaba parada cerca de la ventana mirando hacia el jardín.

Star miraba hacia afuera cuando una avispa pasó volando y se quedó flotando sobre la ventana, sin dudas en busca de un lugar para construir su colmena.

Pasaron varios minutos más; entonces Jan se acercó a Star y dijo:

—La verdad, no me importa mucho ese sabelotodo de Stuart, pero esa esposa que tiene es una chica loca. ¿Captas lo que digo?

Ella asintió, contenta de que Jan dijera las cosas así, al menos en lo que se refería a la delicada Pam.

—Supongo que tenía derecho a estar enfadada, pero estoy seguro de que Stuart no le golpeó el brazo a propósito —dijo Paul—. Pero creo que podría haber sido un poco más comprensiva cuando él le dijo que lo sentía.

"¿Tu hubieras sido comprensivo si alguien derramara chocolatada sobre tu camisa limpia?", pensó Star, pero no hizo la pregunta en voz alta. Viendo la forma en que se peleaban Pam y Stuart solo confirmaba en su cabeza que nunca se casaría. La mayoría de los hombres que había conocido habían sido unos patanes, y a pesar de que a Star no le importaba el aire de grandeza de Pam, en verdad se sintió un poco apenada por ella cuando salió de la casa llorando.

—Las mujeres como Pam nunca son comprensivas; simplemente son muy demandantes —dijo Jan entre dientes—. Créeme; sé todo acerca de chicas locas y demandantes.

—¿Chicas motociclistas? —preguntó Star.

—Algunas sí, algunas no. —Jan alcanzó una rosquilla y le dio un mordisco, seguido por un sorbo de café—. La primera chica motociclista que conocí probablemente era la más loca de todas.

—¿De qué manera? —preguntó Star, despertando curiosidad.

—Nunca se decidía por nada. En un momento quería casarse; en el siguiente, no. —Una expresión de dolor cruzó el rostro de Jan mientras sacudía la cabeza lentamente—. Se largó un día sin dejar rastro, como mi viejo después de que murió mi mamá.

—¿Cuántos años tenías cuando eso pasó? —preguntó Star.

—Tenía diecisiete cuando mamá murió de un tumor cerebral. —Jan continuó contándole que su padre borracho se había ido un año después, y que entonces se las había tenido que arreglar solo—. Finalmente aprendí el oficio como techador y terminé en Shipshewana, donde comencé mi propio negocio —dijo.

—Perder a tu madre y luego que huyan dos personas que amas debe de haber sido muy doloroso. —Ruby Lee se acercó y acarició el brazo de Jan. Sus ojos, oscuros como el carbón, lo miraban con tanta compasión que hizo que Star sintiera ganas de llorar.

No era lo suficientemente malo que el motociclista corpulento hubiese perdido a su madre, pero luego una mujer caprichosa lo lastima tanto que aún conserva las cicatrices de su rechazo. Y para coronarlo, el hecho de que su papá se haya largado posiblemente le dejó a Jan un montón de resentimientos. Con seguridad Star podía verse reflejada, ya que su propio padre había hecho exactamente lo mismo. La única diferencia era que Jan había conocido a su papa por diecisiete años, mientras que Star nunca había conocido a su padre.

—Sí, todo fue muy doloroso, pero aprendí a manejarlo. —Jan se limpió algunas migas del frente de la camiseta—. Sabes, Bunny fue la única chica a la que amé de verdad. —Señaló el tatuaje en su brazo derecho—. Hasta me hice poner su nombre aquí. Pero por supuesto, eso fue cuando pensaba que se iba a casar conmigo. Ahora me doy cuenta de lo estúpido que fui por creerle. Nunca me tendría que haber involucrado con ella, para empezar.

"Supongo que no soy la única en esta sala a la que le duele el pasado —pensó Star—. Es muy malo que las personas decepcionen a los demás. Si todos tuvieran un corazón como el de la abuela, el mundo sería un lugar mejor. Estoy agradecida de haberla tenido, a pesar de que no hayamos podido pasar suficiente tiempo juntas".

Emma giró, se alejó de la ventana y se unió a ellos a la mesa nuevamente.

—Nadie es perfecto. Todos cometemos errores, pero debemos perdonar y seguir adelante —dijo.

Star sonrió mientras pensaba: "Para ti es fácil decirlo. Es probable que nunca hayas cometido un error en tu vida. Bueno, ponte en los zapatos de los demás un momento y mira qué tienes para decir acerca del perdón".

Capítulo 14

Mientras Jan pedaleaba de regreso de la clase a casa, pensaba acerca de sus comentarios sobre la mujer que había amado y se preguntaba si había dicho demasiado. El modo en que todos lo habían mirado hacía que se preguntase si ellos pensaban que era algún tonto que nunca se había recuperado de su primer enamoramiento. O tal vez sentían lástima por él porque había sido abandonado. De cualquier manera, pensó que sería mejor no decir demasiado acerca de su vida personal durante las clases de confección de acolchados. Ya era bastante malo que durante la primera clase hubiese contado acerca de su detención por conducir bajo la influencia del alcohol. Se había anotado para aprender a confeccionar acolchados, no para soltar la lengua sobre el pasado y revolver cosas que no podían cambiarse. Volviendo atrás, pensó que había contado todo eso porque se había sentido incómodo el primer día, inseguro acerca de qué esperar y algo avergonzado porque no sabía cómo responderían los demás hacia un tipo como él tomando clases de confección de acolchados.

Jan sabía que debía dejar de preocuparse por lo que pensaran los demás. También necesitaba olvidar su vida pasada y mirar al futuro. Había estado haciendo un buen trabajo hasta que comenzó a hablar de Bunny.

—Caracoles, mejor me fijo en lo que estoy haciendo —dijo entre dientes, cuando casi pierde el equilibrio al mirar unas hermosas azaleas que florecían en un jardín a lo largo del camino—. Mejor que preste atención a esta bicicleta estúpida y deje de mirar los alrededores como un tonto, o terminaré con el trasero en el suelo.

Más adelante, Jan se imaginó algunas matas de azaleas alrededor de su casa. Tal vez algunas flores ayudarían a que se viera más hogareña y no tan vacía. Contaba con un jardín grande y realmente necesitaba algo que le diera cierto encanto.

¡Br... um! ¡Br... um!

—Ahora, eso sí es algo en lo que necesito pensar —dijo Jan mientras lo pasaba el rugido de una motocicleta. No podía esperar a recuperar su licencia para poder sacar su Harley y volver a montarla. Extrañaba la excitación de correr por el camino más rápido que el viento. Extrañaba el poder de la motocicleta debajo de él.

"Aguarda —se dijo a sí mismo—. Solo unos pocos meses más y estaré libre".

Cuando Jan llegó pedaleando hasta la calle de su casa, notó inmediatamente que la puerta del garaje estaba abierta. Miró hacia la casa y sonrió cuando vio a Brutus recostado en el porche del frente.

—Genial —murmuró mientras el perro lo saludaba con un ladrido de bienvenida y moviendo el rabo.

Jan aparcó la bicicleta, ingresó al porche y se inclinó para acariciar las orejas sedosas del perro.

—Hola, amigo. ¿Cómo te saliste del garaje, eh?

Brutus gimoteó y hociqueó la mano de Jan.

Jan se sentó en el escalón más alto del porche y contempló la situación. Esa mañana, cuando había dejado a Brutus en el garaje antes de ir a lo de Emma, había pensado que había cerrado la puerta.

"O lo olvidé o no la cerré bien. Supongo que tendría que haber prestado más atención", pensó.

Brutus deambuló por el porche y recogió una chinela vieja y destrozada con la boca. Luego la arrastró y la soltó a los pies de Jan.

—¿Y eso de dónde salió? —Jan se rascó la cabeza—. Mío no es seguro. Brutus, ¿tú robaste esto de algún vecino?

Brutus dio un gruñido profundo mientras se dejaba caer en el porche y metía la nariz entre las patas.

Jan entrecerró los ojos.

—Bueno, si tú lo robaste, mejor que empiece a construirte esa caseta enseguida, porque no puedo dejar que me metas en problemas con más vecinos.

—⁓⁓—

Goshen

Tan pronto como Ruby Lee puso un pie en la casa se dio cuenta de que algo andaba mal. Los periódicos que habían estado desparramados sobre la mesa de café cuando se había ido a la clase aún estaban allí, así como la taza de café vacía de Gene estaba en el medio de los periódicos dispersados. Gene era un perfeccionista y raramente dejaba las cosas tiradas. Su lema era: "Cuando terminas con algo, lo guardas". Había comenzado una regla en la casa cuando los niños aún eran pequeños que cuando una persona terminaba de comer, llevaba los platos al fregadero.

Gene era tan meticuloso que en cuanto terminaba su café, enjuagaba la taza y la colocaba en el lavavajillas. Ya que obviamente no había hecho eso esa mañana, ni había rearmado y vuelto a doblar el periódico que había estado leyendo luego del desayuno, o bien lo habían llamado por alguna emergencia o estaba alterado por algo y se olvidó.

Desde que habían comenzado los problemas en la iglesia, Gene no había estado actuando como siempre en casa. Parecía menos comunicativo, se distraía fácilmente, raramente tocaba la guitarra y se había vuelto malhumorado y desanimado. En la iglesia, en cambio, hacía su trabajo, con la intención de que nadie en la congregación supiera cómo se sentía realmente. Ruby Lee había intentado hablar con él, pero no había logrado que se abriera. Si no sucedía algo que cambiara la situación de la iglesia, temía que pudiese sufrir un colapso nervioso a causa de guardar sus emociones.

"Desearía poder comunicarme con él —se dijo Ruby Lee a sí misma cuando se inclinó para recoger la taza de Gene—. Necesito convencerlo de que debe abandonar el ministerio o, al menos, buscar una nueva iglesia".

Ruby Lee llevó la taza a la cocina y, cuando la estaba dejando en el fregadero, divisó a Gene por la ventana. Estaba sentado en el pasto en el medio del jardín trasero con las piernas cruzadas, mirando al cielo. No era algo que soliese hacer. Es más, como generalmente se reunía con los miembros de la congregación la mayoría de los sábados, le parecía extraño que incluso estuviera en casa.

Ruby Lee salió por la puerta trasera y se arrodilló en el pasto junto a él.

—¿Qué estás haciendo aquí afuera? —le preguntó, mientras le acariciaba el brazo.

La frente brillaba como ébano pulido mientras bajaba la cabeza y la miraba inexpresivo.

—¿Qué quieres decir?

—Bueno, mírate, amor. ¿Por qué estás sentado aquí en el pasto mirando fijamente el cielo?

—Estaba hablando con Dios.

—Ah, sí, eso es.

Ruby Lee trató de no parecer sorprendida por el comentario, pero, que ella supiera, él nunca había hablado con Dios de esa manera. No es que importase dónde, cuándo y cómo una persona hablaba con Dios, pero con la excepción de la oración que decían en las comidas, Gene generalmente iba a la iglesia a rezar. Le había dicho en más de una ocasión que se sentía más cerca de Dios cuando estaba de rodillas frente al altar. A veces Ruby Lee se unía a él, y rezaban y meditaban juntos, pero últimamente no habían hecho eso con tanta frecuencia. Quizá, como ella, Gene solo necesitaba un cambio de ritmo. Por eso es que ella había decidido tomar clases de confección de acolchados. Hasta ahora había sido un lindo entretenimiento, le había dado otra cosa en qué concentrarse fuera de los problemas de la iglesia.

—Gene, estuve pensando algo —dijo ella suavemente.

—¿Qué cosa?

—Creo que deberíamos considerar buscar otra iglesia. O mejor todavía, dejar también el ministerio. Ahora que nos hemos mudado de la casa pastoral y estamos en nuestro propio hogar, no estamos atados a la iglesia. Ya que a los dos nos gusta cantar y cada uno toca un instrumento, tal vez podríamos dar clases de música.

Gene sacudió la cabeza.

—No voy a dejar el ministerio, Ruby Lee. Dios me llamó, y no voy a deshacer mi promesa de servirlo a Él.

—No te estoy diciendo que dejes de servirle a Dios. Solo que pienso que hay otras maneras además de servir de pastor en una iglesia repleta de personas desagradecidas. Incluso mudándonos de la casa pastoral a nuestro propio lugar aquí, parece que no podemos escapar de los chismes. Y si las cosas siguen como hasta ahora, vas a caer desplomado.

—"Y yo también", se dijo a sí misma.

—"¡Que me mate! ¡Ya no tengo esperanza!" —citó Gene de Job 13:15.

Ruby Lee tragó con fuerza.

—Sí, a eso es a lo que le tengo miedo.

Él le dio una palmada amable y volvió a levantar la mirada hacia el cielo.

Con un profundo suspiro, Ruby Lee se puso de pie y volvió hacia la casa, mientras oraba en silencio: "Dulce Jesús, necesitamos Tu ayuda en esto. Por favor, protege a mi esposo y haz que todo vuelva a estar bien para nosotros".

CAPÍTULO 15

Shipshewana

Emma había pasado buena parte de la tarde del miércoles haciendo compras en Shipshewana, y también había pasado a ver a su amiga Clara Bontrager. Durante la conversación, surgió el tema de Lamar, y Emma dejó caer algunos indicios acerca de que Clara y Lamar podrían estar juntos. Hasta había llegado al punto de decir que pensaba que harían una buena pareja. Sin embargo, Clara había descartado la idea completamente, diciendo que se había estado correspondiendo con Emmanuel Schrock, un hombre amish de Millersburg, Ohio, a quien había conocido cuando ambos estaban de visita en Sarasota, Florida, el invierno pasado.

—En realidad pienso que Lamar está interesado en ti —había dicho Clara.

—Sí, lo sé —balbuceó Emma, hablando en voz alta, mientras agitaba las riendas para hacer que el caballo se moviera más rápido—. Solo espero que se dé cuenta de que no estoy interesada en él.

Como aún no estaba lista para ir a casa, decidió detenerse en un lugar al que ella e Ivan solían ir cuando estaban noviando. Era cerca de una charca a unas cuatro millas desde donde vivía. Si iba allí ahora y no se quedaba mucho tiempo, todavía tendría bastante tiempo para volver antes de la cena. Además, se cocinaría para ella sola esa noche, así que no importaba realmente a qué hora comiese.

Mientras seguía por el camino, Emma redujo la velocidad de su caballo para ver a un hombre inglés segando su campo. Ella sonrió, al ver cómo las golondrinas bicolor bajaban en picada y se zambullían sobre los insectos que salían del pasto de la segadora. Los pájaros trajeron a su mente otra escena de hace mucho tiempo. Esta escena era de Ivan, fuerte y capaz, caminando detrás de las mulas mientras trabajaba en los campos. Tampoco podía evitar sonreír entonces mientras los pájaros seguían a su esposo en busca de comida fácil.

A medida que guiaba su carro tirado por un caballo fuera de la carretera principal hacia un camino angosto y de grava, más recuerdos inundaron su mente. Cuando Ivan y ella habían venido aquí, solos o con amigos, generalmente habían compartido una comida al aire libre, pescado en la charca o dado algún paseo por los caminos arbolados. No había cambiado demasiado desde entonces, excepto por los árboles, que ahora eran mucho más altos. En ese entonces todo estaba más descuidado, por supuesto, y no había tanta gente que usara la charca como ahora. Aun así, llegar a ese lugar le dio una sensación de paz y nostalgia.

Emma detuvo su carro en un sitio cubierto de hierba, bajó y ató el caballo a un árbol. Estaba a punto de salir a buscar el lugar especial de Ivan y ella cuando Lamar llegó en su carro.

—¿Cómo estás? —le dijo.

"Ay no. ¿Qué está haciendo aquí?", Emma forzó una sonrisa.

—Estoy bien. ¿Y tú? —preguntó, con menos entusiasmo.

—Muy bien, gracias. —Bajó de su carro y sacó una caña de pescar—. Vine a pescar un poco. ¿Te gustaría acompañarme, Emma? —preguntó con brillo en los ojos.

Ella sacudió la cabeza.

—Voy a caminar y necesito estar sola. "Eso es, eso debería desalentarlo" —pensó.

Una mirada de dolor reemplazó el brillo en Lamar, lo que provocó que Emma se arrepintiera por la elección de palabras. Parecía que siempre decía algo incorrecto cuando estaba con él, y a pesar de que quería desalentarlo, no quería herir sus sentimientos.

—Hay un lugar subiendo el camino que solía ser nuestro sitio especial para Ivan y para mí —dijo, señalando en esa dirección—. Me gusta ir ahí a veces y pasar algún tiempo sola, pensar acerca del pasado y agradecerle a Dios por los años maravillosos que Ivan y yo pasamos juntos.

Lamar asintió brevemente.

—Entiendo. Mi esposa, Margaret, y yo también tuvimos una buena vida.

Por la expresión de nostalgia que Emma vio en el rostro de Lamar, imaginó que él también debía de extrañar a su esposa tanto como ella extrañaba a Ivan.

—Te dejaré hacer tu caminata. Un gusto verte, Emma. —Lamar le dirigió una sonrisa breve y se dirigió hacia la charca.

Emma giró y comenzó a subir el camino, en busca de su lugar de recuerdos placenteros y solaz. La brisa de la tarde traía el aroma de las flores silvestres, y ella notó que varias abejas bailaban sobre los capullos. Qué día hermoso para caminar.

Emma encontró lo que estaba buscando a poca distancia.

El lugar estaba descuidado, pero reconoció las ramas frondosas del enorme arce y las matas de lirios silvestres que crecían alrededor. Una gran roca yacía debajo del árbol: el lugar perfecto de las parejas jóvenes para sentarse y hacer planes para el futuro. Fue aquí donde Ivan le declaró su amor a Emma por primera vez y le dijo que quería casarse con ella. Fue aquí que Emma accedió a ser su esposa. Y sí, también fue aquí, en este preciso lugar, que los pájaros todavía parecían cantar las canciones más dulces, como si le dieran una serenata cada vez que visitaba ese sitio especial.

Emma se sentó en la roca y miró hacia arriba. Incluso después de todos estos años, las iniciales de ella y de Ivan aún estaban allí, talladas profundamente con la navaja de Ivan.

Las lágrimas brotaban de los ojos de Emma.

—Mi querido Ivan, ay, todavía te extraño tanto.

Cuando era joven, Emma había sido cortejada por algunos hombres más, uno en particular que querría olvidar. Pero nunca había amado a nadie como a Ivan, y le agradecía a Dios por los hermosos años que habían tenido juntos. Deseaba que todas las parejas pudiesen ser tan felices como Ivan y ella lo habían sido.

Mientras Emma seguía contemplando todo, pensó en Pam y Stuart Johnston y se preguntó cómo se estarían llevando esa semana. ¿Pam habría podido quitar la mancha de chocolate de su blusa? ¿Habría aceptado las disculpas de Stuart y lo habría perdonado por golpearle el brazo? Emma estaba segura de que Stuart no lo había hecho a propósito. "Me pregunto si alguna vez se divierten juntos, sin todas esas riñas".

Emma cerró los ojos y susurró una oración: "Querido Dios, por favor, acompaña a esa pareja en problemas y sana su matrimonio. Cuando vengan a mi clase la semana próxima, ayúdame a ser un ejemplo de Tu amor, para Stuart y Pam y para los demás en la clase".

Cuando terminó la oración, abrió los ojos justo a tiempo para ver una mariposa con sus alas coloridas de negro y amarillo revoloteando alrededor de su cabeza. Emma sonrió, sintiéndose en paz y nunca agotada por las demostraciones de Dios todopoderoso.

—⁘—

Mishawaka

Mientras Pam miraba la horrible mancha de chocolate sobre su blusa en la sala de lavado, una sensación de amargura inundó su alma. No solo el descuido de Stuart había arruinado su blusa nueva, sino que también había roto la promesa de ir a las clases de confección de acolchados con ella. No estaba bien hacer una promesa y luego romperla, pero a Stuart no parecía importarle. Bueno, tal vez disfrutaría más de la clase sin él, y tal vez, luego de tener que quedarse encerrado en casa para cuidar a los niños, cambiaría de opinión y accedería a acompañarla las tres clases siguientes. Si no lo hacía, ella no iría a pescar ni acampar con él nunca más. Tampoco era que quisiese ir. Le disgustaba dormir en una tienda, y sentarse en un bote durante horas sin parar era igual de malo. Odiaba todo lo que tuviese que ver con pasar tiempo en bosques sucios y llenos de insectos.

Cuando Pam y Stuart estaban recién casados, él había mencionado que quería que fuesen a acampar juntos, pero ella no tenía idea de que él quería hacerlo en una tienda. Ella había sugerido que consiguieran una caravana, que tenía muchas de las comodidades a las que estaba acostumbrada en casa, pero Stuart desestimó esa idea diciendo que prefería lo silvestre, y que pensaba que dormir en una tienda era mucho más divertido.

"Divertido para él, quizás —se enfureció Pam, mientras arrojaba la blusa dentro de una bolsa de trapos para la limpieza. Era para lo único que serviría. No la volvería a usar, ni siquiera en la casa—. Debería ir a buscar esa estúpida camisa de franela que tiene y arrojarla en esta bolsa, también. Sería un buen merecido por arruinar mi blusa".

El sonido de la risa de los niños llegaba a través de la ventana de la sala de lavado, lo que le recordó a Pam que Devin y Sherry estaban jugando en el jardín trasero. Habían salido poco después de llegar de la escuela, y Pam imaginó que se quedarían ahí hasta que los llamara para comer.

Miró el pequeño reloj que tenía en un estante sobre la secadora. Eran casi las cuatro. Stuart debería volver del trabajo en aproximadamente una hora. Ya que era una tarde cálida de primavera, esperaba que él quisiera cocinar algunas salchichas y hamburguesas en la parrilla. Quedarían bien con la ensalada de papas que había preparado más temprano. Si no quería hacer barbacoa, tendría que asar la carne en el horno.

—¡Dame eso! ¡Dame eso ya! —La voz furiosa de Devin alejó a Pam de sus pensamientos. Cuando miró por la ventana, vio que Sherry corría por el jardín con una pelota de baloncesto. Devin la perseguía.

Pam esperó para ver qué hacía su hijo, pero cuando empujó a su hermana al suelo y los niños comenzaron a gritarse y pegarse, fue momento de intervenir.

—¿Cuál es el problema aquí? —preguntó Pam luego de salir corriendo por la puerta en dirección a los niños.

Devin señaló la pelota.

—Vamos, di lo que quieres decir, porque yo no entiendo señales —dijo Pam, tratando de mantener la voz calma.

—¡Me quitó la pelota y no quiere devolverla! —Los ojos color café de Devin brillaban con furia mientras miraba a su hermana menor y hacía una mueca.

El labio inferior de Sherry sobresalía y sus ojos azules se llenaron de lágrimas.

—No me deja jugar.

Devin arrugó la nariz pecosa.

—No puedes jugar baloncesto porque no puedes tirar la pelota tan alto para llegar al aro.

—Sí puedo.

—No puedes.

—Sí puedo, estúpido. —Sherry levantó la mano como si fuese a golpear a su hermano.

—No soy estúpido. Tú eres una...

Pam se interpuso entre los dos rápidamente.

—¡Suficiente! No más golpes, y no está bien que se griten ni que se insulten.

Sherry inclinó su cabeza rubia hacia atrás y miró a Pam con una expresión más seria.

—Tú y papá se gritan.

Un sentimiento de vergüenza invadió a Pam. Su hija tenía razón; ella y Stuart realmente peleaban mucho.

Con la determinación de no ser un mal ejemplo para Devin y Sherry, Pam decidió en ese preciso instante que no pelearía más con Stuart, al menos no enfrente de los niños. Por supuesto, necesitaría controlar la lengua, porque Stuart parecía saber exactamente cómo sacarla de quicio.

Pam cruzó los dedos y dijo una breve oración. Tal vez los dos gestos no eran compatibles, ya que cruzar los dedos era algo supersticioso, pero iba a dejar de pelear con Stuart, así que necesitaba toda la ayuda que pudiese obtener.

Le quitó la pelota a Sherry y se la entregó a Devin. Luego le extendió la mano a Sherry y dijo:

—¿Por qué no vienes a la casa conmigo? Puedes ayudarme a hornear un pastel para el postre de esta noche. ¿Qué te parece?

La niña asintió y caminó obedientemente junto a Pam hacia la casa. Se detuvieron para mirar cómo florecían los tulipanes alrededor de la plataforma. Pam estaba feliz de ver que otras flores estaban brotando y comenzando a florecer en los jardines que había creado. Todas las flores y arbustos hermosos le dan el toque justo a su encantadora casa estilo Cape Cod.

Cuando se detuvieron en el patio para buscar una planta que Pam necesitaba trasplantar, Sherry se dio vuelta hacia Devin y le sacó la lengua.

—Eso no está bien —la regañó Pam mientras la daba vuelta en dirección a la puerta. Pam no podía imaginar en dónde había aprendido su hija un gesto tan grosero.

—Una vez vi que le sacabas la lengua a papá —dijo Sherry cuando entraron a la cocina.

Luego de dejar la planta cerca de la ventana, Pam se estremeció. Realmente necesitaba ser un ejemplo mejor para los niños. Mientras abría las cortinas para que la planta recibiera más luz, Pam suspiró profundamente y apoyó la cabeza contra la ventana. "Esto está tan mal que hasta los niños nos están imitando", pensó.

—w—

Shipshewana

Durante los últimos tres meses, Jan había estado trabajando hasta tarde, y para cuando llegó a casa del trabajo, todo lo que quería hacer era dormir. Pero Brutus tenía otros planes. Luego de estar encerrado en su caseta, que Jan había construido unos días atrás, el pobre perro parecía requerir la atención de Jan apenas Terry lo dejaba en casa.

—Ay, Ay. Parece que Brutus se escapó —dijo Terry mientras estacionaba la camioneta en el jardín de Jan esa tarde.

Jan se frotó los ojos y los entrecerró. Así era, Brutus estaba recostado en el porche.

—¡Ay, por favor! —Jan abrió la puerta y saltó de la camioneta. Cuando puso un pie en el porche, vio una camisa de algodón azul junto a Brutus.

—¿Qué ocurre, amigo? Te ves molesto —dijo Terry cuando alcanzó a Jan en el porche.

Jan refunfuñó y señaló la camisa.

—¿De dónde salió eso? ¿Es tuyo?

—Nop, pero apuesto que a alguien se le perdió, y solo Brutus sabe dónde pertenece.

Terry levantó las cejas bien altas, y luego se apoyó sobre la baranda y escupió el suelo.

—Tu chucho no solo es un artista del escape, sino que también me parece que es un ladrón.

Jan metió la mano debajo de su gorra de motociclista y se rascó el costado de la cabeza.

—Creo que mejor descubro cómo salió de su caseta y me aseguro de que no vuelva a pasar.

CAPÍTULO 16

Mishawaka

Al terminar la clase de aeróbic, Pam le dijo a su amiga Heather:

—¡Guau! El entrenamiento fue intenso hoy, ¿no te parece?

Heather asintió y se llevó un mechón de cabello negro azabache detrás de la oreja derecha.

—Sin dudas, hizo que mi corazón latiera fuerte.

—¿Tienes tiempo para sentarte en el bar de jugos y conversar unos minutos? —preguntó Pam—. Realmente necesito hablar.

—Seguro, no hay problema. Ron trabaja hasta tarde en la oficina, como normalmente sucede los viernes, así que puedo volver a casa en un par de horas.

Ambas se sentaron en el bar y ordenaron jugo de arándano con hielo.

—¿Qué ocurre? —preguntó Heather—. Incluso después de todo el ejercicio que hicimos te ves algo estresada.

Pam tomó aire rápidamente y lo soltó con un soplo que levantó un mechón de pelo que se le había pegado en la frente sudada.

—He estado estresada por varias semanas, y solo está empeorando.

—¿Qué sucede? ¿Los niños te están alterando los nervios?

—No son los niños; es Stuart. A pesar de que estuvimos viendo a una consejera durante el mes pasado, las cosas no mejoran entre nosotros.

—Pero están tomando las clases de confección de acolchados juntos, ¿no es así?

—Bueno, estábamos, pero Stuart lo odiaba tanto que dijo que no quería ir más.

—Entonces no deberías forzarlo.

Pam tomó un sorbo de jugo y frunció el ceño.

—No estoy tratando de forzarlo a tomar la clase, Heather. Al principio aceptó ir si yo prometía ir a pescar con él cuatro veces más.

Las cejas de Heather se juntaron.

—Sé cuánto odias pescar, así que ¿por qué habrías de acceder a una cosa así?

—Accedí porque nuestra consejera dijo que debíamos hacer cosas juntos, y además porque quería que Stuart aprendiera a confeccionar acolchados conmigo.

—Pero, ¿por qué? Tenías que saber que no le gustaría. Digo, la mayoría de los hombres no tomarían una aguja e hilo con las manos en toda su vida. Y seguro que Stuart no parece del tipo que quisiera aprender a coser.

Pam arrugó la nariz.

—Tienes razón sobre eso. Todo lo que piensa es en cazar, pescar y deportes. Y como a mí no me gusta ninguna de esas cosas, decidí que era momento de que él hiciera algo para mí... algo que demuestre cuánto me ama. Pero estoy comenzando a pensar que no me ama.

—¿Te dijo que no te amaba? —preguntó Heather.

—No, pero rara vez lo dice. Y cuando lo hace, generalmente es porque quiere que haga algo por él. Puedo decirte por el modo en que actúa Stuart que el amor que sentía se ha consumido y extinguido. —Los ojos de Pam se llenaron de lágrimas que amenazaban con caer—. Cocino todas sus comidas favoritas, me visto a la moda, me ejercito aquí todas las semanas para mantener mi figura, pero él apenas me presta atención. Cuando estábamos de novios, me hacía cumplidos por mi apariencia, y no había nada que no hiciera por mí. Pero eso se terminó... como nuestro matrimonio.

—No crees que haya otra mujer, ¿verdad?

Pam sacudió la cabeza.

—Solo pienso que es egoísta y que piensa tanto en él mismo que no me ve ni tampoco se da cuenta de mis necesidades. Además, con esa forma desaliñada en que se viste, dudo que pudiera atraerle a otra mujer. Sé que a mí no, si se hubiera vestido así antes de comenzar a salir.

—¿Has intentado hablarle acerca del modo en que se viste y cómo te trata?

Pam retorció las puntas de su cabello sobre el hombro.

—Ay, decenas de veces. Simplemente no me hace caso y dice que soy muy exigente. El otro día hasta dijo que yo era una mujer muy demandante y que debería dejar de poner tantas expectativas en él.

—¿Qué le respondiste?

—Le dije que era un insensible y que solo pensaba en él.

Heather bebió el resto del jugo.

—Tal vez, tú y Stuart deberían salir solos unos días y ver si pueden hablar las cosas. Un poco de romance tampoco vendría mal —agregó con una sonrisa.

Pam puso los ojos en blanco.

—Si le sugiriera salir solos, posiblemente Stuart querría ir a acampar, en una tienda, con todo.

—Solo ponte firme y dile que quieres quedarte en un lindo hotel o posada. He oído que hay algunas posadas adorables entre Middlebury y Shipshewana.

Pam sacudió la cabeza.

—Dudo que acepte.

—Bueno, no podrás saberlo si no le preguntas. Un poco de tiempo solos podría hacer maravillas con tu matrimonio.

Pam suspiró profundamente.

—Sería lindo, pero tendría que ser algún fin de semana, y con las clases de confección de acolchados ocupando los sábados, no podríamos siquiera pensar en salir solos hasta que termine la última clase.

Heather le dio una palmadita suave en el brazo a Pam.

—Bueno, mi buenos deseos están contigo y, recuerda, estoy aquí cuando necesites hablar.

—Gracias, lo aprecio.

—※—

—¿Está todo bien? —Blaine Vickers, uno de los empleados de Stuart, le preguntó cuando se unió a él en la sala de descanso—. Has parecido algo estresado todo el día.

—Estoy estresado —admitió Stuart.

—¿Pasó algo aquí, en el trabajo?

Stuart sacudió la cabeza.

—Todo está bien aquí en la tienda. Lo que me estresa es lo que sucede en casa.

—¿Algunos problemas en el paraíso?

—Más que algunos; y nuestra casa es cualquier cosa menos un paraíso estos días.

—Sé escuchar si quieres hablar —dijo Blaine.

—Pam y yo comenzamos a ver a una consejera alrededor de un mes atrás, pero no nos está ayudando. Las cosas parecen estar empeorando.

Blaine le dio un golpe suave en el hombro a Stuart.

—Bueno, dale un poco más de tiempo. Roma no se construyó en un día, sabes.

—No creo que el tiempo haga que Pam disfrute las mismas cosas que yo. —Stuart fregó la mano contra el costado de su rostro pinchudo. Realmente se tendría que haber afeitado. No era bueno para el negocio que el gerente de la tienda se viese desaliñado, pero se había molestado con algo que había dicho Pam y se largó de la casa apurado. Pam siempre lo estaba fastidiando por el modo en que se veía y vestía, y a pesar de que sabía que probablemente tenía razón, le molestaba que le dijera qué hacer todo el tiempo. Debía admitir que a veces se vestía deliberadamente con ropa que a ella no le gustaba solo para vengarse del acoso.

—Tal vez, si hicieras más cosas que disfrute tu esposa, ella podría hacer otras que te gusten a ti.

—Dudo que eso vaya a pasar, pero de verdad intenté algo que quería que yo hiciera.

—¿Qué cosa?

—Es probable que no lo creas, pero Pam me convenció para que fuera con ella a unas clases de confección de acolchados.

Las cejas oscuras de Blaine subieron hasta casi llegarle al nacimiento del cabello.

—¿Estás bromeando?

Stuart sacudió la cabeza.

—Ella prometió ir a pescar conmigo cuatro veces más si iba a las seis clases de confección de acolchados.

—No puedo creer que accedieras a eso. Tienes más agallas que yo.

Stuart se golpeó el costado de la cabeza.

—Es más, creo que fui un estúpido.

—¿Así que realmente vas a aprender a confeccionar acolchados?

—Bueno, se supone que iba a hacer un tapiz de pared acolchado, pero...

—¿Qué vas a hacer con el tapiz cuando lo termines? —preguntó Blaine mientras se servía una taza de café.

—Si terminara el mío, probablemente se vería tan horrible que acabaría arrojándolo a la basura. —Stuart hizo una mueca—. Pam es tan perfeccionista; el de ella seguramente se verá tan lindo como para colgar en cualquier pared de la casa. Tú sabes, al principio pensé que confeccionar acolchados sería fácil, pero luego de la segunda clase, me di cuenta de que era más complicado de lo que esperaba.

Blaine estaba sentado mirando a Stuart y sacudiendo la cabeza.

—Debes de amar mucho a tu esposa para querer tomar seis semanas de clases, jugando con una aguja e hilo.

—Hicimos un trato que yo tomaría las clases con ella, y luego ella tendría que ir a pescar conmigo cuatro veces más, pero yo...

—Suena difícil. Además del tema de la costura, que nunca podría hacer, no estoy seguro de si podría sentarme con un grupo de personas que no conozco mientras conversan acerca de materiales y acolchados todo el día.

—La clase es de solo dos horas todos los sábados, y después de cómo fueron las cosas la semana pasada, decidí que no quiero volver.

—¿Así que estás faltando a tu promesa con Pam?

Stuart se encogió de hombros.

—Si lo quieres llamar así, bueno, entonces supongo que sí.

Blaine sacudió la cabeza.

—Ay, amigo, con razón tu matrimonio está en problemas.

—¿Qué quieres decir?

Quiero decir que si le hiciera una promesa a Sue y me retractara, nunca podría quitarme eso de encima. —Blaine bebió otro sorbo de café—. ¿Fue tan malo sentarse en la clase con un montón de mujeres?

—Esto te puede sorprender, pero yo no era el único hombre en la clase.

—Eso sí es una sorpresa. ¿Cuántos hombres había además de ti?

—Dos. Estaba ese tipo grande motociclista que le gusta mandonear y un joven maestro de escuela hispano cuya esposa murió recientemente. También hay tres mujeres que toman la clase: Pam; Ruby Lee, una mujer afroamericana esposa de un pastor; y Star.

—¿Star?

—Una joven con un aro en la nariz y una actitud que apesta a rebeldía.

—¡Vaya! Suena como si te hubieras metido en un curioso grupo de personas.

—Sí. Ese pequeño club del acolchado es algo único. —Stuart tomó su jarro de café y bebió un sorbo—. Y por lo que pude ver, casi todos allí tienen algún tipo de problema.

—¿Problemas con los acolchados?

—Nop. Problema con alguna cuestión de la vida.

—Muéstrame a alguien que no tenga problemas, y yo te mostraré a alguien que no vive en la tierra —dijo Blaine con una sonrisa.

—Sí, tienes razón, pero algunos problemas son más serios que otros —se quejó Stuart—. Solo que tengo miedo de que si Pam y yo no resolvemos nuestros problemas pronto, podríamos terminar en una separación o, peor todavía, un divorcio.

—⁓—

Shipshewana

—Puedes dejarme aquí —le dijo Jan a Terry mientras se acercaban a la calle de su casa el viernes por la tarde—. Necesito revisar mi correo y, como sé que tienes una cita movida esta noche, puedes seguir tu camino.

—No es una cita movida. Dottie y yo vamos a jugar bolos y a comer pizza. —Terry le golpeó el hombro a Jan—. ¿Quieres que te arreglemos una cita con Gwen, la amiga de Dottie? Creo que realmente te gustaría.

—No esta noche, amigo —dijo Jan—. Tengo que trabajar en mi tapiz.

Terry lo miró a Jan incrédulo.

—No puedo creer que renuncies a una noche de bolos y pizza con una linda chica para quedarte en casa en compañía de aguja e hilo.

Jan se encogió de hombros.

—¿Qué te puedo decir? Creo que encontré mi lado creativo, como dijo mi agente de libertad condicional que debía hacer. Y sabes una cosa... de verdad es relajante y divertido.

Terry resopló.

—Puedo pensar muchas otras cosas creativas para hacer en lugar de pincharme el dedo con la punta de una aguja.

Jan sonrió. No creía que Terry fuera a entender.

—Te veré el lunes a la mañana. Buen fin de semana, amigo.

—Sip. Para ti también.

Mientras la camioneta de Terry se alejaba, Jan se dirigió hasta su buzón al costado del camino. Recién había sacado un puñado de cartas cuando Brutus apareció dando brincos y moviendo la cola.

Jan frunció el ceño.

—¿Otra vez afuera? ¿Cómo es que lo haces, Brutus?

¡Guau! ¡Guau! La cola de Brutus, que se movía rápidamente, rozó el pantalón de Jan.

—Bueno, vamos. Veamos dónde hiciste hoyos —dijo Jan mientras caminaba pesado por el camino con el perro al lado, la lengua colgando. Podría haber jurado que Brutus estaba sonriendo, pero de alguna forma el perro siempre parece estar sonriéndole a algo. Era uno de esos perros que jadeaba sin importar cómo estuviera el clima. Incluso en los días más fríos de invierno, la lengua solía colgarle por el costado de la boca.

Cuando Jan llegó a la caseta del perro, descubrió un hoyo por donde Brutus obviamente se había escapado.

—¡Perro malo! —le gritó a Brutus mientras sacudía un dedo.

Brutus bajó la cabeza y se escabulló por la hierba hasta llegar a la casa; luego brincó al porche con un gruñido y un golpe. Cuando Jan lo alcanzó unos pocos segundos después, descubrió un guante de lona de jardinería sobre el piso del porche, cerca de la puerta.

—¿Y esto de dónde salió? —dijo entre dientes—. Brutus, ¿tú robaste este guante a alguno de nuestros vecinos?

La única respuesta del perro fue otro gruñido profundo mientras se dejaba caer y rodaba sobre su lomo.

—Esto tiene que parar —dijo Jan disgustado—. Antes que nada, voy a hacer tu caseta a prueba de hoyos.

—⁕—

Goshen

—¿A dónde vas, Beatrice? —preguntó la mamá de Star cuando ella entró en la cocina con su equipo favorito de jeans y sudadera negra con capucha.

—Voy a la tienda de música para comprar nuevas cuerdas para mi guitarra; luego comeré algo en algún lugar y de ahí a la cafetería. —Star frunció el ceño—. Y por favor, ¿podrías dejar de llamarme Beatrice?

Su mamá emitió un sonido de disgusto mientras elevaba la mirada al cielo raso.

—¿No puedes buscar algo mejor que hacer un viernes a la noche que no sea andar con un puñado de aspirantes a músicos?

—Me gustaría que dejaras de criticarme. Es lo que disfruto, es como soy, y es mejor que quedarme aquí toda la noche viendo que actúas como una tonta cuando aparece Mike. —Star hizo una pausa y se aclaró la garganta—. De verdad desearía que dejaras a ese asqueroso.

—Mike no es un asqueroso. —La nariz de su mamá se arrugó mientras examinaba a Star—. ¿No quieres que sea feliz?

Star refunfuñó.

—No veo cómo puedes ser feliz con un tipo como Mike.

—¿Qué tiene de malo?

—Para empezar, cuando viene aquí, simplemente hace de cuenta que es su casa. O va a la cocina y se sirve lo que quiera o pretende que tú lo atiendas sin chistar. Me molesta cuando empieza a gritar: "Eh, Nancy, ¿me traes una cerveza?". —Star bajó el tono de voz para imitar a Mike—: "Ay, Nancy, mis hombros están llenos de nudos. Me harías unos masajes, ¿eh?".

Su mamá abrió la boca como para defenderlo, pero Star la cortó inmediatamente.

—Ah, y no olvidemos cómo el Sr. Maravilla se desploma sobre el sofá para ver televisión. El tipo actúa como si fuera el dueño del lugar. —Star frunció el ceño con gravedad—. Y siempre me anda diciendo qué hacer, como si yo fuera una niñita y él mi papá.

Su mamá sacudió la cabeza.

—Ay, vamos, Beatrice; no es tan malo.

—Sí, lo es.

—Mike me pidió que me casara con él.

—¿Qué? —Star resopló, mientras abría la boca—. Espero que le hayas dicho que no.

Su mamá se dejó caer sobre una silla cerca de la mesa.

—No le dije que no, pero tampoco que sí. Solo le dije que lo iba a pensar y que le contestaría en unas semanas.

Star se sentó y tomó con fuerza el brazo de su mamá.

—Si te casas con Mike, tendré que mudarme, porque no voy a quedarme en la misma casa con otro padrastro miserable.

—Admito que Wes no fue un buen esposo ni padrastro, pero Mike es diferente. Es amable, bueno y el restaurante que maneja aquí en Goshen le paga bien.

—Sí, ya sé todo eso, pero sigue sin gustarme ese tipo, así que espero que lo pienses bien y que le digas que no.

—Si me caso o no con Mike es mi decisión, Beatrice, no la tuya.

Star apretó los dedos con tanta fuerza que las uñas se le clavaron en la piel.

—¿Por qué tengo que seguir recordándotelo, mamá? Soy Star ahora, no Beatrice. Sabes cuánto odio ese nombre.

—Lo sé, pero tu padre insistió en llamarte Beatrice por su madre.

—Bueno, es un nombre tonto y él era un imbécil si le gustaba. —Star se inclinó hacia adelante con los codos sobre la mesa—. Cuéntame de mi padre.

—Unas pocas semanas después de que naciste, decidió que no quería ser padre, así que salió y no volvió más. —Su mamá parpadeó rápidamente—. Ya te he contado esto antes.

—Sí, pero nunca me has dicho demasiado acerca de él. Quiero saber todo: cómo era físicamente, qué hacía para vivir, dónde se conocieron ustedes dos, esa clase de cosas.

Su mamá alejó la silla de la mesa y se puso de pie.

—Eso está en el pasado, y preferiría olvidarlo. Ahora me voy a mi habitación a quitarme el uniforme de mesera porque Mike vendrá a cenar pronto.

—Me lo imaginaba, razón por la cual mejor me voy. —Star se levantó de la silla, tomó la guitarra que había dejado en el rincón y se dirigió hacia la puerta. "Mamá podrá pensar que Mike es un buen partido, pero estoy segura de que es igual a todos los hombres en su vida, un perdedor", pensó.

—w—

Mishawaka

—¿Dónde están los niños? —preguntó Stuart cuando entró en la sala de estar donde Pam estaba sentada frente a la máquina de coser cerca de la ventana—. En un día tan lindo como este, pensé que estarían afuera jugando.

—Devin está en lo de su amigo Ricky, y Sherry está arriba, en cama, enferma.

Stuart levantó las cejas.

—¿Qué le ocurre? No estaba enferma cuando salí hacia el trabajo esta mañana.

—Recibí una llamada de la escuela poco después del mediodía diciendo que tenía fiebre y que había vomitado durante el receso, así que fui a buscarla.

—¿Cómo está ahora? —preguntó él.

—Igual. Le he estado tomando la temperatura regularmente, pero aún no ha bajado.

—Eso no es bueno. ¿Por qué no me llamaste al trabajo?

—No quería preocuparte. Además, no había nada que pudieras hacer.

—¿Al menos llamaste a la pediatra?

Pam podía sentir el enfado en la voz de Stuart. Bueno, ella también estaba enfadada. ¿No pensaba que ella era lo suficientemente capaz como para cuidar a su hija o lista como para saber cuándo llamar al doctor? ¿Cómo se suponía que iba a tener confianza en ella misma si todo lo que él hacía era desestimarla o cuestionar su inteligencia?

—Por supuesto que llamé a la Dra. Norton —respondió con furia—. No soy estúpida, sabes.

—Nunca dije que lo fueras. Solo quise asegurarme de que nuestra niña se recupere.

Pam cruzó los brazos con fuerza, sintiéndose aún más a la defensiva.

—Yo también quiero eso, Stuart. A pesar de lo que pienses, soy una buena madre.

Los ojos de Stuart mostraban enfado.

—Dame un respiro, Pam. Nunca dije que no fueras una buena madre. Como siempre, estás poniendo palabras en mi boca.

Soltó el aire en un suspiro prolongado.

—Esta conversación no llega a ningún lado.

—Llegaría si me contaras qué dijo la Dra. Norton. ¿O al menos pudiste sortear a la recepcionista para hablar con la doctora directamente?

—No pude hablar inmediatamente, pero me devolvió la llamada.

—¿Y?

—Dijo que los síntomas de Sherry parecían ser los del virus que anda dando vueltas y me pidió que le avisara si la fiebre subía o si no mejoraba del estómago. Si se trata de una gastroenteritis, entonces seguro se va a sentir mejor mañana.

—Eso espero. —Stuart pasó el peso de un pie al otro—. Ah, y espero que no pretendas que cuide a los niños mañana si Sherry todavía está enferma.

—Bueno, tu dijiste que te quedarías con ellos mientras voy a la clase de confección de acolchados.

—Sí, lo sé, pero eso era antes de que Sherry se enfermara. Sabes que no me va bien con los niños si están enfermos. Y ya que estamos, a ellos tampoco conmigo. Es a ti a quien quieren si no se sienten bien.

—Tal vez tú podrías tomar la clase en mi lugar —sugirió Pam.

Los ojos de Stuart se abrieron.

—¿Eh?

—Si alguno no va, no sabremos el próximo paso para hacer el tapiz de pared, y no quiero retrasarme.

—Entonces, ¿por qué no dejas las clases y listo? —preguntó él.

Ella sacudió la cabeza con determinación.

—¡De ninguna manera! Pagué bastante dinero para tomar esas clases, y de verdad quiero aprender a confeccionar acolchados. Por favor, Stuart, dí que irás en mi lugar.

—Mmm. No lo creo.

—Es bastante ridículo y egoísta que no quieras ir solo, pero tampoco te quedas con los niños. —El mentón de Pam temblaba—. ¿No te importa nadie más que tú mismo?

—Claro que sí.

—Entonces demuéstralo.

Stuart se sentó a pensar y finalmente asintió.

—Puede que esté loco, pero está bien, iré yo. Tal vez no sea tan malo como la semana pasada.

—∾—

Elkhart

—Duerme bien, mi preciosa —susurró Paul mientras colocaba a Sophia en su cuna y se inclinaba para besarla en la frente—. Dulces sueños.

Sophia lo miró a través de los ojos casi cerrados y sonrió.

El corazón de Paul se contrajo. Tenía que admitir que era un poco sobreprotector de su hija, pero ella era todo lo que le quedaba de Lorinda. La bebé tenía la sonrisa con hoyuelos de su madre y, ay, tantas cosas de Sophia le recordaban a Lorinda.

Salió de la habitación en puntas de pie y bajó al vestíbulo, mientras tragaba el nudo que tenía en la garganta. Hoy hubiese sido el cumpleaños número veinticinco de Lorinda. Si hubiera estado viva, habrían celebrado la ocasión con algunos miembros de la familia. Paul le habría comprado un ramo de rosas amarillas, las favoritas de Lorinda. Y, probablemente, María habría hecho enchiladas y pastel de zanahoria con cubierta de queso crema, también la comida favorita de Lorinda. Habrían reído y jugado juegos, y si hubiesen podido venir los familiares de Lorinda, habrían compartido historias divertidas de la niñez de Lorinda. Pero no tenía que ser. Lorinda estaba pasando su cumpleaños en el cielo en lugar de aquí con su familia.

Paul entró sin prisa en la sala de estar y se zambulló en el sofá. Tantos recuerdos... tantos remordimientos. Si tan solo hubiese visto venir el camión, tal vez habría evitado el accidente. Por supuesto, como le había dicho el sacerdote en más de una ocasión, el conductor, que sólo había recibido heridas leves, había admitido que había cruzado con la luz roja, así que, si había un culpable, era él.

"¿Entonces por qué me culpa Carmen? —se preguntaba Paul—. ¿Está enfadada porque seguí a mi familia cuando se mudaron a Indiana? ¿Piensa que si no nos hubiésemos ido de California Lorinda aún estaría viva? Bueno, ahí también hay accidentes; probablemente hasta sean más frecuentes porque está muy poblado".

Paul había intentado hablar con Carmen el día del funeral de Lorinda, pero ella apenas le había dirigido unas palabras de respuesta, y las que había dicho habían sido hirientes: "Lorinda aún estaría aquí si no fuese por ti".

Paul se inclinó hacia adelante y dejó caer la cabeza en sus manos abiertas. Si Carmen lo odiaba, eso era una cosa, pero ¿tenía que desquitarse con Sophia? Al no contactarse, se estaba alejando de su única sobrina. Y eso significaba, salvo que ocurriese un milagro, que Sophia nunca llegaría a conocer a la hermana de su madre. ¿Qué había de justo en eso?

Por supuesto, muchas cosas en la vida no eran justas. Solo bastaba con mirar los problemas que habían tenido en sus familias sus alumnos de segundo grado durante el último año. Los padres del pequeño Ronnie Anderson habían terminado un matrimonio de diez años con un divorcio desagradable; Anna Freeman había perdido a su abuela enferma de cáncer; y a Miguel Garcia le habían diagnosticado leucemia. La vida era dura, y muchas cosas no eran justas, pero Paul sabía que debía mantener su fe y confiar en que Dios lo ayudaría cada día. Sophia lo necesitaba aún más que lo que él la necesitaba a ella. Juntos irían día por día, y Paul recordaría ser agradecido por todas las bendiciones de Dios.

CAPÍTULO 17

Shipshewana

Emma se sorprendió cuando sus alumnos llegaron para la clase el sábado a la mañana y Stuart estaba solo.

—¿Dónde está tu esposa? —preguntó Ruby Lee, mientras todos se sentaban alrededor de la mesa de costura de Emma.

—Nuestra hija se enfermó, por lo que Pam se quedó en casa para cuidarla —dijo Stuart—. Estoy aquí para aprender lo que pueda, así Pam no se atrasa.

Emma no estaba segura si Stuart se veía afligido porque estaba preocupado por su hija o irritado por tener que venir a clase. Durante las dos primeras clases, había sido evidente que se había visto obligado a venir, y no había mostrado demasiado interés en aprender a hacer un tapiz acolchado para la pared.

—Lamento lo de tu hija y también que Pam pierda la clase —dijo Emma.

Ruby Lee chasqueó la lengua ruidosamente.

—Yo me perdí muchos eventos cuando mis hijos eran pequeños y se enfermaban, pero eso es parte de ser madre.

—Si Sophia se enfermara, me quedaría en casa con ella —intervino Paul—, aunque probablemente tendría que contar con la ayuda de mi hermana, porque estoy seguro de que sería un caso perdido si mi hijita se enfermara.

Star se cruzó de brazos y frunció el ceño.

—A nadie le importaba cuando yo me enfermaba, excepto una vez, cuando estaba de visita en lo de la abuela y caí con un fuerte resfriado. Ella me atendió como si yo fuera alguien especial. Hasta me sirvió el desayuno en la cama. Me hacía bien que me cuidaran de esa manera y sentir que era importante para alguien.

Los sentimientos de Emma se dirigieron hacia Star. Era evidente que había tenido una niñez difícil, y con excepción de su abuela, la pobre chica no se había sentido muy amada.

—¿Estás diciendo que tu madre no se ocupaba de ti cuando te enfermabas? —preguntó Jan.

Star se encogió de hombros levemente.

—Mi mamá me llevaba al médico cuando estaba realmente enferma, pero cuando ella estaba en el trabajo y yo tenía un resfriado o gripe, tenía que arreglármelas sola.

—¿Quieres decir que te dejaba sola en casa? —le preguntó Paul con una mirada de incredulidad.

—Sip.

En su frente se marcaron profundas arrugas.

—¡Nunca dejaría a mi niñita sola! ¿En qué estaba pensando tu madre?

Star inclinó la cabeza y miró a Paul como si fuera un completo idiota.

—Ella no me dejaba sola cuando yo era un bebé. Iba a la guardería en ese entonces. Comenzó a dejarme sola cuando yo ya iba a la escuela y tenía edad suficiente para arreglármelas por mí misma mientras ella estaba en el trabajo.

"¿Qué locura es ésta? —pensó Star—. ¿Ahora estoy defendiendo a mi mamá? Supongo que hay algo de cierto en el dicho de que una persona puede hablar mal de alguien de su familia, pero mejor que ningún extraño lo haga".

Emma se aproximó por detrás de la mesa y apoyó las manos en los hombros de Star.

—Lamento que tuvieras que quedarte sola cuando estabas enferma. Estoy segura de que te debes de haber sentido desamparada y asustada.

—Sí, bueno, agradezco su comprensión y todo, pero eso no va a cambiar el pasado. Ahora, ¿podemos olvidar todo este pesimismo y seguir adelante con la lección?

Emma, sorprendida por la brusquedad de la joven, tomó asiento rápidamente del otro lado de la mesa.

—Antes de comenzar, me gustaría ver cómo les fue a cada uno con sus proyectos de acolchado esta semana.

Los alumnos colocaron los tapices sin terminar sobre la mesa, y Emma los revisó. Se decepcionó al ver lo poco que había trabajado Pam en su acolchado y que Stuart no había hecho nada en el suyo.

Como si sintiera su decepción, Stuart dijo:

—Pam cosió un poco más en su tapiz antes que Sherry se enfermara.

—¿Y tú, hombre? —Jan rompió el silencio—. Parece que no hubieras hecho nada desde el sábado pasado.

Emma se puso tensa, pensando que Stuart podría arremeter contra Jan, pero se sorprendió cuando él bajó la mirada hacia la mesa, se quitó la gorra, y murmuró:

—No hice nada porque no tenía la intención de volver a la clase.

Emma asintió lentamente.

—Tuve la sensación de que ese podría ser el motivo.

—No tengo nada en contra de ustedes —Stuart se apresuró a

decir—. No me siento cómodo usando aguja e hilo. Además, con la forma en que Pam habló de nuestros problemas, pensé que todos iban a creer que soy un marido terrible.

Nadie dijo nada. Finalmente, Emma habló:

—En el matrimonio hay que amar lo suficiente a la otra persona como para hacer cosas por ella, incluso cosas que no quieres hacer.

—Supongo que tiene razón. —Stuart se pasó los dedos por la parte superior del cabello, para dejarlo casi todo parado—. Así que tal vez cambie de opinión y siga hasta el final por las seis semanas completas. Después, voy a ver si Pam mantiene su parte del trato y va a pescar conmigo.

—Yo no contaría con eso —dijo Jan—. La mayoría de las mujeres que conocí dicen que van a hacer una cosa y terminan haciendo todo lo contrario.

—Los hombres no son mejores —intervino Star—. Todos los *maravillosos* novios de mi mamá eran perdedores, prometían esto, prometían aquello, y jamás cumplían con su palabra.

Emma pensó que la conversación se estaba volviendo demasiado negativa y podría dar lugar a un desacuerdo, por lo que sugirió que todos se turnaran para usar las máquinas de coser a batería y así añadir más piezas al modelo.

Mientras trabajaban, Emma se sorprendió al ver cuánto más tranquilo y relajado parecía estar Stuart. Incluso contó algunos chistes.

—Puede que no sea tan bueno para la costura —dijo—, pero hay una cosa que sé que puedo hacer mejor que todos.

—¿Qué cosa? —preguntó Ruby Lee.

—Leer mi propia letra.

Ruby Lee se rió entre dientes; Paul sonrió; Star revoleó los ojos, y Jan solo sacudió la cabeza.

Stuart levantó las pocas piezas que había logrado coser.

—Miren este lío. ¡Por favor, se necesitan demasiadas piezas de este pequeño material para formar cada punta de la estrella, y para empeorar las cosas, ni siquiera puedo hacer una costura recta!

—Tendrás una primera aproximación —dijo Emma—. Solo es cuestión de práctica.

Stuart puso su trabajo sobre la mesa y señaló hacia la ventana.

—Esas vacas que están en aquel pastizal de enfrente me recuerdan una historia que alguien me contó en la tienda de artículos deportivos el otro día.

—¿Qué historia? —preguntó Paul.

—Bueno, un chico y una chica iban caminando por un camino rural y al pasar cerca de unas vacas, el chico dijo: "¿Ves esa vaca y ese toro frotándose las narices? —Miró a su novia y sonrió—. Al verlos me dan ganas de hacer lo mismo". La novia miró al muchacho fijo a los ojos y le dijo: "Si no le temes al toro, puedes hacerlo".

La broma de Stuart hizo sonreír a todo el mundo, incluso a Jan.

Emma se preguntó si tal vez Stuart se sentía más libre para expresarse cuando su esposa no estaba con él. En ese caso, era una pena, porque Dios no quiere que las parejas casadas se hagan sentir mal mutuamente o discutan por cosas sin importancia.

Ruby Lee hacía un gran esfuerzo para mantener su mente en la línea recta que estaba tratando de hacer con la máquina de coser a batería de Emma. Esa mañana, Gene estaba en una reunión con la junta de la iglesia, y ella no podía evitar preocuparse por cómo iban las cosas. ¿Escucharían lo que él tenía para decirles o insistirían en hacer las cosas a su modo? Ella sabía que a principios de esa semana Gene había hablado con cada uno de los miembros de la junta en forma individual y esperaba que hubiera sido capaz de hacerles ver que él no estaba tratando de endeudar la iglesia. Él sólo quería que la congregación diera un paso de fe para que pudiera crecer y llegar a más gente de la zona.

Decidida a poner a un lado sus preocupaciones, Ruby Lee miró a Emma y dijo:

—¿Cómo van las cosas con su cabra? Maggie, ¿verdad?

Emma asintió.

—¿Sigue escapándose del corral?

—No, desde que mi yerno arregló el pestillo de la puerta. Pero conociendo esa cabrita astuta, es probable que encuentre una manera de abrirla.

—Ay, seguro que puedo verme reflejado —gruñó Jan—. Mi pastor alemán, Brutus, se ha convertido en el ladrón del vecindario, así que tuve que construirle una caseta. Se las arregló para cavar y escaparse un par de veces, pero lo solucioné haciendo una pequeña zanja alrededor del corral y colocando un alambrado en el suelo.

—Bien pensado, Jan —dijo Star, mostrando su aprobación con los pulgares hacia arriba.

—Sí, pero el problema no se solucionó, porque el otro día Brutus se escapó de nuevo. —Jan arrugó la frente, pero las líneas de tensión quedaron ocultas bajo su pañuelo de motociclista—. Como no vi señal de un hoyo por ningún lado, sospecho que debe de haber trepado por arriba.

—Mis padres tenían un perro que hacía eso —dijo Stuart—. Papá puso un alambrado en la parte superior de la caseta y eso resolvió el problema.

—Supongo que voy a tener que hacer eso si Brutus sigue escapándose. No puede ser que ande corriendo por todo el vecindario robando las cosas de los vecinos. No tengo tiempo para andar corriendo por todos lados, tratando de encontrar a los dueños de las cosas que Brutus sigue trayendo. Si no deja de hacerlo, voy a ser el hazmerreír de todo el vecindario, o nadie me dirigirá la palabra. —Riendo, añadió—: Sin embargo, supongo que hay un lado positivo en todo esto.

—¿Cuál sería? —preguntó Paul.

—En realidad, conocí a algunos vecinos cuando anduve por ahí buscando al dueño de las cosas que Brutus se llevó.

Ese comentario provocó la risa de todos.

—Oí hablar de un gato que era cleptómano —dijo Ruby Lee—. Luego de consultar con un experto, les dijo que probablemente el gato estaba aburrido y necesitaba más atención. Creo que el gato robó más de un centenar de artículos antes de que los propietarios al fin pudieron resolver el problema.

—La falta de atención podría ser la razón de que tu perro se escape de la caseta —dijo Star—. Una vez, visité una página web cuando estaba haciendo un trabajo de investigación en duodécimo grado de Inglés. Era sobre las mascotas que salen de su caseta y se escapan. A un psicólogo de animales se le ocurrió la idea de que cuando un perro actúa así es porque necesita mayor atención.

Jan asintió mientras hacía sonar los nudillos.

—Estuve muy ocupado con el trabajo últimamente y pasé poco tiempo con Brutus. Creo que tendré que dedicarle más tiempo y ver si eso hace alguna diferencia. Tal vez, sería una buena idea si me lo llevo conmigo cuando hago mis rondas por el vecindario para devolver todas las cosas que se llevó.

—Siempre quise tener un perro —dijo Star con nostalgia—. Pero mamá y yo nos mudamos tantas veces que nunca pudo ser. Sin embargo, quizás pueda tener un perro algún día, cuando viva en un lugar propio.

—Otra razón para no dejar al perro que corra por todos lados, Jan, es para evitar que salga a la carretera, donde podría embestirlo un auto —dijo Emma—. Por eso le pedí a mi yerno que reparara la puerta del corral de la cabra. Maggie es una bandida, pero no quisiera que le pasara nada malo.

—Así es —intervino Paul—. Cuando venía para acá esta mañana, vi un pastor alemán muerto en la carretera. Al parecer, alguien embistió al pobre perro y luego huyó de la escena, porque no vi a nadie parado cerca, ni ningún automóvil estacionado cerca del arcén.

—¿Cómo era el perro? —preguntó Jan con muestras claras de preocupación en el rostro.

—El tránsito estaba casi detenido, y por lo que pude ver cuando pasé por donde estaba el animal, era de color negro y café.

Las cejas de Jan se elevaron súbitamente.

—Como mi Brutus. ¿Dónde viste exactamente al perro?

—Estaba en la carretera principal que entra en Shipshewana, cerca de la 5 y 20 Country Kitchen —contestó Paul.

—¡Es cerca de mi casa! —Jan saltó de su silla y luego se volvió hacia Emma—. Lo siento, pero me tengo que ir. —Salió corriendo por la puerta dejando su proyecto de acolchado sobre la mesa.

—El pobre hombre se veía muy alterado —dijo Emma—. Espero que su perro esté bien.

Ruby Lee asintió.

—Las mascotas son muy importantes para algunas personas, casi como si fueran hijos. Cuando mis hijos tenían seis años y su gato murió, insistieron en que su padre hiciera una pequeña ceremonia de funeral en nuestro patio trasero.

—¿Lo hizo? —preguntó Star.

Ruby Lee asintió.

—Los chicos insistieron tanto que Gene no pudo negarse.

—Mis hijos me han estado persiguiendo para que les consiga un perro, pero las mascotas dan mucho trabajo, y no estoy seguro de que estén listos para esa responsabilidad. —El estómago de Stuart gruñó, y él lo cubrió con las manos, tal vez con la esperanza de silenciar el ruido—. Ups... lo siento. Pam estaba ocupada cuidando a Sherry esta mañana y no tuvo tiempo de prepararme algo para desayunar. Así que tomé una taza de café y salí.

—¿Por qué no te preparaste tú algo para comer? Yo te veo capaz como para hacerlo —dijo Star, mirando a Stuart con profundo desagrado.

Stuart se encogió de hombros.

—No se me ocurrió porque Pam siempre me ha preparado el desayuno.

—Bueno, siempre hay una primera vez para todo. Tal vez deberías ayudar a tu esposa de vez en cuando —murmuró Star.

—Hago muchas cosas para ayudarla.

—Eh, hagamos un receso, les traeré algo rico. Luego podemos seguir trabajando en los tapices —dijo Emma con una sonrisa alegre.

Ruby Lee estaba segura de que Emma sintió la tensión entre Star y Stuart. Si tuviera que adivinar, diría que probablemente Star estaba enojada con alguien que había tratado mal a su madre.

—Suena bien —aceptó Stuart—. ¿Tiene más de esas sabrosas rosquillas que nos sirvió la semana pasada?

Emma sacudió la cabeza.

—No, pero tengo un pastel de ángel con crema que horneé ayer, y hay una jarra de café en la estufa. Voy a ir a buscar todo a la cocina ahora mismo.

—Iré con usted. —Star se levantó y siguió a Emma fuera de la sala, dejando a Ruby Lee a solas con los hombres.

—Espero tomarle la mano a la costura —dijo Stuart, señalando lo poco que había hecho en su tapiz—. Siento que soy muy torpe. — Levantó las manos—. Me duelen los pulgares, por tantos pinchazos con los alfileres. Con razón he visto que las mujeres utilizan esos aparatitos, los dedales, para cubrirse los dedos.

—Yo también me pinché el dedo varias veces —dijo Paul con una sonrisa—. Me hace apreciar todas las costuras que hacía mi esposa.

Ruby Lee estaba a punto de hacer un comentario cuando sonó su teléfono celular. No reconoció el número, por lo que tuvo la tentación de dejar que la llamada entrara en el correo de voz. Pero algo le dijo que debía contestar, ya que podría ser importante.

—Hola —dijo Ruby Lee.

—¿Habla la señora Williams?

—Sí.

—Mi nombre es Joan Hastings. Soy enfermera en el hospital de Goshen y estoy llamando para avisarle que su esposo está aquí, en la sala de emergencias.

—Ah, ¿puedo hablar con él? —preguntó Ruby Lee, pensando que Gene debía de estar con alguno de sus feligreses que estuviera herido o enfermo.

—Él no puede hablar con usted en este momento —respondió la enfermera—. Lo está examinando uno de nuestros doctores.

El corazón de Ruby Lee comenzó a latir con fuerza. ¿Gene estaba en la sala de emergencias y un doctor lo estaba examinando? Algo terrible debía de haber sucedido.

—¿T–tuvo un accidente? ¿Está gravemente herido?

—Tiene problemas para respirar y cuando llegó aquí se quejó de sentirse mareado. Hemos hecho algunas pruebas para ver si es su corazón, y...

—¡Voy para allá! —Con las manos temblorosas, Ruby Lee cortó la llamada y se volvió hacia Paul y Stuart—. ¿P–podrían avisarle a Emma que me tuve que ir? Mi esposo está en la sala de emergencias. —Sin esperar la respuesta de ninguno de ellos, Ruby Lee recogió su costura y salió corriendo por la puerta.

CAPÍTULO 18

Mishawaka

Pam miró el reloj en la pared de la cocina. Eran las once en punto, lo que significaba que la clase de confección de acolchados terminaría en una hora.

Abrió el refrigerador y se sirvió un vaso de té helado, mientras pensaba cómo le estaría yendo a Stuart. Detestaba que hubiera ido solo, pero sabía que su lugar estaba en casa, cuidando a los niños. Aunque Sherry se sentía un poco mejor esta mañana, todavía no estaba tan bien como para dejarla con una niñera. La pobre niña no había sido capaz de retener nada hasta esta mañana temprano, cuando Pam le había dado un poco de té de jengibre y un pequeño trozo de pan tostado.

Un leve sentimiento de culpa se apoderó de Pam cuando recordó que no le había preparado el desayuno a Stuart, aunque de vez en cuando, debería ser capaz de arreglárselas solo. Después de todo, debería haber sabido que ella estaba ocupada cuidando a Sherry, y él no era del todo incapaz en la cocina, solo holgazán y demasiado dependiente de ella.

Pam miró por la ventana para ver qué estaba haciendo Devin. No lo vio saltando en la cama elástica, pero luego recordó que había dicho algo acerca de jugar en la casa del árbol. Stuart la había construido el verano pasado para que él y Devin pudieran subir allí de vez en cuando y compartir un poco de tiempo entre padre e hijo. El problema era que solo Devin la usaba. Pam había visto a Stuart entrar en la casa del árbol solo una vez, y eso fue justo después de que terminó de construirla.

"Si no pasara tanto tiempo delante del televisor mirando deportes, podría interesarse más por los niños —pensaba Pam enfurecida—. ¿No se da cuenta de lo rápido que están creciendo? Pronto van a ser grandes y se mudarán solos, y luego será imposible volver atrás esos años perdidos cuando debería haber hecho más cosas con su familia".

Sabiendo que tenía que pensar en algo positivo, y segura de que Sherry todavía estaba durmiendo, Pam decidió tomar su té helado afuera en el porche donde podía disfrutar de la brisa que se había levantado hacía un rato.

Pam salió y se sentó en una de las sillas de mimbre, desde donde miró hacia las petunias de color rosa y púrpura que había plantado en su jardín de flores la semana anterior. Eran tan hermosas y agregaban el color más apropiado para la zona donde las había puesto.

Los pensamientos de Pam se detuvieron cuando oyó unos lamentos. Echó un vistazo hacia el arce donde estaba la casita del árbol y se dio cuenta de que debía de ser Devin. Dejó el vaso y cruzó el jardín de prisa.

—Devin —llamó—. ¿Estás bien?

Se oyeron más lamentos seguidos por algunos sollozos.

Con el corazón palpitante, subió la escalera hasta la casa del árbol, donde encontró a su hijo acurrucado en un rincón, con lágrimas rodando por las mejillas enrojecidas.

—¿Qué pasa, Devin? —preguntó ella, arrodillándose junto a él en el piso de madera—. ¿Estás herido?

Él sacudió la cabeza.

—T–tengo miedo de que papá se vaya y no vuelva nunca más.

—¿Por qué piensas eso?

—El papá de mi amigo Andy se fue, y Andy no lo ve más. —Devin aspiró y se pasó la mano por las mejillas húmedas—. Si papá se fuera yo me sentiría muy triste.

Pam deslizó su brazo alrededor de los hombros de Devin y lo atrajo hacia sí.

—Tu papá no se va a ir de nuestra casa.

—¿E–estás segura?

—Sí, estoy muy segura —dijo Pam asintiendo con la cabeza, aunque en secreto ella había estado preocupada por esa misma cuestión.

—⁓—

Shipshewana

—¿Cómo dijo que se llamaba? —preguntó Star cuando Emma puso el pastel sobre la mesa y le pidió que lo cortara en porciones iguales.

—Pastel de ángel con crema —respondió Emma—. Mi abuela lo hacía, y ella me dio la receta cuando me casé.

—Hablando de abuelas, en cierto modo usted me recuerda a mi abuela. No en su aspecto, sino en la forma en que trata a las personas. Su amabilidad y sentido del humor también me hacen pensar en ella.

Emma sonrió. A pesar de que Star llevaba puesta una vez más la sudadera color negro, era bueno ver que hoy no tenía la cabeza cubierta con la capucha. La joven tenía una cara bonita, y era agradable ver su expresión tierna cuando hablaba de su abuela, aunque Emma aún no entendía por qué Star tenía mechas de color púrpura en el cabello, llevaba un aro en la nariz y tenía un tatuaje en el cuello. Pero también había muchas otras cosas que no entendía, sobre todo cuando se trataba de algunos inglesitos. Aun así, Emma sabía que Dios había creado a todos, y que cada persona era especial para Él.

—Extraño mucho a mi abuela. —Los ojos de Star de pronto se llenaron de lágrimas—. Siempre hacía cosas buenas por mí. No como mi mamá, que solo piensa en ella.

—¿Y tu padre? ¿Dónde está? —preguntó Emma sin entender cómo una madre solo podía pensar en sí misma. Los amish no actuaban de manera tan egoísta.

—No tengo idea. No lo conocí. Nos abandonó cuando yo era un bebé, y mamá terminó casándose con un perdedor cuando yo tenía ocho años. —Star frunció el ceño y arrugó la frente—. Se llamaba Wes Morgan, y era muy malo con mamá.

—¿También era malo contigo?

—En realidad no. Él más bien me ignoraba. Wes murió pocos años después de casarse, cuando salió a la calle y lo atropelló un automóvil. Mi mamá y yo vivimos solas desde entonces.

—Lo siento —dijo Emma, tocando suavemente el brazo de Star.

—Sí, no ha sido fácil, pero me alegro de que Wes haya desaparecido de la escena. —Star arrugó la nariz—. Ahora mamá está pensando en casarse con un tipo llamado Mike.

—Parece que Mike no te cae muy bien.

—Nop. No me gusta en absoluto. Viene todo el tiempo a nuestra casa, pretende que mamá lo atienda, y trata de decirme cómo debo vivir. —Star señaló el pastel—. Ya corté todas las porciones. ¿Hay algo más que quiera que haga? —preguntó, cambiando de tema de forma abrupta.

Emma le dio a Star una bandeja de servir.

—Puedes poner el pastel aquí, junto con algunos platos y tenedores. —Tomó cinco platos y tenedores y se los alcanzó a Star—. Antes de llevar esto a los demás, quiero que sepas que puedes venir aquí en cualquier momento, cuando tengas necesidad de hablar.

Star parpadeó un par de veces y miró a Emma con incredulidad.

—¿En serio? ¿No le molesta?

—En absoluto. Sé escuchar, y quizás te pueda dar algún consejo.

—Gracias. Puede que acepte su ofrecimiento algún día. —Con una sonrisa, Star recogió la bandeja y se dirigió hacia la otra sala. Emma la siguió con otra bandeja donde llevaba el café y las tazas.

Cuando Emma entró en su cuarto de costura, se sorprendió al ver que solo Paul y Stuart estaban sentados a la mesa.

—¿Dónde está Ruby Lee? —preguntó.

—Recibió una llamada diciendo que habían llevado a su esposo a la sala de emergencias, por lo que tuvo que irse —explicó Paul.

—¡Cuánto lo lamento! —dijo Emma, con preocupación—. Realmente espero que el esposo de Ruby Lee se encuentre bien.

—⬥⬥⬥—

Goshen

Cuando Ruby Lee entró en la habitación donde habían examinado a Gene, lo encontró sentado en el borde de la mesa abotonándose la camisa.

—¿Qué pasó? —preguntó ella, corriendo a su lado, con intención de ayudarlo con los botones.

Él hizo un gesto con la mano.

—No te preocupes tanto; no me voy a morir. El médico dijo que tuve un ataque de ansiedad, pero me siento mucho mejor.

—¿Qué fue lo que lo provocó? —preguntó ella—. ¿Pasó algo durante la reunión del consejo que te haya molestado?

—Sí. El tema de la expansión de la iglesia volvió a surgir, y terminamos en un encuentro explosivo. Creo que toda la discusión me afectó, porque sentí una gran tensión en el pecho y me sentí mareado y como si no pudiera respirar.

Ruby Lee le apretó el brazo.

—Todo este lío con la iglesia no es bueno para tu salud. Tú lo puedes ver. ¿Por cuánto tiempo más te vas a someter a esto, Gene?

—Estoy bien. No hay nada de qué preocuparse.

—Puede ser que estés bien ahora, pero ¿qué pasará la próxima vez? Podrías terminar sufriendo un ataque al corazón si te sigues exponiendo a todo este conflicto con los miembros de la junta. ¿Por qué no lo reconsideras y buscas otra iglesia? ¿Y qué hay de mí? No sé qué haría si te pierdo, sobre todo por algo como esto.

Él sacudió la cabeza.

—Ya te he dicho antes, Dios me llamó para ser pastor de este rebaño, y hasta que Él me libere de ese llamado, no me moveré de mi puesto.

—¿Qué pasa con los planes que tienes para la expansión de la iglesia? ¿Vas a seguir luchando para lograrlo o vas a abandonar la idea?

—No lo sé. Tengo fe en que Dios me dé más instrucciones, y confío en que todo saldrá como debe ser, para la construcción de nuestra iglesia, para nuestra congregación, y para nosotros, Ruby Lee.

"Me gustaría tener tu optimismo —pensó ella— ¡Si por un minuto creyera que podría servir de algo, hablaría con cada uno de los miembros de la junta ahora mismo y les diría lo que pienso!".

—⚹—

Shipshewana

Cuando Jan llegó a la calle de su casa, estaba sin aliento por el esfuerzo que había hecho pedaleando. Después de dejar la casa de Emma, había ido al cruce donde Paul había visto al perro muerto, para saber si era Brutus el que había sido embestido por el auto. Pero el único signo del accidente era una gran mancha de sangre en el pavimento. El cuerpo del perro había desaparecido. No podía mirar la mancha carmesí sin imaginar a su fiel mascota tendida allí sin vida. Lo único que pudo hacer fue llamar a la Sociedad Protectora de Animales y preguntar si tenían a su perro. Le dijeron que un pastor alemán había muerto y que fue llevado allí ese día, pero como no tenía identificación o licencia que les permitiera encontrar al dueño, ya se habían deshecho del cuerpo.

"Es mejor que no haya visto los restos del perro —pensó Jan—. Si fuera Brutus, no creo haber resistido verlo ahí, muerto".

Otro pensamiento le vino a la cabeza. "Tal vez encuentre a Brutus en casa, a salvo en su caseta, y entonces todas mis preocupaciones habrán sido por nada".

Aunque Jan casi nunca oraba, se encontró pensando: "Por favor, Señor, no permitas que mi perro esté muerto".

Ansioso por ver si Brutus estaba allí, Jan no se molestó en parar en el buzón. En cambio, pedaleó rápidamente por el camino de entrada hasta que detuvo la bicicleta, dejándola caer delante de la caseta del perro. Estaba vacía. Brutus no estaba a la vista.

—Brutus, ¿dónde estás, muchacho? —gritó Jan, esperando contra toda esperanza que el perro estuviera en algún lugar en la propiedad o, al menos, en la cercanía. Por esta vez, deseaba que Brutus anduviera vagando por el vecindario, buscando algo para llevarse y traer a casa.

Nadie respondió al llamado de Jan.

Jan aplaudió, gritó el nombre del perro varias veces más, y lanzó un agudo silbido. Nada. Ni un gemido o un ladrido.

—Ay, hombre —se quejó—. Brutus está muerto y todo es culpa mía. Si hubiera actuado rápido para mantenerlo en la caseta, esto no habría pasado. Ahora es demasiado tarde y yo perdí a mi mejor amigo.

Jan hizo todo lo posible para no quebrarse, mientras imaginaba qué pensaría su amigo Terry si llegaba y lo veía lloriqueando como un bebé. Pero Jan parecía no poder evitarlo. Ese animal de cuatro patas estaba dentro de su corazón, y se sentía muy triste sin él.

Jan levantó la vista y vio a su vecina gruñona, Selma, echando un vistazo por entre la cortina de la ventana de la cocina. ¿Sabía que Brutus se había ido? Probablemente se alegraría al enterarse de que estaba muerto. Deseaba haber sido más listo para obtener una licencia y algunas etiquetas de identificación para Brutus. Al menos así, la Sociedad Protectora de Animales podría haberlo llamado para avisarle cuando recibieron al perro.

Jan se sentía tan triste que tuvo la tentación de entrar en la casa y ahogar sus penas con un par de cervezas. Pero ¿de qué habría de servirle? Con eso no lograría hacer que Brutus volviera y solo aliviaría el dolor por un rato. No, estaría mejor sin la cerveza y, además, podría hacer frente a lo sucedido. La muerte del perro no era la única decepción que había tenido que enfrentar en su vida. Jan había padecido muchos reveses en el camino.

CAPÍTULO 19

Cuando Emma se despertó el domingo a la mañana, era todo lo que podía hacer para salir de la cama. Se había sentido muy cansada cuando fue a dormir la noche anterior, además de una extraña sensación de hormigueo en parte de la cintura. Esta mañana, los síntomas habían aumentado, y también le zumbaban los oídos. Pensó que la fatiga se debía al trabajo duro y sin descanso suficiente, pero no le agradaba la irritación constante que le afectaba la zona del abdomen. Tal vez no había enjuagado todo el jabón cuando había lavado la ropa el otro día. ¿Tendría una reacción alérgica?

"Tal vez no debería ir hoy a la iglesia —se dijo a sí misma mientras se dirigía lentamente a la cocina—. Mejor me quedo en casa y descanso, por si acaso tengo algo contagioso. Pero necesito avisarle a Mary".

Emma llenó de agua la tetera y la puso sobre la estufa, y mientras se calentaba el agua, se vistió. Ni bien se había puesto la cofia, oyó que la tetera silbaba.

Regresó a la cocina, vertió el agua en una tetera de cerámica, dejó caer una bolsita de té en su interior y salió por la puerta trasera.

Cuando Emma ingresó en el jardín de Mary, fue recibida por su nieto de catorce años, que estaba sacando del granero a uno de los caballos que tiran de los carros.

—Buen día, abuelita —dijo con alegría—. ¿Vienes a casa para el desayuno?

Emma sacudió la cabeza.

—Nada de desayuno esta mañana. Necesito hablar con tu mamá.

Stephen señaló hacia la casa.

—Probablemente esté en la cocina. ¿Le dirías que entraré tan pronto como amarre a Dan al carro?

—Sí, seguro. —Emma, sintiéndose más cansada que antes, llegó al porche trasero. Cuando ingresó en la cocina, encontró a sus dos nietas menores, Lisa y Sharon, poniendo la mesa, mientras Mary estaba parada junto a la encimera cascando huevos duros.

—Buen día, mamá —dijo Mary, mientras giraba hacia Emma con una sonrisa—. ¿Tomarás el desayuno con nosotros?

Emma sacudió la cabeza.

—Me siento extraña esta semana, así que solo tomaré una taza de té y me recostaré en el sofá.

—¿Estás enferma? —Los ojos oscuros de Mary revelaron la profundidad de su preocupación.

—No estoy segura. Simplemente me siento cansada, y siento la piel algo irritada aquí. —Emma se tocó el lado izquierdo del abdomen.

—¿Te fijaste si tenías algún sarpullido? —preguntó Mary.

—Sí, pero no veo nada. ¿Por qué lo preguntas?

—Me pregunto si otra vez tienes culebrilla. Me parece que cuando la tuviste mencionaste que sentías la piel irritada al principio.

Emma frunció el ceño. Había caído con culebrilla una semana después de que murió Ivan y se había sentido terriblemente mal.

—Espero que no vuelva a ser culebrilla. La verdad es que no tengo tiempo para eso ahora.

—Nadie tiene tiempo para enfermarse, abuelita —dijo Lisa—. Pero cuando pasa, no es mucho que puedas hacer.

—No hay —la corrigió Mary. Volvió a mirar a Emma—. Si no te sientes bien, ¿quieres que vaya hasta tu casa y te prepare algo para comer antes de que nos vayamos a la iglesia?

Emma sacudió la cabeza.

—Estaré bien con el té, y tal vez coma algún trozo de pan tostado.

—Está bien entonces, pero iré a verte en algún momento después de que regresemos —dijo Mary.

—Ven si quieres, pero estoy segura de que estaré bien. —Emma le dio una palmadita a Lisa en la cabeza y giró hacia la puerta.

Mientras se detenía en el porche de la casa de Mary para recibir la quietud de la mañana, Emma apoyó la cabeza contra el poste de la baranda e inspiró el fuerte aroma de las lilas que habían florecido a lo largo de la cerca la última semana. Arriba, en los árboles, un tordo sargento cantaba: *¡Chubili-i-i! ¡Chubili-i-i!* Hacer una pausa para disfrutar momentos de paz como éste podría salvar cualquier día que hubiese comenzado con el pie izquierdo.

La fatiga de Emma se incrementaba, así que no se quedó allí mucho tiempo. Se acercaba a su propio porche trasero, y recién había puesto un pie en el primer peldaño cuando una sensación de mareo hizo que perdiera el equilibrio. Se tomó de la baranda rápidamente, agradecida de que pudo evitar caerse.

"Por favor, que pueda entrar a la casa", pensó.

Las tablas de madera crujían debajo de sus pies mientras subía

lentamente, paso a paso, aún sintiéndose mareada. Al llegar a la puerta, cerró los ojos por un minuto, tratando de estabilizarse y respirando profundamente. Aliviada cuando el mareo comenzó a ceder, entró en la casa.

Cuando Emma ingresó en la cocina, revisó la tetera. La infusión ya estaba lista, así que se sirvió una taza de té, preparó una tostada y se sentó a la mesa. Luego inclinó la cabeza para orar en silencio.

Cuando terminó de comer, dejó los platos en el fregadero y tomó el resto del té en la sala de estar.

Emma bostezó. Como no podía mantener los ojos abiertos, se quitó la cofia, se estiró en el sofá y cerró los ojos. La brisa suave que ingresaba por la ventana abierta, el aroma a aire fresco y la melodía de los pájaros que cantaban en el arce ubicado en la esquina del jardín era todo lo que necesitaba para arrullarla hacia un sueño ligero. Lo último que recordaba haber oído era el sonido distante de las cabras, que mantenían algún tipo de conversación desconocida en su corral.

Luego de un tiempo, Emma se despertó cuando tocaron a la puerta. Aún medio dormida y creyendo que posiblemente fuese Mary o alguien de la familia, gritó:

—¡Adelante!

Emma se sorprendió cuando Lamar entró en la sala.

Se sentó rápidamente, mientras alisaba las arrugas del vestido y se colocaba la cofia.

—Ay, no esperaba que fueses tú.

—Disculpa si te asusté —dijo él—. Hablé con Mary después de la iglesia, y ella dijo que te habías quedado en casa porque no te sentías bien.

—Solo un poco. No creo que sea nada serio.

—Pareces cansada —dijo él, preocupado—. ¿Has estado haciendo demasiadas cosas últimamente?

La columna de Emma se puso rígida mientras subía la guardia.

—No he estado haciendo demasiado, y ya me siento menos cansada luego de tomar una siesta.

—Estoy preocupado por ti, Emma.

—Bueno, no es necesario. Estoy bien.

Lamar cambió el peso de su cuerpo de una pierna a la otra como si no supiera qué decir.

—Bueno, eh... supongo que me voy.

—Gracias por venir —dijo Emma, consciente de que no podía ser grosera.

Lamar ya estaba casi en la puerta cuando giró.

—Si hay algo que pueda hacer, por favor, avísame.

Ella asintió brevemente.

Cuando Lamar salió, Emma recostó la cabeza contra el respaldo del sofá y se quejó: "¿Este hombre no entiende las indirectas? No me interesa tener una relación con él, y no quiero que haga nada más que dejarme en paz".

—⁓—

Goshen

Mientras Ruby Lee permanecía con Gene en la parte trasera de la iglesia, saludando a las personas que salían en fila del santuario, tenía un nudo en el estómago. Gene había predicado un valioso sermón esta mañana, y sin embargo, nadie había dicho siquiera un "amén". Por lo general, la iglesia era un lugar alegre en el que las personas solían gritar "amén" y "aleluya". Sin embargo, hoy no. Se podría haber escuchado caer una pluma del cielo todo el tiempo en que Gene había estado predicando. ¿Sería el tema, abandonar la fe, o tal vez el hecho de que habían circulado demasiados chismes acerca de que el pastor quería endeudar a la iglesia?

Cualquiera fuese el caso, Ruby Lee no podía evitar darse cuenta de que algunos feligreses se habían escabullido por la puerta lateral en lugar

de ir en fila para saludar al pastor y su esposa. Esto solo le confirmaba a Ruby Lee que ella y Gene debían abandonar esta iglesia, porque estaba bastante segura de que eso era lo que la mayoría quería.

¿No lo podía ver Gene también? ¿Disfrutaba pasar por toda esta tristeza sin un punto final a la vista? ¿Pensaba que Dios lo bendeciría por su trabajo y por hacer el papel de mártir? Ruby Lee sabía que si Gene iba a quedarse aquí, entonces ella también, porque su lugar estaba al lado de su esposo. Estaba contenta de que sus hijos estuvieran lejos en la universidad y de que no pudieran ver cómo estaban tratando a su padre. Estaba segura de que los habrían herido tanto como a ella, y probablemente ellos habrían sido más verborrágicos. Le sorprendía aún más que hacía muy poco tiempo estas mismas personas que ahora los ignoraban y decían cosas hirientes sobre ellos habían sido buenos amigos. O al menos ella creía que lo habían sido.

Luego de tomar aire rápidamente y de dibujarse una sonrisa en el rostro, Ruby Lee estiró la mano hacia la siguiente persona en la fila.

—Buen día, Sra. Dooley. Que Dios la bendiga, y espero que tenga una buena semana.

—⚹—

Mishawaka

Pam bajó las escaleras en puntas de pie. Había ido a ver a Sherry y la había encontrado durmiendo tranquilamente arriba, en su habitación. Luego de desayunar avena, había subido nuevamente hasta su cama con sus animales de felpa y se había quedado dormida. Por el momento, nadie más en la familia se había enfermado, y Pam esperaba que siguiese así. Stuart pensaba que tal vez tendrían que haber mudado a Sherry a la habitación vacía que estaba junto a la de ellos, pero Pam había decidido dormir en el cuarto de Devin, que estaba frente al de Sherry, mientras que Devin dormía en la habitación de huéspedes en la planta baja.

Como sentía que necesitaba algo de tiempo para ella misma, Pam bajó hasta la sala, tomó un libro que había estado deseando leer y se acurrucó en el sofá. Stuart y Devin estaban en el jardín jugando a lanzarse la pelota, así que la casa estaba tranquila y en silencio.

Pam había estado leyendo por unos minutos cuando Stuart entró en la sala y se inclinó para apoyar la nariz sobre la mejilla de ella.

—Detente. Estoy ocupada —balbuceó.

—A mí no me parece que estés ocupada. Me parece que tienes la nariz metida en un libro.

—Así es, y es el primer minuto que tengo para mí desde que Sherry se enfermó el viernes, así que si no te importa...

Stuart se dejó caer del otro lado del sofá.

—¿Cómo está nuestra pequeña? —preguntó él, mientras levantaba un pie de Pam y comenzaba a darle un masaje.

—Mejor. Retuvo la avena que le di más temprano.

—Qué bueno. A menos que tenga una recaída, deberías poder ir a la clase de confección de acolchados este sábado.

—Sí, pero quisiera que vengas conmigo.

—Lo estoy pensando.

Ella levantó las cejas.

—¿En serio?

Él asintió.

—Me sentí más relajado ayer que la semana anterior.

—¿Cómo es eso?

Él aclaró la garganta un par de veces.

—Bueno, me gustó tener la oportunidad de ser yo mismo.

—¿Qué estás diciendo... que no pudiste ser tú mismo cuando yo estuve allí?

—Sip, básicamente así fue.

Pam apretó los dedos contra el libro, enfadada con la respuesta.

—¿Por qué no puedes ser tú mismo cuando estoy yo?

—Porque no me siento cómodo con que les cuentes a todos nuestros problemas y que trates de hacerme parecer como el responsable de todo lo que va mal en nuestro matrimonio.

—¡Yo no hago eso!

—Sí lo haces, y me hace sentir incómodo y estúpido.

—Está bien entonces, no diré una palabra sobre nada la próxima clase. ¿Feliz?

—Sí, seguro... como si eso fuese a pasar. —Tomó el otro pie y comenzó a masajearlo, probablemente con la intención de aliviar la tensión, como tantas otras veces en las que le masajeó los pies.

El enfado de Pam aumentó, y apenas apreciaba el masaje en los pies, que en otro momento hubiese sido tan relajante que se habría quedado dormida.

—Podría quedarme callada toda la clase si quisiera.

—Genial. Iré contigo la semana próxima y veremos.

Ella dejó el libro a un lado y asintió:

—¡Trato hecho!

Stuart apartó los pies de Pam a un lado y se levantó.

—Tendré que ver para creer.

Pam frunció la nariz y se detuvo justo cuando estaba por sacar la lengua.

Luego de que Stuart salió de la habitación se paró de prisa y murmuró:

—Ah, genial. ¿Y ahora qué acordé? ¿Puedo quedarme callada toda la clase?

CAPÍTULO 20

Shipshewana

Era lunes a la mañana, Emma aún no se sentía bien, pero se obligó a levantarse de la cama, preparar algo para desayunar y hacer algunas tareas de la casa. Realmente necesitaba lavar algo de ropa, pero no estaba segura de tener la energía para hacerlo.

Emma entró en la sala de costura, se sentó en la silla mecedora y apoyó la cabeza contra el respaldo, sintiéndose somnolienta. Había pasado mucho desde la última vez que se había sentido tan fatigada. Estaba a punto de dormirse cuando oyó abrirse la puerta trasera. Unos segundos después, Mary entró en la sala.

—Vine a ver cómo estabas —dijo.

Emma suspiró.

—No tan bien como me gustaría. Estoy terriblemente cansada, y aún no he lavado mi ropa.

—Yo lo haré, mamá.

Emma sacudió la cabeza.

—Ya tienes suficiente trabajo que hacer.

—La ropa que lavé ya está en el tendedero, y no me importa ayudarte.

—Ah, está bien. Puedes lavar la ropa, pero te ayudaré a tenderla. —Emma no sabía por qué le resultaba tan difícil aceptar la ayuda de Mary. Nunca lo había pensado dos veces antes de ayudar a los demás, pero cuando le tocaba recibir, generalmente quería hacer las cosas ella misma. Aun así, apreciaba la ayuda de su hija. De hecho, todos sus hijos harían sentir agradecido a cualquier padre o madre. Sin importar qué tan ocupados estaban, nunca dudaban en dejar lo que estuvieran haciendo si alguien necesitaba ayuda. Solo que Emma no quería convertirse en una carga.

Mary sonrió.

—Si te sientes con ganas de ayudar, por mí está bien.

Emma siguió a Mary hasta el sótano y se sentó en una silla plegable mientras Mary llenaba de agua la lavadora y escurridora a gasolina.

—Fue lindo que Lamar viniera ayer para ver cómo estabas —dijo Mary mientras colocaba algunas toallas en la lavadora—. Cuando hablé con él luego de la iglesia, parecía preocupado porque no estabas allí.

Emma frotó una mancha en el frente del vestido donde debió de haber caído algo de té.

—Lamar parece un hombre muy agradable —continuó Mary—. También pienso que está solo.

Emma cruzó los brazos y comenzó a juguetear con los pulgares. No le gustaba el rumbo que iba tomando la conversación.

—Si está solo, entonces necesita buscar algo en qué ocupar su tiempo. Mantenerme ocupada me ha ayudado mucho a no sentirme tan sola desde que murió tu papá.

—Por lo que sé, Lamar se mantiene bastante ocupado haciendo las sillas mecedoras de nogal. Además, que una persona se mantenga ocupada no es garantía de que no se sentirá sola.

—Supongo que tienes razón. —A pesar de las actividades que hacía Emma en el jardín y con sus acolchados, a veces también se sentía sola, especialmente en las noches, cuando Ivan y ella solían sentarse en el porche o en la sala para relajarse y conversar luego de un día largo. Ah, cómo extrañaba esos momentos especiales.

—Creo que a Lamar le gustaría encontrar una nueva esposa —dijo Mary.

Emma apretó los puños con firmeza.

—Sí, bueno, está bien. Solo que no seré yo.

—〰—

Star acababa de salir del trabajo, y en lugar de ir directo a casa, decidió conducir hasta Shipshewana para ver a Emma. Quería hablar más con ella acerca de su mamá y de su nuevo amigo, contarle qué sucedió ayer cuando llegó Mike. Todavía estaba molesta y necesitaba a alguien con quien compartir sus sentimientos, y seguro que no podía ser su mamá. ¿Su mamá se había puesto de su lado cuando Mike comenzó a criticarla por vestirse con colores oscuros y usar demasiado maquillaje? ¡No! ¿Su mamá le había dicho a Mike que quitara los zapatos del sofá cuando se despatarró para ver televisión todo el día? ¡Por supuesto que no! Prácticamente, su mamá le permitía hacer lo que quisiera, a pesar de que no estaban casados.

—Y espero que nunca lo estén —masculló Star mientras encendía el motor del auto.

Cuando salió de Walmart, comenzó a cantar la letra de una de las canciones en las que había estado trabajando.

—Nunca seré la princesa, abrazada a papá; nunca seré la niña de su vida. Nunca me llevará de la mano; dulce viñeta. Nunca la respuesta perdida.

Las lágrimas le picaban los ojos, y necesitó pestañear para evitar que se derramasen. No tenía sentido ceder a la autocompasión porque no cambiaría las cosas. Si su mamá terminaba casándose con Mike, no habría nada que Star pudiese hacer. Necesitaba ir día por día y tratar de concentrarse en otras cosas. Tal vez un día descubran alguna de sus canciones y se convierta en una verdadera estrella; así no necesitaría a nadie, ni siquiera a mamá.

Star continuó cantando mientras conducía hasta Shipshewana. Cuando llegó al jardín de Emma tiempo después, vio que estaba junto a su hija menor tendiendo la ropa en la cuerda.

Al ver que Emma no estaba sola, Star dudó en bajar del auto. Pero cuando Emma miró hacia donde estaba y la saludó con la mano, no pudo pegar la vuelta e irse. Eso sería grosero. Así que Star apagó el motor, bajó y caminó por el jardín.

Cuando llegó al tendedero, Emma sonrió y le dijo:

—Qué agradable sorpresa. ¿Qué te trae por aquí este lunes a la mañana?

Algo tímida y más que un poco incómoda debido a la mirada curiosa de la otra mujer, Star bajó la mirada hacia el suelo y murmuró:

—Acabo de salir del trabajo.

—No sabía que trabajaras en Shipshewana —dijo Emma.

—No, trabajo en el Walmart de Goshen. —Star arrastró la punta de su zapatilla por una mata de pasto—. Pensé que sería un buen momento para conversar un poco con usted, pero veo que ahora está ocupada.

—No estoy muy ocupada para hablar. —Emma colocó una mano sobre el brazo de Star—. Además, probablemente hayas conducido durante media hora para llegar hasta aquí, así que no puedo enviarte de regreso.

La caricia de Emma se sentía cálida y reconfortante. Nuevamente le recordó a la abuela, pero no sabía bien cómo responder. Realmente necesitaba hablar con Emma, pero no quería hacerlo delante de la otra mujer.

—Ay, qué tonta soy —dijo Emma—. Creo que no conoces a mi hija. Star, te presento a Mary. Vive al lado y vino para ayudarme con el lavado de ropa.

—Sí, nos vimos el día de la primera clase, pero no nos presentaron. —Mary extendió la mano—. Gusto en conocerte, Star.

Star, un poco más relajada, le dio la mano a Mary.

—Sí, ahora recuerdo. Gusto en conocerte, también.

—¿Qué trabajo haces en Walmart? —preguntó Emma mientras tendía uno de sus vestidos azules lisos.

—Repongo las estanterías bien temprano a la mañana.

—En cierta forma debe de ser bueno —dijo Mary—, porque te permite hacer otras cosas el resto del día.

—Sí. —Star se agachó para tomar una toalla húmeda del cesto de mimbre—. Esto parece divertido. Creo que las ayudaré, si no les molesta.

Emma rió.

—Para nada, pero me sorprende que pienses que tender la ropa es divertido.

—Bueno, tal vez divertido no sea la mejor palabra —dijo Star—, pero es diferente. A excepción del tiempo que pasamos en casa de mi abuela, mamá y yo siempre hemos lavado y secado nuestra ropa en el lavadero automático. —Star señaló una sábana que ondeaba en la brisa—. ¿Tienden las cosas afuera cuando el clima es bueno y usan la secadora cuando llueve o nieva?

Emma sacudió la cabeza.

—Ay no. No tenemos secadoras automáticas, pero si las tuviésemos, realmente extrañaría el aroma fresco que queda en las sábanas. Para mí, es como si estuviera durmiendo afuera cuando me cubro por las noches y huelo la dulce fragancia a tierra en mi ropa de cama.

—Ah, claro. Olvidé que no usan electricidad en sus casas. ¿Y cómo hacen para lavar la ropa? ¿Tienen que lavarla en una tina grande y con una tabla?

—Algunas de las lavadoras que usamos en esta comunidad funcionan con un generador, pero la de mamá tiene un motor a gasolina ubicado en el exterior y el eje de transmisión llega hasta dentro del lavadero —explicó Mary.

—Ah, ya veo. —Star no podía imaginarse vivir sin los beneficios de la electricidad y arreglárselas sin las comodidades modernas. Sin embargo, sí que recordaba lo bien que olían las sábanas cuando se había quedado en casa de la abuela antes de que ella enfermara.

"A eso se debe referir Emma sobre el aroma a tierra fresca. Probablemente la abuela tendía a veces su ropa afuera. Qué curioso que hubiese olvidado ese pequeño recuerdo de las sábanas de la abuela hasta que Emma habló de eso", pensó Star.

Conversaron sobre otras cosas hasta que las prendas estuvieron tendidas, y luego Mary dijo que necesitaba hacer algunas cosas en casa así que se despidió.

—¿Quieres que nos sentemos en el porche? —preguntó Emma—. De tanto inclinarme y estirarme me siento algo agotada.

Star asintió.

—Entonces creo que ambas debemos sentarnos, porque yo también estoy algo cansada.

Mientras caminaban hacia el porche, Star no pudo evitar notar el paso lento de Emma.

—¿Te sientes bien hoy? —preguntó, mientras se estiraba para sostener a Emma cuando se sentaban en el columpio del porche.

—Me estuve sintiendo bastante agotada los últimos días. Simplemente no me siento yo misma. —Emma sonrió, pero faltaba el brillo habitual de sus ojos azules—. Ayer me quedé en casa para descansar en lugar de ir a la iglesia, pero me parece que no fue de ayuda porque tampoco tengo demasiada energía esta mañana.

—Tal vez sea mejor que me vaya así puede tomar una siesta. —Star comenzó a levantarse, pero Emma sacudió la cabeza y le hizo un gesto para que volviera a sentarse.

—No necesitas irte. Puedo descansar aquí mientras conversamos.

—Está bien, si usted lo dice. —Star volvió a sentarse y se enganchó un mechón de cabello detrás de la oreja cuando el viento se lo levantó del hombro. Era un día cálido, y llevaba puestos jeans y una camiseta sin mangas negra en lugar de la habitual sudadera con capucha. Le alegraba que el trabajo de reposición de estanterías en Walmart no requería que usara uniforme. No se habría sentido cómoda.

—¿Cómo estuvo tu fin de semana? —preguntó Emma.

Star se encogió de hombros.

—Podría haber sido mejor. Al menos el domingo.

—¿Qué sucedió?

Star comenzó a contarle a Emma cómo había actuado Mike, que había tomado posesión del control remoto de la televisión, que le había dicho cómo debía vestirse y que se había quejado porque pensaba que usaba demasiado maquillaje y demasiados anillos en los dedos. También se había quejado por el pequeño arete dorado en la nariz y había dicho que se veía ridículo.

—Finalmente salí de la casa y fui a caminar solo para alejarme de él. No sé qué haré si mamá se casa con ese tipo. —Star frunció los labios—. Mamá es tan ingenua cuando se trata de hombres, y no estoy segura de que Mike sea la elección correcta. De hecho, ella ha tomado malas decisiones y no siempre ha sido honesta conmigo tampoco. Me vuelve loca.

—Las personas son humanas, Star, y a veces las circunstancias y la inmadurez hacen que tomen malas decisiones. —Emma suspiró—. Yo también tomé malas decisiones en mi juventud y época de cortejo.

Star inclinó la cabeza.

—¿Cortejo? ¿Es lo mismo que tener una cita?

—Bueno, creo que es un poquito diferente —dijo Emma—. El cortejo se hace con la intención de descubrir si quieres estar con la persona para siempre. Las citas no son tan serias. Al menos así es como yo lo entiendo.

—Bueno, cita o cortejo, no puedo imaginar que una linda dama como usted pueda tomar malas decisiones.

—Sin embargo, las tomé. Cuando tenía diecisiete, elegí al novio equivocado. —Emma miró hacia el jardín, como si recordara el pasado—. Su nombre era Eli Raber, y tenía un lado trasgresor. A Eli le gustaba beber, fumar y salir por ahí. Hasta tenía un auto rojo brillante que escondía detrás del granero de su papá.

Star se inclinó hacia adelante, mientras escuchaba con atención cómo Emma seguía contándole que Eli tenía en mente dejar la fe amish y quería que Emma hiciera lo mismo.

—Y casi lo hago —admitió Emma—. Si no hubiese sido porque Ivan llegó en el momento indicado, me habría escapado con Eli y metido en quién sabe cuántos problemas. —Sonrió, y parte del brillo regresó a sus ojos—. Ivan era tan atento y educado. Tenía tan buenos valores y era un trabajador tan responsable; ayudaba a su padre en la tienda de artículos de montura. No me llevó mucho darme cuenta de que había encontrado a un buen hombre.

—Ajá... Ya veo.

—¿Tu madre ama a Mike? —preguntó Emma.

—Supongo. Al menos eso dice.

—¿Él está enamorado de ella?

—Aparentemente, pero ¿quién lo sabe? Podría estar montando un acto para impresionarla.

—¿Tiene un trabajo estable?

—Sí. Maneja un restaurante en Goshen, y por los regalos que le trae a mamá, estimo que saca buen dinero.

—¿Y este hombre es bueno con tu madre?

—Eso parece... al menos hasta ahora. Según mi mamá, Mike no bebe, no fuma ni se droga.

—Entonces tal vez lo que tu madre necesite sea casarse con él.

—Puede ser, pero estoy segura de que no es lo que yo necesito.

—¿Y qué necesitas, Star?

Star tomó aire profundamente y cuando lo soltó, se le levantó el flequillo.

—Necesito a alguien que no me menosprecie ni critique todo lo que digo o hago. Necesito a alguien que sea mi amigo. Necesito a alguien que se preocupe por mí como lo hacía la abuela.

Emma colocó una mano con dulzura sobre el brazo de Star.

—Yo me preocupo por ti.

—¿A pesar de que me visto raro y que digo las cosas de manera diferente a ti?

Emma sonrió y señaló su cofia.

—Es probable que algunos piensen que yo también me visto raro.

Como aún no se sentía cómoda hablando sobre su vida, Star señaló el hermoso arreglo floral ubicado en la esquina del jardín de Emma.

—Esa es una maceta rara. ¿La consiguió en el mercado de pulgas de Shipshewana?

Emma explicó que una mañana, en lugar de tirar la botas viejas de su esposo, había plantado claveles en ellas.

—Es un hermoso recordatorio de cuán duro trabajaba Ivan para darnos lo que necesitábamos mi familia y yo —dijo—. Tengo la otra bota en el jardín de atrás, donde puedo verla cuando miro por la ventana de la cocina. En esa planté petunias.

Emma continuó contándole a Star que la roca del jardín del frente donde se encontraba la bota había sido hallada por su esposo mientras caminaban juntos por el bosque durante los días de cortejo.

Emma hizo una pausa durante un minuto, y Star la miró con atención, sedienta por escuchar más.

—Luego de que Ivan y yo nos casamos, vivimos en una granja, donde trabajamos duro y pronto estuvimos ocupados con nuestros niños —continuó Emma—. No importaba qué tan ocupados estábamos, una de las cosas que recordábamos era divertirnos. —Sonrió—. Todavía puedo recordar una pequeña broma que le jugué a Ivan una vez y que nos hizo reír a todos.

—¿Cómo era?

—En su cumpleaños cuarenta y nueve, en lugar de tirar el periódico luego de que terminó de leerlo, lo escondí durante todo un año. Luego, al año siguiente en su cumpleaños, reemplacé el periódico de ese año con el del año anterior. Fue muy difícil evitar la risa mientras estaba sentada frente a Ivan a la mesa del desayuno, y como quien no quiere la cosa lo miraba mientras terminaba mi café y él leía el periódico.

—¿Él se dio cuenta? —preguntó Star.

—Nunca notó que las noticias eran del año anterior hasta que casi había terminado de leer todo el periódico. —Emma lanzó una risita mientras se tocaba las mejillas—. Tendrías que haber visto su expresión cuando dijo que los artículos le sonaban como noticias que habían sucedido un año atrás. Y, ay... Me reí con tanta fuerza que pensé que iba a romper las costuras de mi vestido.

—¿Cómo lo tomó cuando se dio cuenta de que el periódico era viejo?

—La verdad es que lo tomó bien. Hasta se rió y le contó al resto de nuestra familia cómo yo lo había engañado bien en su cumpleaños número cincuenta.

Star sonrió y se echó para atrás en la silla, mientras notaba las arrugas que se le habían formado a Emma alrededor de los ojos al reírse. Había algo de la compañía de Emma que la hacía sentir bien. No se había sentido así de relajada y alegre en años.

—Sabes, Star —dijo Emma—, esos son los tipos de alegrías, a pesar de ser simples, que ayudan a mantenernos con un cable a tierra.

Star permaneció en silencio por un momento, pensando cuán maravilloso debe de ser sentir esa felicidad con otra persona.

—Me caes bien, Emma Yoder. Sí, me caes muy bien.

Emma deslizó su brazo alrededor de la cintura de Star y la abrazó.

—Tú también me caes bien.

CAPÍTULO 21

Cuando Jan subió a la camioneta esa mañana, Terry le dijo:

—Parece que hubieras desayunado un tazón de pepinillos agrios. ¿Tanto te molesta ir a trabajar?

—No es el trabajo lo que me molesta; es volver a casa.

—¿Desde cuándo?

—Desde que mataron a mi perro.

Los ojos de Terry se abrieron.

—¿Brutus está muerto?

Jan asintió con seriedad.

—Ay, hombre, ¿cómo pasó?

—Salió de su caseta y lo embistió un coche.

—Pero pensé que habías arreglado su caseta para que no se escapara.

—Yo también, pero supongo que debe de haber escalado la cerca y se debe de haber escapado por arriba.

—Lamento mucho oír eso. ¿Lo enterraste atrás?

Jan sacudió la cabeza.

—No pasó aquí. Paul, uno de los tipos que va los sábados a la clase de confección de acolchados, dijo que había visto un perro muerto que parecía igual a Brutus camino hacia lo de Emma. Era por 5&20 Country Kitchen.

—¿Viste el perro?

—Nop. Para cuando llegué allí, el cuerpo ya no estaba. Supuse que alguien de control de animales se lo debía de haber llevado. —Jan casi se ahoga con las palabras—. Y tenía razón, porque cuando llamé a la Sociedad Protectora de Animales, dijeron que alguien había traído un pastor alemán muerto.

—¿Cómo sabes que era Brutus? ¿Lo identificaron con su placa?

—No tenía ninguna. Como un estúpido dejé que el perro corriera por ahí sin un collar y nunca me molesté en conseguirle una licencia o una placa de identificación. Sin embargo, la descripción del perro era la misma, y cuando llegué a casa el sábado, Brutus no estaba en su caseta ni en ningún otro lugar del jardín. —El solo hecho de hablar acerca de la pérdida de su perro hizo que Jan sintiera náuseas. Había estado luchando con sus emociones toda la semana.

—Eso no prueba que el perro muerto fuera Brutus.

—Tal vez no, pero ya que Brutus no volvió, me resulta bastante claro que tenía que ser él.

—Supongo que tienes razón —dijo Terry mientras salía de la entrada de Jan.

Mientras bajaban por el camino, una idea surgió en la cabeza de Jan.

—Dime, ¿podrías detenerte un momento antes de encarar hacia LaGrange para nuestro próximo trabajo de techado?

—Seguro. ¿Dónde quieres que me detenga?

—En casa de la señora amish que enseña las clases de confección de acolchados. Vive cerca de aquí.

—¿Por qué quieres ir allí? —preguntó Terry.

—Cuando me enteré acerca del perro que había sido embestido, me fui de lo de Emma con tanta prisa que dejé mi proyecto sobre la mesa. Si no lo recojo, no podré hacer nada esta semana.

—Todavía no entiendo por qué estás tomando esa clase, pero cada cual con lo suyo, supongo.

—Exacto. —Jan frunció el ceño cuando Terry encendió un cigarrillo—. Pensé que habías dejado ese hábito horrible.

—Lo he intentado, pero cuando me siento nervioso necesito fumar.

—¿Por qué estás nervioso?

—Mis viejos —gruñó Terry—. Después de treinta y cinco años de casados, están hablando de separarse.

—Qué mal, hombre. Ahora sabes por qué nunca me casé. Demasiadas complicaciones, y parece como si ya no hubiera demasiado compromiso.

—Sí, pero conozco algunas parejas que lograron que funcionara.

—Supongo que es verdad. Emma Yoder es viuda, y te apuesto lo que sea que ella y su esposo tuvieron un buen matrimonio. Incluso con su esposo muerto, el rostro se le ilumina como un frasco de luciérnagas cuando lo nombra.

—Sí, bueno, espero que mis viejos puedan volver a la normalidad pronto, porque la verdad es que no quiero que cada uno siga por un camino separado. Llevan casados demasiados años para tirar la toalla.

—Tal vez deban ver a un consejero matrimonial. Eso es lo que hace la pareja de la clase; sin embargo no estoy seguro de que les haya hecho algún bien. —Jan golpeó el brazo de Terry—. Gira aquí. Allí está la casa de Emma.

Cuando llegaron al jardín de Emma, Jan se sorprendió al ver a Star sentada sola en el porche frontal. Lo que era aun más sorprendente era que no vistiese la sudadera negra con capucha.

—¿Quieres acompañarme hasta la casa y conocer a Emma y Star? —preguntó Jan mientras miraba a Terry.

—No, ve tú.

—Está bien. Será un momento hasta que recupere lo que dejé. —Jan saltó de la camioneta y caminó rápidamente por el jardín.

—Me sorprende verte aquí esta mañana —le dijo a Star cuando llegó al porche.

—Vine a hablar un poco con Emma. —Ella sonrió. Al menos él pensó que era una sonrisa. Sus labios se curvaron apenas hacia arriba—. También me sorprende verte aquí.

—Voy camino al trabajo, pero quería pasar a buscar el proyecto que dejé cuando salí corriendo el sábado.

—¿Y con qué te encontraste? ¿Era tu perro el que habían embestido? —preguntó ella.

—Debe de haber sido, porque cuando llegué a casa Brutus no estaba en su caseta, y no he sabido de él desde entonces.

—Qué mal.

La mirada apenada en el rostro de Star le permitió saber a Jan que compartía su dolor. Se dio cuenta de que detrás de esa actitud rebelde había un corazón compasivo. De todos los alumnos de Emma, Star era la que parecía más real. Probablemente no tuviese un pelo de hipócrita. En cierto modo, a Jan le gustaba porque tenía agallas. Y tampoco le importaba lo que pensaran de ella los demás. Lástima que no tenía unos años más, porque habría considerado invitarla a salir. Claro que había conocido a otros tipos que salían con mujeres más jóvenes, pero la verdad es que no buscaba enseriarse con nadie otra vez. Ahora, con todo el trabajo que le esperaba en el verano, tenía suficiente en qué ocupar su tiempo.

—¿Te fijaste en la Sociedad Protectora de Animales si habían llevado al perro allí? —preguntó Star.

Él asintió, aunque no quería admitir que no se había molestado en conseguirle a Brutus ningún tipo de identificación.

—Y, ¿dónde está Emma? —preguntó él, cambiando de tema rápidamente antes de que terminara lloriqueando por todo lo que extrañaba a Brutus.

Star señaló la puerta.

—Fue hasta la cocina a buscar té helado.

—Creo que entraré y le pediré mis cosas, necesito seguir mi camino.

—Antes de irte, tal vez te gustaría saber que no fuiste el único que salió antes de la clase el otro día —dijo Star.

—¿Eh?

—Sí, Ruby Lee recibió una llamada del hospital, le dijeron que su esposo estaba allí.

—Qué mal. ¿Qué le pasaba?

Star se encogió de hombros.

—No estoy segura. Ruby Lee salió disparada luego de recibir la llamada. Por suerte no era nada serio y volverá a la clase este sábado.

Jan no pudo evitar notar la mirada de preocupación en el rostro de Star. Le daba gusto conocer a una joven que se preocupaba por los demás. Esperaba llegar a conocerla mejor en las semanas siguientes, y también a otros de la clase. Parecía que unirse a ese pequeño club del acolchado era una de las pocas cosas que había hecho bien, en lugar de agregarla a la lista de malas decisiones.

—⁓—

Con dos vasos de té helado, Emma salió de la cocina. Justo estaba pasando por la sala de costura cuando casi choca con Jan.

—¡Ay, por favor! Me asustaste. N–no me había dado cuenta de que estabas aquí.

—Voy camino al trabajo pero decidí pasar a buscar mi tapiz —

explicó él, algo avergonzado—. Me fui tan a prisa el sábado que olvidé llevarlo conmigo.

—Sí, siento que así fuera —dijo Emma, al notar la expresión de tristeza en los ojos de Jan—. ¿Pudiste saber si era tu perro el que había sido embestido?

Jan asintió con seriedad.

—Estoy seguro de que debe de haber sido Brutus.

—Lo debes de extrañar mucho.

—Sí, así es, pero es todo por mi estúpida culpa. Tendría que haberme fijado si la caseta era segura en todo su alrededor y arriba, porque estoy convencido de que así fue como se escapó.

—Culparte no traerá a tu perro de vuelta, y tampoco hará que te sientas mejor con su pérdida —dijo Emma con dulzura.

—Lo sé. —Jan bajó la cabeza—. Creo que es algo bueno que no intente criar niños, porque probablemente también lo eche a perder.

Emma dejó los vasos de té helado sobre la mesa de costura e impulsivamente se estiró para tocar el brazo de Jan.

—Lamento mucho tu pérdida.

—Gracias. Se lo agradezco.

—Sabes, Jan, han ocurrido muchos accidentes dentro de mi comunidad amish, incluso dentro de mi propia familia. —Emma hizo una pausa un momento para acomodar sus pensamientos—. Una vez, cuando era una niña, una de mis amigas se ahogó en el estanque de su tío.

Jan abrió los ojos.

—Qué pena.

Ella asintió.

—Fue una conmoción para todo el mundo, y al principio los padres de Elsie se culpaban a sí mismos por no haber estado cerca para cuidarla.

—Entiendo.

—No eran los únicos que se culpaban. El tío de Elsie, Toby, se culpaba a sí mismo porque tendría que haber colocado una cerca alrededor del estanque.

Jan asintió.

—Supongo que todos tenían culpa, ¿no?

Emma se encogió de hombros.

—No estoy segura de que alguien la tuviera realmente, excepto por mi amiga, que sabía que no podía nadar y que no se tendría que haber acercado tanto al estanque. El punto es, culparse no les devolvió a Elsie, y hasta que sus padres y su tío no aceptaron su muerte y continuaron con su vida, no hubo sanación para ninguno de ellos.

—Pero finalmente la aceptaron. ¿Es lo que está diciendo?

Emma asintió.

—Todavía lloraban y extrañaban a Elsie, por supuesto, pero cuando dejaron de culparse y aceptaron su muerte, con la certeza de que estaba en un lugar mejor con Dios, comenzaron a sanar sus corazones.

—Pero Brutus es un perro. No debe de haber ido al cielo. ¿Cierto?

Emma giró las palmas de las manos hacia arriba.

—Sólo Dios y quienes están con Él ahora saben si hay animales en el cielo o no. —Le sonrió a Jan y volvió a darle otra palmada dulce—. Lo principal es recordar que tu perro no está sufriendo, y si te concentras en los buenos recuerdos que tienes de él, ayudará a calmar el dolor que sientes ahora con tanta intensidad.

Jan, ahora con los ojos vidriosos por las lágrimas, sonrió y dijo:

—Gracias, Emma. Me alegra haber pasado hoy, y espero verla el sábado en otra clase de confección de acolchados.

Emma asintió. Esperaba, Dios mediante, que pudiese dar la clase.

CAPÍTULO 22

Elkhart

Durante los últimos días, Paul había intentado contactar a Carmen, pero ya era miércoles y ella no le había devuelto ninguna de sus llamadas.

"¿Debería intentarlo nuevamente antes de salir para la escuela? —se preguntaba, mientras miraba el teléfono—. Supongo que no tiene demasiado sentido. Obviamente, Carmen no quiere hablar conmigo, o habría respondido al menos una de mis llamadas".

Paul no sabía por qué le molestaba tanto que Carmen hubiese cortado lazos con ellos. No parecía ser la única tía de Sophia. Le dolía saber que lo culpaba por la muerte de Lorinda y que no se preocupaba lo suficiente por Sophia como para ir a visitarla, o al menos mantenerse en contacto con ellos.

Miró a Sophia que estaba sentada en su silla alta y esperaba que le dieran de comer. No solo su hermosa hijita nunca conocería a su madre, sino que parecía que tampoco conocería a su tía Carmen.

Paul había hablado con la madre de Lorinda la noche anterior, y le había preguntado acerca del viaje a Indiana que planificaban para el verano. Cuando había mencionado que esperaba que Carmen pudiera acompañarlos, Ramona lo había desestimado con la justificación de que Carmen recién había comenzado un trabajo nuevo y que no tendría días libres para viajar este año. Si bien eso podría ser cierto, no la excusaba a Carmen por no querer responder sus llamadas.

Carmen era cinco años menor que Lorinda y siempre había sido muy independiente. Había ido a la universidad inmediatamente después de la preparatoria y, luego de graduarse y comenzar a trabajar como reportera para uno de los periódicos de Los Ángeles, había rentado un apartamento a varias millas de sus padres. Ramona había sugerido que Carmen viviera con ellos durante un tiempo para ahorrar dinero para otras cosas, pero Carmen no quiso saber nada. Quería vivir sola. La carrera de Carmen parecía ser lo primero, y por lo que sabía Paul, ella no tenía ningún novio formal.

"Ah, bueno... lo que haga Carmen no me incumbe. Solo espero que vuelva a abrir las líneas de comunicación conmigo", pensó Paul mientras se sentaba junto a Sophia para darle de comer un tazón de cereal caliente.

Sophia lo miró y sonrió.

—Pa-pa-pa.

Paul se inclinó y besó su mejilla suave.

—Así es, mi pequeña, siempre puedes contar conmigo.

—⟶∾∾⟵—

Goshen

Luego de que Gene salió hacia el hospital para visitar a uno de sus feligreses, Ruby Lee sintió la necesidad de tomar algo de aire fresco y sol, así que salió de la casa justo después del desayuno y se dirigió hacia el sendero Pumpkinvine.

Mientras caminaba rápidamente tratando de aclarar su mente, divisó una mata de violetas que crecían a la orilla del camino. Ver las flores hizo que Ruby Lee pensara en su amiga Annette, cuyas flores preferidas eran las violetas. Le había enviado correos electrónicos y la había telefoneado varias veces más sin respuesta. ¿Annette estaba enojada con ella? ¿Había dicho o hecho algo que pudiese arruinar la amistad? No tenía sentido.

A pesar de que en un principio Ruby Lee había decidido guardarse sus frustraciones, necesitaba desesperadamente hablar con alguien acerca de los problemas de la iglesia y del modo en que Gene los estaba manejando. Esperaba que Annette pudiese ofrecerle solidaridad y entendimiento, incluso también uno o dos consejos. Si Annette viviese más cerca, Ruby Lee la visitaría, pero un viaje a Nashville no era posible en este momento. Ruby Lee tenía compromisos en la iglesia, sin mencionar las clases de confección de acolchados que debía terminar.

Negándose a tenerse lástima, algo que parecía correcto a simple vista estos días, Ruby Lee aceleró el paso y continuó.

Mientras se concentraba en el plácido movimiento del arroyo Rock Run Creek, que corría junto al sendero, y en la suave brisa que susurraba a través de la copa de los árboles, trató de relajarse. Apenas había andado un poco cuando divisó a una joven de cabello oscuro con una cola de caballo, que vestía un par de pantaloncillos negros y una camiseta sin mangas haciendo juego, corriendo por el sendero en dirección contraria. A medida que la joven se acercaba, Ruby Lee se dio cuenta de que era Star; a pesar de que le costó reconocerla sin la sudadera negra que solía usar.

—¡Eh, hermana! Me sorprende verte aquí en el sendero Pumpkinvine —gritó Ruby Lee. Era bueno ver un rostro familiar, alguien que no fuera a juzgarla.

—Hola, ¿cómo estás? ¿Cómo está tu esposo? —preguntó Star.

—Está bien. Al principio nos preocupamos de que pudiese ser su corazón, pero todo dio bien. —Ruby Lee eligió no mencionar que el doctor había dicho que Gene había tenido un ataque de ansiedad. Probablemente Star quisiera saber por qué, y Ruby Lee no quería hablar de eso, al menos no con ella.

—¿Vienes aquí a menudo? —preguntó Ruby Lee mientras Star giraba y comenzaba a caminar en la misma dirección que ella.

—Una o dos veces por semana. —Star levantó una piedra y la

arrojó al agua—. O cuando necesito correr y quitarme de encima las frustraciones. Es genial este lugar, ¿no?

—Sí, realmente es un sitio hermoso. Vengo con frecuencia, y por la misma razón que tú —admitió Ruby Lee—. Solo que yo no corro.

Star se quedó mirando a Ruby Lee, como si no le creyera.

—No puedo imaginar que tú tengas frustraciones.

Ruby Lee parpadeó.

—¿Qué te hace pensar eso?

—Siempre pareces tan despreocupada durante nuestra clase, como si no tuvieras problemas. A excepción del sábado pasado cuando te llamaron por tu esposo, claro. Se notaba que estabas angustiada.

—Bueno, todos tenemos nuestros problemas, así que hay momentos en los que estamos angustiados y necesitamos hacer algo para liberar el estrés.

—Eso es seguro.

—Me pregunto cómo estará Jan —dijo Ruby Lee, cambiando de tema rápidamente—. Parecía muy angustiado el sábado cuando Paul le dijo que había visto un perro muerto en el camino hacia lo de Emma.

—Vi a Jan el lunes —dijo Star—. Pasé por lo de Emma para hablar con ella acerca de algunas cosas con las que he estado lidiando en casa, y mientras estaba allí, Jan pasó a buscar su proyecto de acolchado.

—¿Dijo algo acerca de su perro?

—Sip. Que cuando llegó a casa Brutus no estaba en su caseta, así que estaba casi seguro de que lo habían embestido.

—Qué pena.

—Sí. El pobre llamó a la Sociedad Protectora de Animales, y dijeron que se habían deshecho del cuerpo del perro, así que Jan no pudo siquiera ver si era Brutus o no. Jan trató de esconderlo, pero te digo que estaba bastante mal. —La expresión de Star era de compasión, lo que hizo que Ruby Lee pudiese ver un lado diferente de la joven.

Mientras continuaban caminando, hablaron acerca de Emma y de lo dulce y amable que parecía.

—Emma también tiene buenos consejos —dijo Star—. Hasta compartió conmigo algunas cosas de su pasado.

—¿En serio?

—Sí, pero creo que no corresponde que yo ande por ahí contando lo que me dijo.

—No, tienes razón. Cuando alguien te confía algo, lo mejor es no divulgarlo.

—¿Y qué piensas de Stuart y Pam? —preguntó Star, mientras llevaba la conversación hacia otro lado.

—Bueno, en realidad no me corresponde opinar, pero creo que ambos están infelices con el matrimonio —respondió Ruby Lee.

—Yo tuve esa misma impresión. ¿Crees que terminarán de tomar las clases de Emma?

—No lo sé. Pienso que tendremos que esperar para ver cómo sigue. —Ruby Lee señaló un banco que estaba cerca—. ¿Nos sentamos?

Se sentaron en silencio un momento, mientras veían a las ardillas correr de aquí para allá en el camino. Ruby Lee le hizo a Star algunas preguntas acerca de ella y se sorprendió al saber que la joven no solo cantaba y tocaba la guitarra, sino que había compuesto algunas canciones.

—¿Por qué no me cantas algo que hayas escrito? —preguntó Ruby Lee.

Los ojos oscuros de Star se abrieron.

—¿Aquí? ¿Ahora?

—Me gustaría que cantaras.

—Pero ninguna de mis canciones está terminada. Solo tengo algunas líneas escritas en cada una —dijo Star.

—Está bien. Me gustaría escuchar algunas de las letras que creaste.

—Bueno, está bien. —Con voz vacilante comenzó a cantar—: Parece que no busco en la puerta correcta; quizá porque no sé bien qué es lo que me espera... —Mientras continuaba con el estribillo, su tono se hacía más fuerte—. Qué difícil respirar... Qué difícil descansar... Qué difícil saber si estás cuando eres una estrella fugaz.

Cuando Star terminó la canción, giró hacia Ruby Lee y dijo:

—No es mucho, pero al menos es el comienzo de algo que espero poder completar.

—Ah, seguro que sí y, Star, realmente tienes una voz hermosa —dijo Ruby Lee con sinceridad—. Las palabras de tu canción estaban bien escritas, pero me preocupa que evoquen un mensaje de tristeza y desesperanza. ¿Así es como te sientes?

Star asintió con seriedad.

—Nada me funciona bien, y m—me siento algo perdida, como si no supiera qué propósito tengo en la tierra.

Ruby Lee apoyó su mano sobre la de Star, sin poder hablar por el nudo que se le había hecho en la garganta. Aquí había una joven sin esperanza, y Ruby Lee, la esposa de un pastor y cristiana practicante, no podía pensar en otra cosa que decir más que "lo siento, Star".

—Es así, ¡la vida apesta! —Star se puso de pie—. Creo que mejor termino de correr y voy a casa. Probablemente mamá debe de tener una rabieta al preguntarse por qué vuelvo tan tarde a casa después del trabajo. Te veo el sábado, Ruby Lee.

Star se dio vuelta y comenzó a correr en la dirección opuesta, y Ruby Lee se quedó sola, sintiéndose peor que cuando había salido de casa. Ay, cómo deseaba haber podido compartir con Star el amor de Jesús en ese momento. Había visto la necesidad de Star y cuán rápidamente había escondido sus emociones, y ella había perdido la oportunidad perfecta de contarle a la joven confundida acerca del amor de Dios. ¿Era porque ella misma se sentía tan desesperanzada y triste? La verdad era que Ruby Lee necesitaba a alguien que le diera aliento, pero Star, sin saber acerca de esta necesidad de Ruby Lee, no había podido hacerlo. Peor aún, Ruby Lee tampoco había satisfecho las necesidades de Star.

—⚍⚍—

Shipshewana

Emma se encogía mientras conducía su carro tirado por un caballo hacia la tienda naturista. Cada movimiento y cada bache del camino hacían que las lesiones del abdomen rozaran contra la ropa y le doliera como el demonio. Mientras Emma se vestía esa mañana, había descubierto varias ampollas dolorosas y se dio cuenta de que otra vez tenía culebrilla. Había ido inmediatamente hasta la cabina telefónica para llamar a su médico naturista, pero no había conseguido cita hasta el día siguiente. Así que había decidido dirigirse hasta la tienda naturista cerca del mercado de pulgas de Shipshewana para buscar algún remedio que le ayude con los síntomas dolorosos. Si las ampollas continuaban doliéndole así, dudaba cómo haría para enseñar la clase de confección de acolchados el sábado. Le habría pedido a Mary que la reemplazara, pero ella y su familia se habían ido esta mañana a Sullivan, Illinois, para asistir a la boda del primo de Brian, y no volverían hasta el sábado a la noche.

Cuando Emma llegó a la tienda, guió su caballo hasta la cerca de amarre y rechinó los dientes al bajar. El más mínimo movimiento le provocaba dolor, y deseaba que alguien más hubiese ido hasta allí en lugar de ella. Emma realmente deseaba estar en cama.

Cuando entró en la tienda, se dirigió hacia el corredor lleno de preparaciones de hierbas, donde encontró algunas píldoras rotuladas para el dolor y la comezón de la culebrilla. También descubrió una botella de aceites aromáticos para aplicar sobre las ampollas.

—¿Necesitas ayuda?

Emma saltó al oír el sonido profundo de la voz de un hombre. Sorprendida, giró y vio a Lamar a su lado.

—Yo... eh... vine aquí para buscar algo que pueda ayudarme con el dolor de la culebrilla.

Lamar frunció el entrecejo.

—¿Para ti, Emma?

Ella asintió lentamente.

—Esta mañana apareció la erupción. Ahora sé por qué no me he sentido bien los últimos días.

—Yo tuve culebrilla hace algunos años —dijo Lamar—. Mi doctor me dio una inyección de B-12.

—¿Te ayudó?

—Eso creo. También me dio una inyección para evitar cualquier neuralgia.

—No pude conseguir una cita para hoy con mi doctor, pero iré mañana. —Emma señaló las botellas en los estantes—. Mientras tanto, creo que usaré una de estas. —Suspiró con profundidad—. Espero sentirme mejor el sábado. No puedo imaginarme tratando de dar mi clase de confección de acolchados si me siento como ahora.

—Con gusto lo haría por ti —se ofreció Lamar.

Emma inclinó la cabeza hacia atrás y lo miró con sorpresa.

—Ah, dudo que sabrías qué hacer.

—Te equivocas —sonrió Lamar—. Mi esposa tenía una tienda de acolchados y yo la ayudaba. De hecho, hasta diseñé algunos modelos algo inusuales para que ella los hiciera.

La boca de Emma se abrió.

—¿Estás hablando en serio?

—Claro que sí.

—Agradezco el ofrecimiento, pero creo que podré dar la clase.

Al menos Emma esperaba poder hacerlo, porque a pesar de lo que había dicho Lamar acerca de la ayuda a su esposa, no podía imaginar cómo resultarían las cosas si tratara de dar la clase en su lugar. Pero llegado el sábado, si se sentía como ahora, por mucho que le doliera, tendría que cancelar la clase.

CAPÍTULO 23

Mishawaka

Cuando Stuart entró en la cocina el viernes a la mañana, encontró a Pam sentada a la mesa bebiendo una taza de café.

—¿Dónde están los niños? —preguntó él luego de servirse algo de café y sentarse junto a ella.

—Todavía acostados. Pensé que podría dejarlos dormir un poco más así tendría algo de tiempo para mí.

—Supongo que no tendrás demasiado de eso una vez que comience el verano y terminen las clases.

—No, seguro que no.

Stuart sopló su café y bebió un sorbo.

—Ya que mañana es sábado y tengo el día libre, ¿por qué no te reúnes con alguna de tus amigas? Pueden ir de compras toda la mañana y luego almorzar mientras yo cuido a los niños.

Pam sacudió la cabeza.

—Mañana es la clase de confección de acolchados, ¿recuerdas?

Él chasqueó los dedos.

—Ah, sí, es cierto. Casi lo olvido.

—A mí me suena como que te olvidaste —dijo ella, mirándolo con el ceño fruncido.

Él se encogió de hombros.

—Está bien, tal vez me olvidé. Tampoco es tan grave, ¿verdad?

—Bueno, eso depende.

—¿De qué?

—De si te olvidaste a propósito.

—No me olvidé a propósito. Las cosas han estado más atareadas que lo normal en el trabajo esta semana, y mi cerebro está cansado; eso es todo.

—¿Estás seguro de que no propusiste que fuera de compras con una amiga para no tener que ir a la clase conmigo?

—No, no fue así.

—¿Preferirías ir sin mí otra vez?

El enojo de Stuart aumentó.

—¿Estás tratando de poner palabras en mi boca?

—No, solo pensé...

Consciente de que si no salía de allí inmediatamente comenzaría a gritar, Stuart se alejó de la mesa.

—Mejor me voy o llegaré tarde al trabajo.

—Pero aún no tomaste tu desayuno.

Él señaló la mesa.

—No veo que haya nada esperándome... a menos que sea invisible.

A ella se le llenaron los ojos de lágrimas.

—No tienes que ser sarcástico. Estaba esperando para comenzar el desayuno hasta que tomaras tu café.

—Bueno, ¡no quiero nada para desayunar! —Stuart llevó su taza de café hasta el fregadero y salió disparado por la puerta trasera, golpeándola al salir. Parecía como si siempre que trataba de entablar alguna conversación con Pam, terminaban discutiendo. Estaba cansado de eso, y que ella se largase a llorar tampoco ayudaba. Estaba seguro de que ella lo hacía para hacerlo sentir mal, pero no le iba a funcionar esta vez. Si las cosas volvieran a estar bien entre ellos, Pam necesitaba dejar de mandonearlo y de contradecirlo todo el tiempo.

—⁓—

Shipshewana

Después tomar un desayuno rápido, Jan fue hasta el garaje para buscar algunas herramientas para el techo que planeaba desmantelar hoy. Terry llegaría a buscarlo en cualquier momento y así podrían seguir su camino.

Cuando Jan entró en el garaje, su mirada se posó sobre la motocicleta, que estaba aparcada junto a su camioneta. Ah, cómo deseaba poder montarla en este preciso momento. Simplemente bajar por el camino y dejar atrás todos sus problemas. Pero sabía que no podía. Tenía la responsabilidad de terminar un trabajo en un techo, sin mencionar las clases de confección de acolchados por las que había pagado una buena suma de dinero y que realmente quería terminar. Además, si montara su Harley y lo detuviera la policía, probablemente lograría que le suspendieran la licencia de manera permanente. No, podía aguantar un par de meses más hasta recuperar su licencia. No tenía sentido arriesgarse de manera tonta con su motocicleta. Ya lo había hecho, y mira lo que le había costado.

Jan deambuló por la habitación y se sentó en la moto. Tomado del manillar y con los ojos cerrados, dejó que su mente vagara un momento, y se preguntó hacia dónde se dirigía su vida. Si no fuera por el trabajo y por su motocicleta, realmente no tenía demasiado propósito; al menos no como el que tendría si estuviese casado y con una familia. Pero había abandonado esa idea varios años atrás, convenciéndose de que estaba mejor solo. Además, pensaba que vivir una vida tranquila y aburrida era mejor que una vida repleta de complicaciones. ¿Se había equivocado? ¿Tendría que haberse dado la oportunidad de volver a amar? ¿Era demasiado tarde para eso?

"De verdad que Brutus me mantenía los pies sobre la tierra —pensó, mientras redirigía sus pensamientos—. Al menos el perro me dio una razón para volver a casa cada noche".

Jan se preguntaba si debía conseguir otro perro para que ocupara el lugar de Brutus. Tal vez un cachorro a quien entrenar desde el principio fuese mejor que un perro ya crecido con malos hábitos, como robar y escapar de su caseta.

"¿Pero realmente quiero pasar por la etapa de cachorro? —se preguntaba—. Eso de que mordisquee todo y que haya que sacarlo varias veces afuera hasta que esté entrenado. Por otro lado, los cachorros son tiernos y tienen ese dulce aliento a leche. Creo que tendré que pensarlo mejor antes de lanzarme a hacer algo de lo que después me arrepienta".

¡Guau! ¡Guau!

Los ojos de Jan se abrieron de golpe. ¿Estaba tan concentrado en sus pensamientos que escuchaba cosas o había un perro ladrando afuera del garaje?

¡Guau! ¡Guau! ¡Guau!

Jan se bajó de la motocicleta y abrió la puerta de un tirón.

Brutus, moviendo el rabo como un limpiaparabrisas a toda velocidad, brincó hacia Jan con un balón de juguete en la boca, que inmediatamente dejó caer a los pies de Jan. Luego se sentó frente a Jan, todavía moviendo el rabo, como si esperara algún tipo de felicitación por el regalo que acababa de traer.

Jan, que no podía contener las lágrimas, se sentó en cuclillas sobre el suelo y permitió que el perro le lamiera el rostro. Nunca había sido de los que demuestran demasiado afecto, pero no pudo resistir darle a Brutus un abrazo de oso gigante.

—¿Dónde has estado todo este tiempo, muchacho? Pensé que estabas muerto. —Una sensación de alivio inundó el alma de Jan, y casi se ahogó con las palabras mientras le rascaba a su perro la piel del cuello y luego detrás de las orejas—. No sé si regañarte o darte de cenar un jugoso filete.

Brutus gimoteó y luego hociqueó la mano de Jan y se inclinó en busca de más atención.

Más allá de tener algo de lodo en las patas, Brutus parecía estar en buenas

condiciones. Jan se imaginó que alguien debía de haber cuidado al perro, tal vez alguna familia con un niño, lo que explicaría la pelota de juguete.

Jan estaba realmente contento de saber que Brutus no estaba muerto, pero sabía que el perro podía terminar así si no lo aseguraba en su caseta mientras estaba trabajando durante el día. Planeaba conseguirle un collar, una licencia, y también una placa de identificación. De ninguna manera iba a arruinar un final feliz con otro descuido. Así que luego de que Jan le dio a Brutus algo de comida y agua, lo encerró en el garaje y fue a cubrir la parte superior de la caseta con una malla de alambre. Apenas había terminado la última parte cuando llegó la camioneta de Terry.

—Eh, hombre, ¿no es como cerrar la puerta del granero una vez que escapó el caballo? —gritó Terry luego de bajar de la camioneta, mientras caminaba hacia la caseta.

—¡Buenas noticias! Estaba equivocado acerca de Brutus. Apareció esta mañana, y ahora está en el garaje. —Jan le brindó a Terry una amplia sonrisa—. ¿No es una locura?

—Ay, hombre, es genial. ¿Dónde estuvo durante todo este tiempo? ¿Lo sabes?

Jan sacudió la cabeza y salió de la caseta, agradecido de que su buen amigo estaba realmente feliz por él.

—Pienso que cuando se escapó debe de haber estado vagando por ahí en busca de más cosas para robar y que alguna familia probablemente lo acogió. Tal vez por eso no pudo volver a casa todos estos días.

—¿Qué te hace pensar eso?

Jan explicó acerca de las buenas condiciones en las que estaba Brutus y cómo había vuelto a casa con un juguete en la boca.

—Y ahora que he hecho su caseta a prueba de huidas, estoy seguro de que no volverá a pasar. Hablando de aprender la lección —dijo Jan mientras señalaba hacia el cielo—, creo que Alguien allá arriba debe de estar cuidándome.

Terry palmeó a Jan en la espalda.

—De verdad estoy contento de que Brutus haya vuelto a casa, porque has sido algo difícil todos estos últimos días.

Jan encogió sus anchos hombros.

—¿Qué te puedo decir? Extrañaba a mi perro. Nunca pensé que sería así, pero hombre, la verdad que sí.

Terry le dio a Jan otro golpetazo en la espalda.

—Bueno, si te consiguieras una esposa, no necesitarías un perro.

—Como ya te he dicho antes, saldré con alguna chica cada tanto, pero no me involucraré seriamente con ninguna. Un perro es suficiente trabajo.

—⁓—

Goshen

Ruby Lee se sentó frente a la computadora y accedió a su correo electrónico, con la esperanza de encontrar algo de Annette.

Una sensación de alivio la invadió cuando descubrió un mensaje con la dirección de Annette en la columna del remitente. Se titulaba "Aviso".

Ruby Lee abrió el mensaje y pronto se dio cuenta de que había sido enviado por la hija de Annette, Kayla:

Querida Ruby Lee:

Te escribo con mucho dolor y tristeza para comunicarte que mi madre falleció hace dos semanas.

Ruby Lee se quedó sin aliento.

—¿Qué? ¡Un momento! ¡No, esto no puede ser! Le brotaban las lágrimas a medida que continuaba leyendo el mensaje de Kayla:

El cáncer de mamá regresó, pero no fue al doctor ni le dijo a nadie hasta que era demasiado tarde. Todos hemos estado muy conmocionados, especialmente papá. Está tan deprimido, no puede asimilarlo. Alguien de la familia tendría que haberte avisado, pero

no podíamos encontrar la libreta de direcciones de mamá, y recién hoy entré en su correo electrónico y encontré varios mensajes que le habías enviado. Lamento avisarte de esta manera.

Saludos,
Kayla.

P.D.: Por favor, reza por mi familia, especialmente por mi papá.

La cabeza de Ruby Lee nadaba en un remolino de emociones, ira, conmoción y dolor, porque Annette no le había contado que el cáncer había vuelto y acababa de enterarse de que su amiga estaba muerta.

—¡Esto no puede ser cierto! Amiga, te habría acompañado si hubiese sabido —se lamentó. ¿Annette no querría su apoyo? Ruby Lee no podía imaginar pasar sola por tan terrible situación. ¿Y ahora su amiga estaba muerta? Era demasiado para asimilar.

Las lágrimas rodaban por el rostro de Ruby Lee. Mientras intentaba aceptar lo que se había enterado, cerró los ojos aún con incredulidad. "Mis problemas no son nada en comparación con lo que debe de haber pasado Annette. Ay, como me gustaría que hubiese respondido mis llamadas y correos electrónicos. Si tan solo hubiese sabido, habría dejado todo y habría ido hasta Nashville para estar con ella", pensó.

Ruby Lee dejó caer la cabeza sobre sus manos abiertas y lloró.

—Querido Señor, ¿dónde estabas Tú en todo esto? ¿Por qué dejarías que mi mejor amiga muriese? Si tan solo hubiese podido estar con ella. —Tan pronto como dijo estas palabras, Ruby Lee sintió remordimiento—. Supongo que tendría que haber intentado contactarte mejor, Annette. Ay, lo siento tanto. —Las lágrimas continuaban fluyendo mientras intentaba asimilar esta mala noticia.

———※———

Shipshewana

Durante los últimos días, Emma había pasado buena parte de su tiempo en el sofá con una bolsa de hielo presionada sobre su abdomen. De todas las cosas que había estado haciendo para aliviar el dolor y la comezón de las ampollas, las compresas frías parecían ser las más beneficiosas. El jueves había visto a su doctor naturista y le había dado una inyección de B-12 y algunas cápsulas de lisina. Aquello la había ayudado un poco, pero aún se sentía mal, aunque no tan mal como la primera vez que había tenido culebrilla.

Si bien odiaba tener que hacerlo, Emma sabía que tenía que llamar a sus alumnos de la clase de confección de acolchados y cancelar la clase de mañana porque en ese momento tenía demasiado dolor.

Mientras rechinaba los dientes por la decisión, Emma salió por la puerta. Estaba a mitad de camino de la cabina telefónica cuando un carro tirado por un caballo se detuvo en su jardín. Unos segundos después, descendió Lamar.

—¿Cómo estás? —preguntó, mientras caminaba hacia ella.

—No muy bien —admitió Emma—. Estaba yendo a llamar a mis alumnos de la clase de confección de acolchados para avisarles que no podré dar la lección mañana. —Suspiró—. Tengo la esperanza de sentirme bien la próxima semana, pero estoy demasiado dolorida esta semana.

La sonrisa habitual de Lamar se transformó en un ceño fruncido.

—El otro día te dije que yo daría la clase en tu lugar. ¿Eres tan orgullosa como para aceptar mi ayuda?

Ella puso sus manos sobre las caderas e hizo un gesto mientras el dolor le invadía el lado izquierdo.

—¡No soy tan orgullosa! Solo que no estaba segura de que supieras lo suficiente como para reemplazarme en mi clase.

—Sé más de lo que crees, y ya que no estás en condiciones de dar la clase, al menos deberías dejarme intentarlo.

Emma contempló su oferta unos segundos y finalmente asintió porque, en verdad, ¿qué otra opción tenía? Solo esperaba que no fuese un error.

CAPÍTULO 24

Star se sorprendió cuando detuvo su automóvil en el jardín de Emma el sábado por la mañana y vio un carro con caballo atado a la cerca de amarre. ¿Emma habría invitado a uno de sus amigos a unirse a ellos ese día, o alguien de su comunidad amish habría venido a visitarla? De ser así, Star estaba segura de que la visita se iría en cuanto Emma comenzara la clase.

Al mismo tiempo que Star bajaba de su automóvil, Paul detuvo su camioneta, seguido por Ruby Lee en su vehículo. Unos minutos más tarde, la todoterreno de Stuart llegó por la entrada. Esta vez Pam estaba con él.

Todos comenzaron a caminar hacia la casa, y Jan llegó pedaleando en su bicicleta. Debe de haber visto también el caballo y el coche, porque giró la cabeza en esa dirección.

—¡Cuidado! —le gritó Paul justo antes de que la bicicleta de Jan se estrellara contra la cerca. Jan, incapaz de mantener la bicicleta en posición vertical, ¡aterrizó en el suelo con un ruido sordo!

—Estoy bien. No hay nada quebrado. Estoy bien —dijo, después de que se levantó y se sacudió el polvo. Por el rostro ruborizado, Star supo que sentía un poco de vergüenza. No podía culparlo. Ella también se sentiría avergonzada si le hubiera pasado lo mismo.

Él entrecerró los ojos mientras observaba su bicicleta y luego echó un vistazo a la cerca.

—Parece que los dos están bien, también.

Star se acercó a Jan.

—¿Cómo te va? —Sabía que él aún debía de estar deprimido por haber perdido a su perro.

Él sonrió.

—¡Está todo bien! ¡Brutus no está muerto después de todo! Llegó a casa ayer por la mañana.

—Esa es una gran noticia. —Star se alegró al ver la sonrisa en el rostro de Jan—. Me imagino qué contento te habrás puesto.

—Sí, de verdad —dijo Jan asintiendo con la cabeza—. Y cubrí la parte superior de la caseta de Brutus con una malla de alambre fuerte para que no se escape de nuevo cuando yo me vaya. Como le dije a mi amigo Terry, aprendí una buena lección de esto.

Todos los demás también dijeron que estaban felices por Jan, todos menos Ruby Lee y Pam. Ruby Lee, aunque en silencio, le dio a Jan una palmadita en el brazo, pero Pam no dijo nada en absoluto. Star no se sorprendió. Desde el momento en que la conoció, había pensado que era muy arrogante y presumida. Las personas como Pam eran difíciles de entender. Las personas como Pam necesitaban aprender una lección de humildad.

A Star tampoco le había interesado mucho Stuart al principio, pero al menos él no se vestía ni actuaba como si fuera mejor que los demás, y había sido mucho más fácil conversar con él la semana anterior cuando

Pam no había ido. Lástima que la mujer pretenciosa no se había quedado en su casa de nuevo.

—Supongo que será mejor que entremos a la casa —dijo Paul, mientras llamaba a la puerta—. No queremos hacer esperar a Emma.

Unos segundos después, la puerta se abrió y los recibió un hombre amish de aspecto agradable con el cabello gris y una barba larga y abundante que le hacía juego. Se presentó como Lamar Miller, amigo de Emma. Star se dio cuenta de que era el hombre que había traído las rosquillas porque Emma había mencionado su nombre.

Cuando Star y los otros siguieron a Lamar a la sala de costura, ella miró a su alrededor y preguntó:

—¿Dónde está Emma?

—Contrajo culebrilla a principios de esta semana y no se siente bien como para dar la clase hoy. —La expresión sombría de Lamar mostraba cuánto lamentaba lo que pasaba.

—Qué mal. Emma dijo que se sentía cansada cuando la visité el otro día, por lo que ese debe de haber sido el motivo. —Star pensó que la clase se cancelaba por la enfermedad de Emma y se dirigió hacia la puerta.

—No te vayas. Yo voy a dar la clase hoy —anunció Lamar.

—¿Eh? —Star se dio vuelta—. ¿Usted está capacitado para dar la clase?

Las mejillas de Lamar se enrojecieron.

—Yo trabajaba con mi esposa en su tienda de acolchados. Créanme, sé lo que hago.

Star, no muy segura, miró a Jan. Cuando él le sonrió y asintió con la cabeza, Star retiró una silla de la mesa y se sentó. Los demás hicieron lo mismo.

Por las expresiones de duda que veía en los otros, Star estaba segura de que no era la única en esa habitación que pensaba que era un poco extraño que este hombre amish fuera capaz de dar una clase de confección de acolchados. Pero era justo darle el beneficio de la duda.

Echó un vistazo a Pam, que todavía no había dicho una palabra desde que ella y Stuart habían llegado. Era extraño, ya que todas las otras veces que habían estado allí, Pam siempre había tenido mucho que decir. Star se imaginaba que Pam y Stuart debían de haber reñido en el camino hacia allí y no se hablaban. Bueno, eso le venía bien a Star porque cuanto menos tuviera para decir la pretenciosa Pam, mejor sería para todos. No le vendría mal sentarse y escuchar por una vez, en lugar de gritarle a Stuart para escucharse hablar a sí misma o decir lo que pensaba.

—Por lo que Emma me contó, entiendo que cada uno ha estado trabajando en un tapiz de pared —dijo Lamar, desviando los pensamientos de Star—. Ahora, voy a empezar por mostrarles un par de modelos que yo mismo diseñé, y luego los dejaré seguir trabajando en sus proyectos.

—¿Usted diseñó algunos acolchados? —preguntó Ruby Lee, con las cejas levantadas.

Una amplia sonrisa se desplegó en el rostro de Lamar.

—Siempre tuve algo de artista y, como les dije, cuando mi esposa abrió una tienda de acolchados, la ayudaba algunas veces. No pasó mucho tiempo antes de que yo comenzara a diseñar nuevos modelos. —Lamar buscó dentro de una gran caja de cartón situada en un extremo de la mesa y sacó un tapiz acolchado hecho de material blanco y tres tonos de azul—. A este lo llamo "Plumas de ganso sueltas". —Sonrió—. Me recuerda una ocasión cuando uno de nuestros gansos estaba persiguiendo al perro. Agitó sus alas con tanta fuerza que dejó una estela de plumas.

Hubo risas, exclamaciones y suspiros por parte de todos, menos de Pam y de Ruby Lee. Ambas, sin embargo, recorrieron con sus dedos el trazado del diseño de las puntadas con forma de plumas.

—Aquí hay otra creación mía —dijo Lamar, mientras retiraba de la caja una funda de almohada acolchada en varios tonos color café, cuyo diseño se asemejaba a cierto tipo de huellas de pájaros—. A este lo llamo "Huellas de faisán", ya que a algunos hombres de mi familia les gusta la caza.

—Los dos son geniales —dijo Stuart—. Tienes mucho talento, Lamar.

Star asintió con la cabeza.

—¡Estoy de acuerdo!

—Gracias —dijo Lamar, algo ruborizado—. Para mí es un placer hacer cosas bonitas.

—Entonces, ¿se dedica al diseño de acolchados para ganarse la vida? —preguntó Jan.

—No, solo es un pasatiempo. Mi verdadero oficio es hacer mecedoras de nogal, y lo hago a tiempo parcial en este momento.

—Bueno, en verdad podría diseñar modelos de acolchados a tiempo completo —dijo Paul—, porque son realmente únicos.

Lamar hizo un leve movimiento de cabeza en respuesta, y luego pidió a todos que sacaran sus tapices y los extendieran sobre la mesa para ver lo que habían hecho.

Todos hicieron lo que les pidió, todos menos Ruby Lee. Ella permaneció sentada, observando a través de la ventana, como si estuviera ocupada con sus propios pensamientos en ese momento. Había estado tan agradable y conversadora cuando se encontró con Star en el sendero Pumpkinvine el otro día. Hoy algo andaba mal con ella.

—El mío no se ve tan bien —murmuró Stuart—. Algunas de mis puntadas están torcidas, y otras parecen a medio coser, porque la máquina salteaba puntos o algo por el estilo. Mi esposa me dijo que no había puesto la tensión correcta, pero incluso después de que ella me la arregló, las cosas no mejoraron demasiado. —Señaló las pocas piezas que había cosido en su tapiz—. El hilo se me rompió un par de veces, también.

—Algunas personas que están aprendiendo a coser tienen que deshacer muchas puntadas —dijo Lamar—. Es solo cuestión de observar que las puntadas estén derechas, y que la tensión sea la correcta cuando enhebramos la aguja y ponemos la bobina en su lugar. Vamos a trabajar en los proyectos durante un rato, y luego les serviré unas rosquillas que compré frescas esta mañana en la pastelería.

—Me gusta la idea, así que voy a seguir intentando —dijo Stuart—. Pero todavía no estoy seguro de poder coser una puntada recta. —Señaló el acolchado del Pam—. El de ella se ve muy bien, sin embargo, ¿no le parece?

Sí, está avanzando muy bien —dijo Lamar después de haber examinado las piezas que Pam había cosido en su tapiz.

Pam sonrió, pero no dijo una palabra.

—¿Qué te ocurre hoy? —preguntó Star—. ¿Tienes dolor de garganta o laringitis?

Pam introdujo la mano en su bolso, sacó un anotador y un bolígrafo, y escribió un mensaje corto: *Mi garganta está bien. Le prometí a Stuart que hoy no hablaría.*

Star miró a Stuart y frunció el ceño.

—¿Tú le pediste a tu esposa que no hablara con nadie?

Su rostro enrojeció mientras negaba con la cabeza.

—No le dije que se mantuviera callada. Solo quería que no hablara de nuestros problemas ni que me criticara. —Stuart codeó el brazo de Pam—. Di algo para que vean que puedes hablar.

Pam lo fulminó con la mirada.

—Eres muy estúpido.

Star se echó a reír. No pudo evitarlo. Miró a Jan, y él comenzó a reírse también. Paul, Lamar y Ruby Lee no se rieron y, por supuesto, tampoco Stuart. Se veía francamente molesto.

—No, tú eres la estúpida, Pam —murmuró Stuart.

—¿Quieren terminar los dos por favor? —Con la mano temblando, Ruby Lee señaló primero a Stuart y luego a Pam—. Deben valorarse y dejar de pelear todo el tiempo. ¿Se han detenido a pensar en cómo serían las cosas si algo le pasara a uno de ustedes? Peor aún, ¿si uno de ustedes muriera y dejara al otro solo?

—Así es —intervino Paul—. Una vez que tu pareja se fue, es demasiado tarde para reparar cualquier cosa hiriente que hayas dicho o hecho. Estoy tan agradecido por todos los buenos momentos que mi esposa y yo pasamos juntos antes de que ella muriera. Lorinda y yo no éramos el matrimonio perfecto, pero sí uno bueno, y nos amábamos mucho. Es necesario recordar que las cosas pueden cambiar en un abrir y cerrar de ojos —añadió, mirando fijo a Stuart.

Stuart bajó la mirada y dio un pequeño gruñido.

—¿Tienen idea de cómo me sentí cuando murió mi esposa? —continuó Paul—. Fue como si una parte de mí hubiera muerto, y para empeorar las cosas, la hermana de mi esposa me culpó por el accidente. No tuvo contacto conmigo desde el funeral de Lorinda, ni siquiera para ver cómo está Sophia, su única sobrina.

Por la expresión de dolor de Paul, Star entendió cuánto lo había herido la acusación de su cuñada y su decisión de evitar el trato con él.

—¿Qué le hace pensar que el accidente fue por tu culpa? —preguntó Star.

—Me dijo que yo debería haber estado más atento, y piensa que si yo hubiera visto que venía el camión, podría haber logrado, de alguna manera, desviar nuestro coche. —Un músculo del costado de la mejilla de Paul se estremeció—. He hablado con mi sacerdote sobre esto, y él dice que Carmen necesitaba alguien a quien culpar.

—Con frecuencia, a las personas les gusta culpar a los demás por las cosas malas que les pasan a ellos —intervino Lamar—. Creo que es parte de la naturaleza humana.

Paul asintió.

—A veces las personas se culpan a sí mismas. Una cosa que aprendí a través de todo esto, sin embargo, es que la vida es demasiado corta para guardar rencores o jugar el juego de la culpa. Una buena comunicación y una relación amorosa con la familia es lo que realmente importa.

—También soy viudo —dijo Lamar—, y mi esposa Margaret y yo siempre tratamos de mantener las líneas de comunicación abiertas. Estoy agradecido por los años felices que pasamos juntos, que me dejaron muchos buenos recuerdos. Aparte de mis hijos, que me recuerdan lo que nuestro amor creó, las memorias que tengo de mi esposa son todo lo que me queda para sostenerme.

Pam frunció el ceño y se cruzó de brazos, como si se negara a ceder.

—Bueno, si Stuart se interesara más por mí, sería más fácil hacer que nuestro matrimonio funcione.

Ruby Lee contuvo el aliento mientras las lágrimas inundaban sus ojos oscuros y rodaban por sus mejillas enrojecidas.

—¿Estás bien? —preguntó Star, mientras le tocaba el brazo a Ruby Lee—. ¿Estás molesta por algo?

Ruby Lee asintió lentamente.

—¿Quieres hablar de ello? —preguntó Pam—. ¿Contarnos qué te ocurre?

Ruby emitió un sollozo suave y se tapó la boca.

—Yo–yo no puedo continuar así. Mi fe tambalea y yo... yo estoy casi empezando a dudar que Dios exista. —Aspiró profundamente—. Si... si

Él es verdaderamente nuestro Padre celestial, entonces creo que Él no se preocupa por su pueblo.

En la sala se hizo un silencio sepulcral. Star no podía creer lo que Ruby Lee acababa de decir. Había pensado que la mujer feliz y despreocupada era fuerte en sus creencias. Hasta ahora, nunca había admitido que su fe en Dios había flaqueado. Para Star, pensar que Dios podía no existir era una cosa, pero Ruby Lee era la esposa de un pastor. Según el punto de vista de Star, Ruby Lee no tenía derecho a decir esas cosas.

Nadie habló al principio, y luego Paul dijo:

—Sospecho que hablas movida por la frustración, Ruby Lee. Por favor, cuéntanos qué anda mal. ¿Se trata de tu marido? ¿Está enfermo?

—No, él está bien, al menos físicamente. —Entre llantos y sollozos, Ruby Lee compartió con la clase los problemas que habían estado teniendo en la iglesia de su esposo porque él quería ampliar el edificio. Entonces, después de limpiarse la nariz con el pañuelo que Pam le había alcanzado, Ruby Lee contó cómo su amiga había muerto hacía dos semanas, y que ella recién se había enterado el otro día—. ¡Todo es una tragedia! Yo... no puedo soportarlo más —dijo entre lágrimas—. Yo podía orar y sentir un poco de paz, pero últimamente no existen los sentimientos de paz para mí.

"No tenía idea de que la pobre Ruby Lee estaba pasando por tantas cosas —pensó Star—. Claro que desearía que me hubiese dicho algo de todo esto el otro día". Miró hacia Pam y se dio cuenta de que, incluso ella, tenía los ojos vidriosos por las lágrimas. Tal vez la mujer delicada se podía preocupar por alguien que no fuera ella misma.

Ruby Lee se puso de pie y, mirando a Lamar, dijo con voz temblorosa:

—Lo-lo siento, pero no puedo quedarme. Cometí un error al venir hoy aquí. Tomó su proyecto y salió corriendo por la puerta.

CAPÍTULO 25

Emma bostezó y estiró los brazos sobre la cabeza. No sabía cuánto había dormido, pero parecía que había estado recostada un largo rato. La bolsa de hielo que tenía presionada sobre su abdomen cuando recién se había acostado ahora estaba tibia, así que supuso que habían pasado varias horas.

Cogió sus lentes de lectura que estaban en la mesa junto a la cama y se las puso luego de sentarse. Miró el reloj despertador y se dio cuenta de que eran las doce y media.

Emma se quitó los lentes y se encaminó hacia la ventana. No había coches en el camino de entrada, por lo que se imaginó que todos sus alumnos de confección de acolchados ya se habrían ido. Probablemente, también Lamar, ya que no vio ninguna señal de su carro.

Emma se rehízo el recogido del cabello en un moño en la parte posterior de la cabeza y se colocó la cofia. Mientras alisaba las arrugas de su vestido verde oscuro, se dirigió a la cocina. Cuando entró, quedó boquiabierta por la sorpresa. Lamar estaba parado frente a la estufa revolviendo algo que olía delicioso.

Al oír el hondo suspiro, él se dio vuelta.

—Ah bien, te levantaste.

Apoyándose en la encimera para sostenerse, todo lo que Emma pudo articular fue:

—¿T–tú todavía estás aquí?

Él sonrió y asintió con la cabeza.

—Imaginé que cuando despertaras tendrías hambre, así que encontré un resto de sopa en el refrigerador y decidí calentarlo para tu almuerzo. Ah, y le agregué un poco de arvejas y zanahorias en conserva que encontré en la alacena —añadió con una sonrisa tímida—. Espero que te parezca bien.

Emma hizo un lento gesto de aprobación.

—Cuando miré por la ventana de mi dormitorio, no vi el caballo y el carro, así que pensé que te habías ido a casa.

—Nop. Puse a Ebony en el corral y llevé el carro a la parte de atrás de tu cobertizo, donde hay sombra. —Lamar se dio vuelta hacia la estufa y revolvió la olla de la sopa un poco más—. Creo que está casi lista, así que si te sientas a la mesa, te serviré un tazón.

Emma, sin saber qué decir, se quedó parada mirando la parte posterior de la cabeza de Lamar. No estaba acostumbrada a que alguien se hiciera cargo de su cocina así, y nunca hubiera esperado que Lamar preparara su almuerzo.

Como si sintiera su incomodidad, él la miró por encima del hombro y dijo:

—En cuanto te sirva la sopa, me voy.

Como no quería ser descortés, Emma sonrió y dijo:

—¿Por qué no te quedas y me acompañas? A menos que tengas otros planes, claro.

—Nop. No tengo ningún plan para el almuerzo. —Lamar se relamió los labios—. Esto sí que huele bien. Sin embargo. no puedo garantizar qué sabor tendría si la hubiera hecho desde cero. —Se rió por lo bajo y comenzó a contarle a Emma algunos errores que había cometido en la cocina después de que su esposa murió—. Tal vez sepa construir una mecedora de nogal resistente y diseñar un modelo de acolchado, pero aún no me manejo en la cocina con la misma facilidad —dijo—. Un día pasé casi una hora buscando un paquete de sal que había comprado, y finalmente lo encontré en el refrigerador donde lo había guardado por error. —Se encogió de hombros—. Finalmente decidí dejar de preocuparme tanto por las cosas y simplemente hacer lo mejor que puedo, porque descubrí que un día de preocupación es más agotador que el valor de una semana de trabajo.

Emma asintió.

—De eso no cabe duda.

Lamar sirvió con el cucharón un poco de sopa en dos tazones, y Emma dispuso una canasta de galletas y un vaso de agua para cada uno.

Una vez sentados, inclinaron las cabezas para orar en silencio. Cuando ambos terminaron, Emma cogió su cuchara y estaba a punto de tomar un poco de sopa, cuando Lamar dijo:

—Está muy caliente. Es mejor darle unos minutos para que se enfríe.

Emma dejó la cuchara y comió algunas galletas, ya que realmente tenía bastante hambre y no quería que Lamar escuchara su estómago gruñendo.

—¿Cómo te sientes?

—¿Cómo te fue hoy?

Los dos hablaron a la vez, de modo que Emma le hizo un gesto a Lamar y dijo:

—Lo siento; tú primero.

—¿Cómo te sientes? —preguntó él—. ¿Las ampollas de la culebrilla todavía te están causando mucho dolor?

—Sí, pero me siento un poco mejor que ayer, así que es una buena señal. —Emma tenía la garganta seca, así que tomó su vaso de agua y bebió un trago—. ¿Cómo fueron las cosas hoy en la clase de acolchado?

En respuesta a la pregunta de Emma, la frente de Lamar se frunció.

—Creo que me fue bien con la lección, pero estas personas a quienes les estás enseñando son un grupo de gente a medio coser.

—¿Qué quieres decir?

—Todos tienen problemas, Emma, y con excepción de Pam, ninguno de ellos sabe coser bien.

—Sé que tienen problemas, pero ¿quién no los tiene?

—Es cierto.

Emma pasó a explicar que algunos de sus alumnos se habían sincerado con ella, y ella había estado tratando no sólo de enseñarles cómo hacer acolchados, sino de ayudarlos con sus problemas en casa.

—Por lo que pude ver, tienen bastantes. —Lamar tomó una cucharada de sopa—. Ya está lo suficientemente fría como para comer —anunció.

Emma comenzó a comer también, y mientras comían, hablaron más acerca de las personas de su clase.

—Esa pareja, los Johnston, parece que tienen problemas con su matrimonio —dijo Lamar.

Emma asintió.

—Están viendo a una consejera que sugirió que hicieran más cosas juntos.

—¿Es por eso que están tomando la clase de confección de acolchados?

—Sí, y espero que los ayude a acercarlos.

—Incluso Paul, que parece bastante estable, se abrió a la clase y contó cuánto le dolía que su cuñada le echara la culpa por la muerte de su esposa.

Emma frunció el ceño.

—¿Cómo puede ser? Por lo que Paul contó, su esposa murió cuando un camión se estrelló contra el lateral de su auto.

—Así es, pero creo que la cuñada de Paul piensa que él podría haber hecho algo para evitar el accidente.

—Eso es ridículo —dijo Emma, mientras negaba con la cabeza.

—Puede ser ridículo, pero como le dije a Paul hoy, algunas personas tienen que encontrar a alguien a quien culpar cuando las cosas no son como les gustaría.

—Desafortunadamente, eso es cierto. Algunos incluso culpan a Dios por todos sus problemas.

—¿Qué hay del joven grandote con el nombre de la chica tatuado en el brazo? ¿Por qué toma la clase? —preguntó Lamar, cambiando ligeramente la dirección de la conversación.

Emma explicó que el agente de libertad condicional de Jan le sugirió que encontrara algo creativo para hacer y, luego le relató las razones que los demás habían dado para tomar sus clases.

—Ruby Lee tuvo algunos problemas hoy —dijo Lamar, frunciendo el ceño.

—¿Con su proyecto de acolchado?

Él sacudió la cabeza.

—Compartió con la clase que su mejor amiga había muerto hacía dos semanas, y que ella acababa de enterarse.

—Ah, qué pena.

—Sí, y también mencionó que han estado teniendo problemas en su iglesia, y eso afectó su fe en Dios.

—¿Qué tipo de problemas?

Emma escuchó con atención mientras Lamar repetía lo que Ruby Lee había compartido con la clase.

—Finalmente, se fue antes, y me sentí mal porque no supe qué decir para ayudarla con su dolor.

—Está bien, Lamar. Tú no los conoces bien. —Emma frunció los labios—. En cuanto terminemos de comer, voy a ir hasta la cabina telefónica para hablar con Ruby Lee. Solo espero que pueda dar la clase la semana que viene, porque si alguien más comparte sus problemas, realmente quiero estar ahí para escucharlos.

—Entiendo.

—Cambiando de tema —dijo Emma—, en algún momento me

gustaría ver los diseños de acolchado que creaste.

Lamar sonrió y echó la silla hacia atrás.

—No hay problema. Traje dos de ellos hoy para mostrárselos a tu clase.

Salió de la cocina y regresó unos minutos más tarde con una caja de cartón que colocó sobre la encimera.

—A este lo llamo "Huellas de faisán" —dijo, mientras sostenía una funda de almohada acolchada.

—¡Ay! ¡Es hermoso! —dijo Emma, asombrada no solo por el diseño de lo que parecían huellas de un pájaro, sino también por las hermosas tonalidades del material color café que se había utilizado.

—A este lo llamo "Plumas de ganso sueltas" —dijo Lamar mientras buscaba en la caja otra vez y sacaba un tapiz hecho en blanco y diferentes tonos de azul.

Emma pensó que era incluso más bonito que el otro.

—Ese diseño de las plumas es hermoso. Realmente eres creativo —dijo—. Nunca imaginé que tenías tanta habilidad para hacer esos trabajos.

Lamar frunció las gruesas cejas.

—¿Qué estás diciendo, Emma, que soy un torpe?

—No, no, por supuesto que no eres un torpe. Solo quise decir... —Hizo una pausa y se abanicó la cara, que de repente sentía muy caliente—. Estoy sorprendida, eso es todo, porque nunca conocí a un hombre con el tipo de talento que tienes tú o que le guste trabajar con acolchados.

Lamar reemplazó el ceño fruncido por una sonrisa.

—Creo que tus alumnos también se sorprendieron un poco —dijo con un brillo en los ojos.

—Siento haber dudado de tu capacidad para dar la clase. Es evidente que tú sabes mucho acerca de acolchados.

—Al menos desde el punto de vista del diseño así es —dijo, asintiendo con la cabeza—. Por supuesto, cuando trabajé con mi esposa en su tienda de acolchados también aprendí mucho sobre la confección.

Emma se acercó a la mesa y comenzó a tomar su sopa. Se preguntó qué otras cosas de Lamar desconocía.

———〰———

Goshen

Poco después de que Star llegó a su casa de la clase de confección de acolchados, decidió trabajar en los canteros de flores de su abuela. Se estaban cubriendo de maleza, y no parecía que su mamá fuese a ocuparse de ellos en el corto plazo. Cuando su mamá no estaba trabajando, estaba ocupada atendiendo al sabelotodo de Mike, con quien estaba pasando el día. Había venido por mamá justo después del desayuno, diciendo que quería llevarla de compras al centro comercial en South Bend, y luego iban a ver un espectáculo y después de eso iban a ir a cenar. Star no podía entender por qué no podrían haber ido a un centro comercial en Goshen, pero, al menos, era mejor que su mamá y Mike estuvieran en South Bend, antes que tenerlo a él dando vueltas todo el día. Ahora Star tendría la casa para ella sola.

Star acababa de desmalezar un cantero de flores y había cambiado de lugar para comenzar con otro cuando su vecino de diecinueve años, Matt Simpson, salió de su casa y entró al patio de la abuela.

"Ah, genial —pensó Star—. Aquí viene el Sr. Acné, que ni siquiera puede hacer que le crezca la barba".

—¿Qué estás haciendo? —preguntó él mientras se arrodillaba junto a Star en el pasto.

—Estoy desmalezando los canteros de flores. ¿Qué parece que estoy haciendo?

—Mmm...

—Agradecería que te corrieses hacia atrás, porque estás invadiendo mi espacio.

—Oye, no te molestes. Solo estoy tratando de ser amable —dijo mientras se movía apenas hacia atrás.

Star clavó la pala en la tierra y extrajo una mala hierba. "Tal vez si lo ignoro se marchará", pensó.

—Oye, ¿qué vas a hacer para la cena esta noche? —preguntó Matt.

Star siguió cavando y tirando de la maleza, con la esperanza de que él entendiera la insinuación y se marchara.

—Hola. Eh... ¿oíste lo que dije?

—Te oí bien, y deja de guiñarme el ojo.

—Yo no te guiñé. Me estaba dando el sol en los ojos, y los entrecerré, no te guiñé. —Se acercó de nuevo—. ¿Qué vas a hacer para la cena?

—Realmente no lo sé. Es probable que me prepare un sándwich o algo así.

—Pensé que tal vez te gustaría ir a comer una hamburguesa y papas fritas.

—¿Contigo?

—Sí.

Ella lo fulminó con la mirada.

—Lárgate de aquí, baboso. No le daría ni la hora a alguien como tú.

Los ojos azules de Matt brillaron con enojo y él se corrió un mechón de cabello cobrizo que los cubría.

—¿Qué se supone que significa eso?

—Significa que no. Que no me interesa.

—¿Por qué no?

—Porque eres un perdedor, y los perdedores no son otra cosa que problemas. Lo sé por experiencia; tuve un perdedor por padre y otro perdedor por padrastro. —Hizo una mueca—. Los perdedores son perdedores, y siempre serán así.

Matt frunció el ceño.

—Siento lo de tus papás perdedores, pero no es motivo para que me compares con ellos, ¡porque yo no soy un perdedor!

—¿Ah, sí? Entonces ¿cómo es que todavía estás viviendo en tu casa, a costa de tus padres, y no buscas un empleo?

—¿Quién te dijo eso?

Ella se encogió de hombros.

—Digamos que es algo sabido.

—Para tu información, sí tengo un trabajo.

—¿En serio? ¿Haciendo qué?

—Reparto periódicos, y tengo suficiente dinero en mi billetera para que vayamos a comer los dos una hamburguesa y papas fritas. Y si quieres, también un batido.

Ella gruñó:

—Déjame en paz. ¡No voy a ir a ninguna parte contigo!

Matt frunció la nariz pecosa.

—Me parece muy bien, porque a menos que estuvieras dispuesta a ponerte algo mejor para salir, no íbamos a ir a ningún lado, de todos modos.

—Me pongo lo que me hace sentir bien a mí, y si no te gusta, peor para ti.

—¿Por qué tienes que ser tan mala? ¿Tratas de ofenderme para que te deje en paz?

Ella asintió.

—Es lo que hago mejor... Alejo a las personas, especialmente a los perdedores como tú.

Con aire de estar bastante herido, Matt se levantó y salió del jardín arrastrando los pies.

—Sabes —gritó antes de entrar a su casa—, ¡yo conocía a tu abuela, y no puedo creer que seas de su familia! ¿Y sabes qué más? ¡No te le pareces en nada, aunque estés sacando las malezas de su jardín del mismo modo en que lo hacía ella! —Con eso, entró en su casa y dio un portazo.

Star se estremeció. Sabía que había sido dura con Matt, pero si hubiera tratado al pobre tonto con una pizca de amabilidad, él podría haber pensado que tenía una oportunidad con ella.

"Eso no va a pasar. Si fuera a salir con alguien, lo haría con un tipo como Jan, que al menos tiene un trabajo bien pago y le gustan algunas de las mismas cosas que me gustan a mí. Aunque no creo que él estuviera interesado en alguien tan joven como yo. —Clavó la pala en la tierra de nuevo—. Pero si de verdad me invitara a salir, probablemente diría que sí".

Capítulo 26

Shipshewana

Poco antes del mediodía del miércoles de la semana siguiente, Emma salió y se dirigió a la cabina telefónica para revisar sus mensajes. Esperaba tener noticias de Ruby Lee. Había intentado llamarla el sábado y de nuevo el lunes. En ambas oportunidades, sin embargo, tuvo que dejar un mensaje en la contestadora. ¿Ruby Lee estaría fuera de la ciudad, o evitaba hablar con Emma?

"Ojalá hubiera podido dar mi clase el sábado —pensó Emma mientras se acercaba a la cabina telefónica—. Tal vez podría haber dicho algo para ayudar a Ruby Lee cuando compartió sus problemas con los demás".

Emma casi había llegado a la cabina cuando la puerta se abrió de repente y salió Mary.

—¡Ay, mamá, no sabía que estabas aquí! —dijo Mary retrocediendo de un salto y con los ojos muy abiertos.

—Vine a hacer una llamada telefónica —contestó Emma—. Lo siento si te asusté.

—No hay problema. Ya terminé con el teléfono. —Mary se hizo a un lado—. ¿Cómo te sientes, mamá? ¿Todavía con mucho dolor?

Emma sacudió la cabeza.

—Cada día me siento mejor. No creo que este brote de culebrilla sea tan grave como el que tuve la primera vez.

—Me alegro de oír eso.

—Tengo la intención de dar mi clase de confección de acolchados este sábado —dijo Emma—. Agradezco la ayuda de Lamar la semana pasada, pero no quiero comprometerlo otra vez.

Mary sonrió.

—Sé que he dicho esto antes, pero creo que Lamar es realmente un muy buen hombre, y yo también quería decirte que…

—Será mejor que haga mi llamada telefónica —dijo Emma—, cambiando rápidamente de tema. No estaba de humor para escuchar todo lo que opinaba su hija sobre Lamar, porque tenía el presentimiento de que Mary quería verla casada de nuevo. ¿Por qué?, no podía imaginarlo. ¿Acaso Mary no se daba cuenta de que nadie podría ocupar el lugar de Ivan en el corazón de Emma? Y en el mismo sentido, ¿sería tan fácil para Mary aceptar un padrastro? Tal vez pensaba que si Emma se casaba con Lamar, la familia no tendría que ayudarla tanto.

"Razón de más para demostrarles que puedo ser independiente", pensó Emma.

—¿Quieres venir a mi casa para el almuerzo después de que termines con la llamada? —preguntó Mary.

—Agradezco el ofrecimiento, pero mejor no. Tengo un poco de sopa de pollo con fideos a fuego lento en la estufa, y después de comer, voy a hacer una siesta. Quiero asegurarme de descansar lo suficiente entre hoy y el sábado.

—Creo que es una buena idea.

Mary le dio a Emma un abrazo cariñoso, se despidió y se dirigió a su casa.

Emma entró en la cabina telefónica y marcó el número de Ruby Lee.

Una vez más, nadie respondió, y Emma tuvo que dejar otro mensaje:

—Hola, Ruby Lee, soy yo, Emma Yoder. He estado tratando de comunicarme contigo —dijo—. Espero que vengas a la clase el sábado. Mientras tanto, si quieres hablar, por favor, llámame.

Cuando Emma salió de la cabina telefónica, se detuvo en el corral de las cabras y observó a Maggie y al resto de las cabras retozando un rato. Se alegró de que Maggie ya no pudiera salir y armar alboroto. Representaba más trabajo para Emma cuando la cabra hacía lío en el jardín.

Después de que Emma regresó a la casa, descubrió que alguien había reparado una rotura en la puerta mosquitero del frente. Pensó que el esposo de Mary lo habría hecho, quizás mientras ella estaba tomando una siesta los primeros días de la semana. Emma había estado tan aturdida en el último tiempo, que no había prestado mucha atención a nada.

Se detuvo para pasar los dedos sobre el lugar donde había estado la rotura y se dio cuenta de lo bien hecho que estaba el trabajo de reparación. Tendría que darle las gracias de inmediato a Brian por su gesto tan considerado.

Emma entró en su casa y fue a la cocina para controlar la sopa. Al ver que estaba bien caliente, apagó la estufa y se dirigió a la casa de Mary.

—¿Cambiaste de opinión acerca de que almorcemos juntas? —preguntó Mary cuando Emma entró en su cocina unos minutos más tarde.

—No, solo vine a agradecerle a Brian por el arreglo de mi puerta mosquitero.

Mary negó con la cabeza y dijo:

—Brian está en el trabajo todavía, y no, mamá, no fue él. Lamar compuso la rotura en el mosquitero.

—¿Cómo lo sabes? —preguntó Emma, levantando las cejas.

—Porque vi cuando lo hacía.

—¿Y nunca me dijiste nada?

—Te lo iba a contar cuando hablamos hace un rato, pero me dijiste que tenías apuro por hacer una llamada, así que decidí esperar.

—Ah, ya veo.

Emma estaba agradecida por el arreglo del mosquitero, pero prefería que hubiera sido Brian quien lo hubiera hecho, y no Lamar. Ahora se sentía obligada a pagarle de alguna manera, porque él había hecho tres cosas buenas para ella en una semana.

—⁓—

Goshen

Esta mañana Star había salido del trabajo más temprano y, como su mamá estaba trabajando en el restaurante, nuevamente tenía la casa para ella sola. Eso le gustaba. Estaba agradecida de que la abuela le hubiera dejado esta antigua casa a su mamá, porque era un lugar donde podía simplemente relajarse y ser ella misma. Cuando Star estaba sola, podía cantar y tocar la guitarra sin que su mamá le dijera que bajara el volumen. Podía trabajar en la composición de más canciones sin ningún comentario negativo. Esta mañana, sin embargo, Star había decidido revisar algunas cosas de la abuela que había encontrado en el ático.

Cuando se sentó en el suelo de la habitación polvorienta y con poca iluminación para revisar una caja de fotos que había encontrado en un viejo baúl, las lágrimas brotaron de sus ojos. Nunca había visto ninguna de estas fotos antes, y era difícil ver imágenes de ella cuando era una niña, sentada en el regazo de la abuela. Sin embargo, aquellos habían sido días felices, cuando Star se sentía amada y segura. Pero ver las fotos la hizo extrañar a la abuela aún más.

"Si tan sólo pudiera sentir esa clase de amor de parte de mamá —pensó—. Sin embargo, dadas las circunstancias, supongo que ella hizo lo mejor que pudo por mí. No debe de haber sido fácil criar sola a una hija. Tal vez por eso mamá se casó con Wes. Ella tenía la esperanza de darme un padre. —El pecho de Star bullía de ira—. Ese asqueroso fue cualquier cosa menos un padre para mí, y seguro que no era el tipo de marido

que mamá o cualquier otra mujer necesitaba. Lo tendrían que haber mandado a la cárcel por todas las veces que golpeó a mamá. Pero no, o bien mamá había tenido demasiado miedo de presentar una denuncia, o tal vez era una estúpida y le gustaba que la golpearan continuamente. ¿Quién sabe? Quizás mamá pensó que Wes era lo mejor que podía conseguir y no se dio cuenta de que ella se merecía algo mejor".

Star se limpió las lágrimas que le caían por las mejillas. El pasado era el pasado, y no tenía sentido llorar por lo que no se podía cambiar. Al menos se habían librado de Wes ahora, y a pesar de que Mike no le gustaba, debía admitir que era una mejor opción para su mamá que el golpeador de mujeres. Sin embargo, Star esperaba que su mamá no se casara con Mike, porque entonces se vería obligada a mudarse de la casa de la abuela, el único lugar que había sentido como un hogar de verdad.

Star suspendió sus pensamientos inquietantes, buscó en el baúl y sacó unas cuantas fotos más, y se detuvo cuando llegó a una foto de su mamá con un bebé en los brazos. Star sabía que el bebé era ella, porque había visto otras fotos de sí misma cuando era bebé. Pero parte de esta foto había sido arrancada. ¿Habría otra persona en la foto? ¿Habría sido su mamá, o tal vez la abuela, quien rompió la foto así?

"¿Estaba mi papá en la otra mitad de esta foto? —se preguntó Star—. ¿Debo mostrársela a mamá y preguntarle a ella, o no decir nada?". Conociendo a su mamá y la forma en que evitaba el tema del verdadero padre de Star, pensó que si le mostraba la foto y empezaba a hacer un montón de preguntas, su mamá se volvería loca. Sin embargo, si se trataba de su padre, Star realmente quería saber, porque siempre se había preguntado cómo era y si ella se parecía a él o no. Tal vez su mamá tenía algunas otras fotos de él escondidas en alguna parte que Star desconocía.

Iba a poner la foto de nuevo en el baúl, pero cambió de idea. Por ahora, la guardaría en su billetera, hasta que decidiera si hablar con su mamá del tema o no.

CAPÍTULO 27

Mishawaka

Mientras Pam preparaba la cena el viernes por la tarde, brotaron lágrimas de sus ojos al recordar las palabras que Ruby Lee les había dicho durante la última clase de confección de acolchados, sobre valorarse y no pelear todo el tiempo. Todavía podía oír el tono casi desesperado en la voz de Ruby Lee cuando les dijo: "¿Se han detenido a pensar en cómo serían las cosas si algo le pasara a uno de ustedes? Peor aún, ¿si uno de ustedes muriera y dejara al otro solo?".

"Tal vez no valoro a Stuart lo suficiente —pensó Pam, mientras tomaba un poco de polvo de ajo para espolvorear sobre las hamburguesas de carne picada que Stuart pronto iba a poner en la parrilla—. Tal vez sería mejor si yo tratara de ser un poco más amable con él y mostrara más aprecio por las cosas buenas que hace". Esa era una de las cosas que su consejera había sugerido, sólo que Pam no lo había puesto en práctica. Pero tampoco Stuart.

—Papá quiere saber si las hamburguesas están listas —dijo Devin, que entró corriendo a toda velocidad a la cocina y casi tropieza con la mesa. Todavía estaba muy excitado, ya que ese había sido el último día de la escuela, y las vacaciones de verano de los niños habían comenzado oficialmente.

Pam se secó los ojos para que Devin no viera sus lágrimas.

—Baja la velocidad, hijo. Sabes que no debes correr en la casa.

—Lo siento —murmuró el niño—, pero papá me dijo que debía darme prisa porque la barbacoa está lista y no quiere gastar el gas.

—Sí, las hamburguesas están listas, y se las voy a alcanzar ahora mismo. —Pam cogió la fuente y salió por la puerta de atrás, con la esperanza de que sus ojos no estuvieran demasiado rojos por el llanto. Encontró a Stuart en el patio, toqueteando la perilla de control de la barbacoa a gas—. Aquí tienes —dijo con dulzura, mientras le entregaba la fuente.

—Gracias. —Stuart puso las hamburguesas en la parrilla y luego se corrió a un costado desde donde podía controlar las cosas—. ¿Qué más preparaste para acompañar las hamburguesas? —preguntó.

—Hice ensalada de macarrones, y habrá patatas fritas, salsa, pepinillos y aceitunas. Ah, y cociné unos pastelitos de chocolate para el postre.

—Qué bien. —Él le sonrió con simpatía.

El corazón de Pam se detuvo. Él no la había mirado con tanta dulzura en mucho tiempo.

Tal vez había algo de esperanza para su matrimonio, después de todo.

Ella se le acercó y le susurró al oído:

—Te agradezco tu ayuda para preparar la cena de hoy.

—No hay problema. Me alegra ayudar. Y sabes cuánto disfruto cuando preparo barbacoa. Además, es una buena manera de celebrar el último día de clase de los niños. —Stuart pasó el brazo por la cintura de Pam y la atrajo hacia sí. Era agradable que Stuart le demostrara un poco de atención.

Se quedaron así durante varios minutos, hasta que Stuart tuvo que dar vuelta las hamburguesas.

—Sabes, he estado pensando que sería divertido si llevo a Devin en un viaje de campamento este verano... los dos solos. Nos daría un tiempo para compartir entre padre e hijo, y le puedo enseñar a pescar.

—¿Por qué no hacemos algo como familia? —preguntó ella—. Algo que nos guste hacer a todos.

Él arqueó una ceja.

—¿Como qué?

—Podríamos llevar a los niños al parque de diversiones Fun Spot. O mejor aún, ¿por qué no hacemos un viaje a Disney World en Florida?

Stuart sacudió la cabeza.

—Un viaje así sería demasiado largo. Solo me quedan unos pocos días de vacaciones este año, el tiempo suficiente para algunos viajes de campamento.

La irritación brotó del alma de Pam.

—¡Campamento! ¡Campamento! ¡Campamento! ¿Es en lo único que piensas siempre? ¿No quieres hacer algo que Sherry y yo podamos disfrutar? —Apretó los dedos con tanta fuerza que las uñas se le clavaron en las palmas—. ¿No me amas, Stuart?

—Deberías saber que te amo, pero me gusta estar en el bosque, y ya que no te gusta acampar, pensé que podría llevar a Devin. —Hizo una pausa el tiempo suficiente como para dar vuelta las hamburguesas de nuevo—. ¿No puedes tú hacer algo con Sherry? Ya sabes, ¿alguna actividad sencilla de madre e hija, como ir de compras o ir al cine?

Ella sacudió la cabeza.

—Quiero que hagamos algo como una familia.

—Entonces, vengan a acampar con nosotros.

—No me gusta acampar, sobre todo en una tienda. Peor que eso, no me gusta quedarme en casa mientras tú sales corriendo y haces todo lo que te gusta sin consideración por lo que tal vez yo quisiera hacer.

Él frunció el ceño.

—Estoy tomando esa estúpida clase de confección de acolchados,

¿no? Lo estoy haciendo porque te amo y quiero hacerte feliz.

—¡La clase no es estúpida!

Los ojos de él se entrecerraron.

—Acabo de decir que te amo, ¿y lo único que oíste fue mi comentario acerca de que la clase era estúpida?

—No pensaste que era estúpida cuando fuiste sin mí hace dos semanas. ¿Por qué fue eso, Stuart? —Pam elevaba cada vez más la voz con cada palabra que decía—. ¿Y por qué te gustó la clase cuando fuiste solo pero la detestaste cuando fuimos juntos?

—Baja la voz —dijo él—. Los niños o los vecinos pueden oír los gritos y creerán que hay un problema aquí.

—¿Estabas presumiendo ante Emma y el resto de la clase, tratando de impresionarlos? ¿O estabas tratando de hacerme quedar mal, como si yo tuviera todos los problemas y tú fueras el Sr. Buen Tipo? —dijo entre dientes, sin importarle en lo más mínimo quién podía escuchar o lo que podían pensar—. ¿Y a quién le importa si los vecinos nos oyen y piensan que hay un problema? *Hay* un problema. ¿No lo entiendes?

—Sé que hay un problema, y no, yo no estaba tratando de hacerte quedar mal. Ya te conté cómo habían sido las cosas. ¿No me crees?

—¡No, no te creo! Lo que creo es que prefieres estar solo o con otras personas antes que pasar tiempo conmigo. —Pam golpeó el suelo con el pie y frunció el ceño. Basta ya de tratar de componer las cosas con Stuart. ¡Él era completamente imposible!—. Eres igual que mi padre, ¿sabes? Él pasaba más tiempo fuera de casa que conmigo y con mamá, ¡y yo lo odiaba por eso! Me hicieron esforzarme en la escuela, y me obligaban a conseguir notas sobresalientes. Y sin embargo, cuando lo lograba, todo lo que obtenía por mi esfuerzo era dinero y ropa hermosa. Lo que yo quería era su amor incondicional y estar con ellos como una familia, pero a mi padre nunca le importó nada de eso. ¡Lo único que le interesaba era él mismo!

Stuart quedó atónito y parecía incapaz de hablar.

—Tú... nunca me dijiste nada de eso antes —dijo al fin—. Siempre pensé que amabas a tu padre, y que todo era perfecto en tu casa cuando estabas creciendo.

Pam se tragó un sollozo.

—Yo lo amaba, pero las cosas estaban lejos de ser perfectas. Nunca antes se lo confesé a nadie, pero ahora lo sabes.

Stuart extendió la mano hacia Pam, pero ella se alejó con rapidez.

—Perdí el apetito. El resto de la comida está en la mesa de la cocina. Tú y los niños pueden comer cuando las hamburguesas estén listas.

—¿Qué hay de ti? ¿No vas a comer con nosotros?

—No tengo hambre. ¡Me duele la cabeza, y me voy a la cama! —Pam se dio vuelta y corrió hacia la casa. Cansada de que todas las conversaciones se convirtieran en una discusión, quería estar sola.

—⚬⚬⚬—

Goshen

—Es bueno estar en casa, ¿no es cierto? —dijo Gene cuando él y Ruby Lee entraban a su casa y se dirigían a la cocina—. Estoy seguro de que nuestra propia cama se sentirá muy bien esta noche.

Ruby Lee asintió. El domingo, después de otro servicio religioso lleno de tensión, Gene había sugerido que se tomaran unos días de descanso y que fueran a algún lugar para estar solos y poder pensar y orar por su situación. No podían hacerlo en casa, no con el teléfono que sonaba a toda hora del día. Incluso en su nuevo hogar, la gente a menudo venía sin previo aviso. Así que Ruby Lee y Gene habían reservado una habitación en una encantadora posada en las afueras de Middlebury y habían pasado los últimos cuatro días en soledad. Aunque nada se había decidido en forma definitiva, Ruby Lee pensó que Gene tal vez considerara dejar el ministerio. Si él eligiera ese camino, ella se sentiría aliviada. Estaba cansada de tratar de ayudar a la gente con sus problemas, sólo para recibir una puñalada por la espalda. Ella, y especialmente Gene, se merecían algo mejor que eso.

—Supongo que debería revisar nuestros mensajes —dijo Gene—. A menos que quieras hacerlo tú.

Ella sacudió la cabeza.

—Hazlo tú. Yo voy a ver qué puedo preparar para la cena. —Abrió la puerta del refrigerador y agregó—: Tenemos bastantes huevos. ¿Te gustaría una tortilla?

—Claro, está bien.

Cuando Gene pulsó el botón para reproducir los mensajes, Ruby Lee reconoció, en el primero, la voz de Emma que preguntaba si ella estaba bien y decía que si necesitaba hablar, que, por favor, la llamara. A continuación de ese, había un par de llamadas de publicidad, entre ellos uno de un hombre que quería afinar el piano de la iglesia. Dos llamadas más de Emma decían más o menos lo mismo que la primera, pero Emma terminaba el último mensaje diciendo que se sentía mejor y esperaba ver a Ruby Lee en la clase de confección de acolchados del sábado.

—¿Vas a responder su llamado? —preguntó Gene—. Parecía ansiosa por hablar contigo.

—Mañana es sábado, así que la veré entonces.

En verdad, Ruby Lee había considerado no ir a la clase de la mañana siguiente. Sería difícil enfrentar a los demás después de su estallido de la semana anterior. Pero quería terminar su tapiz y necesitaba ayuda con el siguiente paso, de modo que se tragaría el orgullo e iría. Después de todo, no era la única que había expuesto sus emociones durante las clases. Para ser sincera, se había sentido aliviada de compartir su dolor y frustración con sus nuevos amigos. Tal vez, más adelante iba a poder compartir aún más.

CAPÍTULO 28

Después de sentarse junto a Star a la mesa del desayuno, su mamá le dijo:

—Mira lo que me compró Mike cuando estábamos en South Bend el otro día. Tuvimos que hacerle adaptar el tamaño, por lo que recién me lo pudo entregar ayer por la noche.

Star parpadeó ante el llamativo anillo en el dedo de su madre, mientras notaba cuán grande era el diamante.

—¿Es genuino?

—Por supuesto que sí, tonta. ¿En verdad crees que Mike me regalaría uno falso?

—Entonces, ¿qué hizo el hombre, robó un banco? —Star casi se atragantó, al ver a su mamá mover el dedo con la mirada fija en la luz que capturaban los prismas del diamante.

—¿Qué? No, por supuesto que no. —Su mamá le brindó una amplia sonrisa—. Estuvo ahorrando para comprarme un anillo de compromiso tan bonito.

Star frunció la nariz.

—Supongo que eso significa que has decidido casarte con ese asqueroso.

—Mike no es un asqueroso. Tiene un trabajo estable y es un buen hombre. Mucho mejor que cualquier otro hombre que haya conocido, y estamos planeando casarnos en septiembre.

—¡Qué genial! Superimpresionante, de hecho. Sí, esta es la mejor noticia que me han dado en todo el año.

—No tienes que ser sarcástica al respecto. ¿En todo caso, qué es lo que tienes contra Mike?

Star levantó un dedo y dijo:

—Es autoritario. —Levantó un segundo dedo—. Es terco. —Un tercer dedo se asomó—. Es un fanático del control.

Mamá agitó la mano.

—Ah, no lo es. ¿Cuándo viste que Mike tratara de controlarme?

—No a ti, mamá; aunque es seguro que espera que lo atiendas todo el tiempo. Es la televisión lo que, en verdad, le gusta controlar. —Star frunció el ceño—. Ni bien traspasa la puerta, toma el control remoto, y de inmediato enciende el televisor. A partir de ese momento, él está a cargo de todo lo que vemos. No sólo eso, sino que no le gusta nada de lo que hago.

—Eso no es cierto, Star.

—¿Ah, no? La última vez que vino, ¿no oíste cómo se dedicó a opinar sobre la ropa que uso y el tipo de música que escucho?

—Él tiene derecho a tener su opinión. —Su mamá se llevó la punta del dedo a la boca y se cortó una cutícula con los dientes—. Ya sabes lo que pienso en cuanto a tu forma de vestir, por lo que no debería sorprenderte que a Mike tampoco le guste.

Star dio un manotazo sobre la mesa, esquivando apenas el vaso de jugo de naranja.

—¡No me importa lo que piense! ¡No quiero otro padrastro miserable!

—No va a ser ni un padrastro miserable, ni tampoco un marido miserable. A pesar de lo que piensas, Mike es bueno conmigo, y...

—Bueno, espero que sea mejor para ti que lo que fue Wes. Claro, cualquiera sería mejor que ese golpeador de mujeres. —Star tomó el vaso de jugo y bebió un sorbo—. ¿Qué hay de mi verdadero padre? ¿También te maltrataba?

La frente de su mamá se frunció.

—¿A qué viene esa pregunta ahora?

—Nunca me has dado mucha información sobre él, así que por lo que sé, podría haberte tratado incluso peor que Wes.

—Te he contado todo lo que necesitas saber acerca de tu padre. No me maltrataba físicamente, pero era inestable y poco confiable. Y esto se pudo comprobar cuando fue padre y nos abandonó siendo tú un bebé.

Star metió la mano en el bolsillo de sus jeans, sacó la billetera y extrajo la foto que había encontrado en el ático de la abuela el otro día.

—¿Era la imagen de mi padre la que fue arrancada de aquí? —preguntó, mientras le entregaba la foto a su mamá.

Ella se quedó mirando la fotografía con incredulidad. Asintió con la cabeza de manera lenta y dijo en un susurro:

—Sí, era tu padre. Yo lo arranqué de la foto.

—¿Por qué?

La mamá tomó su taza de café y bebió un sorbo antes de contestar.

—Yo... no quería tener nada que me recordara a ese tipo. El día que rompí esa foto estaba muy enojada con él.

—¿Era realmente tan malo?

Las lágrimas colmaron los ojos de su mamá.

—¿No puedes dejarlo pasar? Prefiero no hablar de eso. Solo quiero concentrarme en mi futuro con Mike.

Era obvio que el tema del verdadero padre de Star era muy sensible. Su mamá, sin duda, lo había amado en su momento, y cuando él se fue y las abandonó era probable que le hubiera roto el corazón. Por lo que Star

había visto todos estos años, cada vez que el tema de su padre salía a la luz, su mamá todavía sentía mucho dolor e ira hacia él, así que quizá era mejor si ella abandonaba el tema. Después de todo, ¿qué sentido tenía? Si su papá no demostró que ella y su mamá le importaban lo suficiente como para quedarse y mantenerlas, entonces ni siquiera valía la pena conocerlo.

—¿Me podrías devolver la foto? —preguntó Star—. Salimos bien tú y yo, ¿no te parece?

—Tienes razón. Así es. —Su mamá le entregó la foto y le sonrió—. Entonces, ¿cuáles son tus planes para hoy?

—Voy a ir a la clase de confección de acolchados de Emma Yoder. Hoy será nuestra quinta lección, y espero que Emma se sienta bien como para dar la clase porque explica las cosas mejor que su amigo amish. Aunque él sea un hombre muy interesante y sepa mucho acerca del diseño de modelos de acolchados —agregó Star.

—Bueno, antes de que te vayas, hay algo más que quiero decir acerca de Mike. Creo que debes saber que...

—Tengo que irme, mamá, así que espera para decírmelo hasta que regrese de la casa de Emma —dijo Star, mientras le echaba un vistazo al reloj en la pared del fondo. Bebió de un trago el resto del jugo, tomó el bolso con el proyecto de acolchado y salió disparada por la puerta. Ya se ocuparía del casamiento de su mamá con Mike cuando llegara el momento, aunque no tenía por qué gustarle la idea.

—⁓—

Middlebury

Mientras Stuart y Pam atravesaban Middlebury en dirección a Shipshewana, Pam mantenía la cabeza vuelta hacia la derecha. Tal vez, si ella fingía estar mirando el paisaje, que ya había visto muchas veces y conocía casi de memoria, Stuart evitaría sacar alguna conversación. Todavía estaba molesta con él por querer llevar a Devin de campamento, mientras ella y Sherry se quedarían sentadas en casa solas. Claro que podría pensar en algo para hacer juntas, pero Pam quería hacer más cosas como una familia. Tal vez, si seguía quejándose al respecto, Stuart cambiaría de opinión. O tal vez, si ella lo trataba con frialdad el tiempo suficiente, él despertaría y se daría cuenta de lo insensible que era en cuanto a las necesidades de Pam.

—Cuando consulté esta mañana el informe meteorológico en Internet, decía que había probabilidades de lluvia para la semana próxima —dijo Stuart.

Pam se concentró en silencio en el carro negro con forma de caja que iba adelante. La pequeña niña amish sentada atrás miró hacia Pam y la saludó con la mano. Era tan encantadora que Pam le devolvió el saludo y sonrió, a pesar de su estado de ánimo sombrío.

—Me hubiera gustado que lloviese hoy —gruñó Stuart—. Así no me importaría estar encerrado en la casa de Emma durante toda la mañana con un grupo de gente que preferiría no conocer.

—Eso no fue lo que dijiste después de que asististe a la clase sin mí —murmuró Pam—. Parecías muy interesado en todo lo que dijeron e hicieron ese día. Y para ser honesta, no tengo interés en hablar del clima.

—¿Por qué tienes que ser tan crítica de todo lo que digo y hago? —preguntó él.

Ella no respondió.

—¿Sabes? A veces me pregunto por qué nos casamos. Parece que lo único que hacemos es pelear.

—Entonces creo que cometimos el error más grande de nuestras vidas cuando dimos el sí, ¿eh?

—Puede ser, pero nos amábamos, y desearía poder empezar de nuevo.

—Me encantaría volver a empezar si accedieras a pasar más tiempo conmigo.

—¿Qué crees que estoy haciendo en este momento?

—Solo lo haces por obligación. No sientes ningún placer en estar conmigo, ¿no es así?

Un músculo de la mejilla de Stuart se contrajo.

—Ya basta, Pam. Estás poniendo palabras en mi boca de nuevo, y me estoy cansando, porque ya hemos pasado por todo esto antes.

—Esa es una respuesta muy tonta, Stuart.

—¿Me puedes dar un ejemplo de lo que sería una mejor respuesta? Es decir, ¿qué es lo que quieres que te diga?

—¿Qué tal: "Te amo, Pam", y...?

—Te lo he dicho muchas veces.

Ella le golpeó el brazo.

—Te agradecería que no me interrumpieras cuando estoy hablando.

—Lo siento —murmuró él—. Adelante, di lo que ibas a decir, pero permíteme que te recuerde que tú eres una de las personas que conozco que más interrumpen a los demás.

Pam dio vuelta la cabeza.

—No importa, Stuart. Al igual que todas las demás veces, esto no nos lleva a ninguna parte.

—¡Solo di lo que ibas a decir y terminemos con el tema!

—¿Qué sentido tiene? Tú no vas a cambiar de opinión acerca de ir de campamento con Devin.

—No sé por qué sientes envidia de que le dedique tiempo a mi hijo.

—*Nuestro* hijo, Stuart. —Pam puso la mano sobre el abdomen—. Lo llevé durante nueve meses. También lo cuidé hasta que sanara siempre que estuvo enfermo.

—Lo sé. Cuando me referí a Devin como *mi* hijo, era solo una manera de decir.

—Como sea. —Miró por la ventana hasta que otro pensamiento le vino a la mente—. ¿Sabes qué, Stuart?

—¿Qué?

—Tal vez Sherry y yo haremos algo juntas, algo que ella crea que es muy divertido, como ir a un partido de béisbol. A ella le gusta sentarse contigo y ver los partidos por televisión. Tal vez entonces te darás cuenta de lo que se siente al no ir con nosotras. —Pam no quería llevar a Sherry a un partido, pero fue lo único que se le ocurrió en ese momento para que Stuart se diera cuenta de cómo se sentía.

—Claro, adelante —murmuró Stuart—. Tú y Sherry pueden hacer lo que quieran mientras Devin y yo acampamos.

Pam apretó los dientes. Estaría contenta de llegar a lo de Emma para poder mantener una conversación con alguien sensato, alguien como Emma, que parecía que se preocupaba por las necesidades de todos.

—⁓—

Shipshewana

Emma canturreaba suavemente mientras colocaba las agujas, hilos, tijeras y seis bastidores pequeños para acolchados sobre la mesa de su sala de costura. Estaba contenta de sentirse bien para dar la clase de hoy, y se sentía ansiosa de mostrar a sus alumnos cómo acolchar las piezas del diseño que ya habían ensamblado. Le daba una sensación de satisfacción enseñar a otros las habilidades que ella había aprendido a una edad temprana. Y ser capaz de escuchar y ofrecer útiles sugerencias sobre los problemas personales de sus alumnos hacía la clase aún más gratificante.

Emma echó un vistazo al reloj a batería en la pared del fondo y vio que faltaban unos diez minutos para el inicio de la clase. Eso le daba el tiempo justo para caminar hasta la entrada y recoger el correo.

Decidió hacerlo y salió a prisa por la puerta. Estaba casi al lado del buzón de correo cuando un carro abierto tirado por un caballo se detuvo en el arcén del camino. Lamar estaba en el asiento del conductor.

—Buen día —dijo con un gesto amistoso—. ¿Cómo te sientes, Emma?

—Estoy mejor —respondió ella con una inclinación de cabeza—. ¿Qué te trae por aquí esta mañana?

—Solo pensé en pasar y ver si te sentías bien como para dar la clase de hoy. —Sus ojos brillaron cuando le sonrió—. Si no es así, estoy más que dispuesto a tomar tu lugar otra vez.

Emma se erizó.

—Te dije cuando viniste ayer que me sentía mejor y que podía encargarme de la clase yo misma.

—Lo sé, pero hoy es otro día, y pensé que, a pesar de que ayer te sentías mejor, quizás hoy no estabas bien como para dar la clase.

—Estoy bien —dijo Emma con cierta aspereza. No entendía por qué este hombre lograba exasperarla con tanta facilidad. Sabía que debía valorar su preocupación, pero en momentos como este, Lamar parecía preocupado por demás y hasta casi entrometido. La irritación de Emma no tenía sentido, en verdad, porque cuando Ivan vivía, ella nunca se había molestado cuando él demostraba preocupación por su bienestar.

—Me alegro de que te sientas mejor, pero como no tengo otros planes para esta mañana, me encantaría, al menos, darte una mano con la clase.

Emma sacudió la cabeza con tanta fuerza que las cintas de su cofia le dieron latigazos en el rostro.

—Aprecio tu ofrecimiento, pero estoy segura de que me puedo manejar bien sola —dijo, mientras acomodaba las cintas de nuevo debajo de la barbilla.

—Ah, ya veo.

Emma no pudo evitar notar la mirada de derrota en el rostro de Lamar. ¿Sería porque se sentía solo y necesitaba algo que hacer, o porque disfrutaba tanto con esa actividad que, de verdad, deseaba ayudar? De cualquier manera, ella no iba a cambiar de opinión. Demasiado trato tenía ya con Lamar como estaban las cosas, y si le permitía ayudar en la clase de hoy, él podría terminar haciéndose cargo de la lección. Peor aún, podría pensar que ella estaba interesada en tener algo más que una amistad informal con él.

Justo en ese momento, para gran alivio de Emma, la todoterreno de Stuart y Pam se detuvo en el camino de entrada.

Emma les hizo un gesto amistoso; luego se volvió hacia Lamar y le dijo:

—Ya llegaron algunos alumnos, así que tengo que irme. —Sin esperar la respuesta de Lamar, Emma tomó el correo del buzón y salió con prisa en dirección a la casa.

CAPÍTULO 29

Una vez que llegaron todos los alumnos, Emma los condujo a la sala de costura y se sentaron alrededor de la mesa.

—Es bueno ver que está de vuelta, Emma —dijo Paul con calidez. Todos asintieron.

—¿Cómo se siente? —preguntó Ruby Lee.

—Me siento mucho mejor —respondió Emma—. La semana pasada estaba muy dolorida y, si hubiera tratado de dar la clase, no lo habría hecho bien. Lamento no haber podido estar con ustedes.

—Ah, está bien. Su amigo Lamar fue muy amable al reemplazarla —dijo Jan—. Parecía una persona muy agradable, pero todos estamos contentos de que se sienta mejor y pueda enseñar la clase de hoy.

—Sí, agradezco que me haya reemplazado, pero también me alegro de estar de vuelta. —Emma sonrió, mirando a cada uno de ellos—. Los extrañé a todos.

—Nosotros también la extrañamos —dijo Star con sinceridad. Era agradable ver que, a pesar de que nuevamente usaba la sudadera negra, no tenía la capucha en la cabeza. Emma también advirtió que Star parecía estar más a gusto entre los demás que cuando había asistido a la primera clase de confección de acolchados.

—Hoy quiero enseñarles cómo hacer las puntadas de la técnica de acolchar en sus tapices. Así que, si todos ponen su trabajo sobre la mesa, les diré cómo continuar.

Una vez que todos hicieron lo que Emma les había pedido, ella explicó que el proceso de costura de las tres capas juntas de material se denominaba "acolchar".

—Pero antes de comenzar ese proceso, cada uno de ustedes necesita cortar un trozo de guata de algodón, aproximadamente dos pulgadas más grande de cada lado que su tapiz colgante —dijo—. El exceso de guata y de la tela posterior se recortarán luego, para emparejarlos con la cubierta del acolchado después de que hayamos completado todas las puntadas del proceso.

Emma entregó unos retazos de guata a cada uno de sus alumnos.

—Ahora, para crear una superficie lisa y pareja para acolchar, las tres capas del acolchado deben colocarse en un bastidor —continuó—. Para un acolchado de mayor tamaño, necesitarían un bastidor de acolchar que pudiera estirar y sostener el trabajo entero al mismo tiempo. Pero, como sus tapices son mucho más pequeños que un acolchado de tamaño edredón, se puede utilizar un marco similar a un bastidor grande para bordado. —Mostró uno de los bastidores que había puesto antes sobre la mesa.

—A mí me viene bien —dijo Jan—. Porque ya hice algunos trabajos de bordado antes y sé cómo se usa un bastidor.

Emma sonrió.

—Es importante, cuando se utiliza este tipo de bastidor, hilvanar las tres capas del acolchado juntas. Eso mantendrá las capas estiradas de manera uniforme mientras estén acolchando. Solo asegúrense de no dar las puntadas definitivas sobre el hilvanado, o será difícil quitar esos puntos más adelante.

Emma esperó pacientemente hasta que cada persona terminó de cortar su guata. Luego les dijo:

—El siguiente paso es marcar el diseño que deseen en la cubierta del acolchado. Ahora bien, si lo que desean es que sus puntadas solo delineen las piezas que han ensamblado, entonces el marcado no es necesario. Solo tendrán que realizar las puntadas de acolchar cerca de la costura para que se realce la pieza.

Luego, Emma se refirió al tamaño de las agujas, y les dijo que era mejor probar varios tamaños diferentes para ver cuál resultaba más cómodo para hacer el trabajo. También afirmó que era necesario usar un dedal ajustado en el dedo mayor de la mano para empujar la aguja, ya que ésta debía atravesar las tres capas de tela en forma repetida. Ella les mostró, en una de sus propias piezas, cómo tirar de la aguja y el hilo a través del material para crear el diseño de acolchado.

—Las puntadas deben ser pequeñas y uniformes —dijo—. Ah, y tienen que ser ajustadas, pero no tanto como para que se formen arrugas.

Stuart frunció el ceño.

—Lo veo muy complicado para mí. Mis manos son grandes, y no creo que pueda hacer pequeñas puntadas o usar ese dichoso dedal que usted ha mencionado. Ya me resultó bastante difícil unir las piezas del modelo en la máquina de coser.

—Por ahora, en lugar de preocuparte por el tamaño de las puntadas, trata de concentrarte en hacer puntadas derechas y parejas —instruyó Emma—. No te preocupes cuando estás dando lo mejor de tu parte, y recuerda que yo estoy aquí para ayudarte.

—Está bien —murmuró Stuart.

Era evidente que él todavía no se sentía cómodo con el uso de la aguja e hilo. Pero, al menos, estaba ahí y hacía todo lo posible. Emma tuvo que darle su reconocimiento por eso.

—¡Ay! —gritó Jan—. ¡Se me cayó el dedal, y me pinché el dedo con la estúpida aguja! Creo que lo haría mejor sin el dedal. —Se metió el dedo en la boca e hizo una mueca—. ¡Esto sí que duele!

Stuart rió con disimulo.

Jan lo fulminó con la mirada.

—¿De qué te ríes, hombre?

—No me estoy riendo.

—Sí, lo estabas.

—No me estaba riendo de ti.

—Yo creo que sí.

Stuart, ruborizado y con aspecto de culpable, dijo:

—Estaba pensando que un tipo duro como tú, con todos esos tatuajes en los brazos, no debería siquiera inmutarse cuando se pincha un dedo.

Emma contuvo la respiración, preguntándose cómo respondería Jan.

—Bueno, ¿qué puedo decir? —contestó Jan—. Puedo ser un hombre grande y fuerte, pero sangro como cualquier otra persona.

Emma dejó escapar un suspiro de alivio.

—Yo tampoco me acostumbré al uso del dedal todavía —intervino Paul, mirando a Stuart—. Aunque sé que se supone que ayuda, a mí me estorba y lo siento incómodo. ¿Sabes a lo que me refiero?

Stuart asintió con la cabeza y volvió a trabajar en su proyecto de acolchado.

Después de pasada la primera hora, Emma fue a la cocina a buscar algunos refrigerios. Siempre parecía que las cosas iban mejor en la clase después de que ella les había dado a sus alumnos algún bocadillo.

Cuando regresó a la sala de costura, les sirvió café, té helado y un poco de pastel crocante de ruibarbo que había horneado la noche anterior antes de irse a dormir. Mientras comían sus refrigerios, Emma les preguntó a cada uno cómo les había ido en la semana.

Pam fue la primera en responder.

—Estuvo bien, supongo. Podría haber estado mejor si Stuart y yo no hubiéramos discutido tanto. —Lanzó una mirada rápida en dirección a su esposo, y él se la devolvió con furia.

—Ya basta, Pam. Nadie quiere oír hablar de nuestros problemas.

Ella bajó la mirada hacia la mesa y murmuró:

—Bueno, no tendríamos esos problemas si no nos hubiéramos casado.

—En eso tienes razón —dijo él, mientras asentía con la cabeza.

Emma sintió la necesidad de intervenir y se apresuró a decir:

—¿Ustedes nunca se detuvieron a pensar en cómo sería su vida si no se hubieran casado?

Ni Pam ni Stuart respondieron nada.

—Piensen en ello —continuó Emma—. Si no se hubieran casado no tendrían sus dos hijos preciosos.

—No lo había pensado antes, pero es cierto. —Stuart dirigió la mirada hacia Pam—. Eso es algo para estar agradecidos, ¿no?

Ella hizo un lento gesto de asentimiento.

—Solo recuerden —dijo Emma—. Es importante que trabajen en su matrimonio, aunque más no sea por el bien de sus hijos.

La barbilla de Pam tembló un poco.

—Gracias, Emma. Nos ha dado algo para reflexionar.

Emma sonrió, satisfecha de que habían hecho un pequeño progreso. Luego, se dio vuelta hacia Paul y le preguntó cómo le había ido en la semana.

—Todo salió muy bien —respondió él—. No se compara en nada con el estrés que pasé la semana anterior. Llevé a Sophia a comprar zapatos nuevos ayer por la tarde, y no puedo creer cuánto ha crecido. Su medida de calzado aumentó un número —añadió con una sonrisa de padre orgulloso—. Además, la ropa le queda pequeña más rápido de lo que puedo comprarle ropa nueva.

—Así son los niños —dijo Stuart con una sonrisa—. Crecen demasiado rápido. Parece que fue ayer cuando nuestros niños eran bebés, y ahora ya van los dos a la escuela.

Paul sonrió.

—Sophia ya está diciendo algunas palabras, también. Me llama "Pa-pa-pa", y hasta aprendió la palabra "no". Creo que no pasará demasiado tiempo antes de que intente caminar. —El rostro de Paul se ensombreció—. Lástima que la hermana de mi esposa no va a estar cerca para compartir la infancia de Sophia.

Emma se acercó a Paul y le puso las manos sobre los hombros.

—Sé que debe de ser difícil que tu cuñada los haya alejado de su vida a ti y a Sophia, pero debes seguir orando por ella y confiar en que, algún día, sus ojos se abrirán a la verdad, y podrán hacer las paces.

—Sé que necesito seguir orando —dijo Paul—. En 1 Tesalonicenses 5:17 dice que debemos orar sin cesar. Solo que a veces es difícil, sobre todo cuando no vemos respuestas a nuestras oraciones.

—Ah, Dios siempre responde. A veces Él dice que sí. A veces, que no. Y a veces, Él solo quiere que seamos pacientes y esperemos. —Emma miró a cada uno de los presentes en la habitación—. La oración es siempre algo bueno, y para mí, cuando combino acolchar y orar, puedo sentir el amor de Dios que me rodea.

—Nunca antes había creído mucho en la oración —dijo Jan—, pero cuando pensé que Brutus había muerto, le recé a Dios.

—Así que tu oración fue respondida, entonces —dijo Emma.

Jan asintió.

—Hizo que me preguntara si debería empezar a ir a la iglesia. —Su rostro enrojeció un poco—. Claro que no sé cómo se sentiría la gente si un motociclista tatuado como yo aparece en la iglesia. —Miró a Ruby Lee—. ¿Tú qué piensas? ¿Recibirían en tu iglesia a un tipo rústico como yo?

—Claro que sí —respondió ella—, pero no estoy segura de cuánto tiempo más Gene y yo vamos a estar allí, y…

—¿Qué quieres decir? —interrumpió Star—. Pensé que tu esposo era el pastor de la iglesia.

—Bueno, lo es… al menos por ahora.

Ruby Lee le contó a la clase que ella y su esposo se habían tomado unos días libres y se habían alojado en una posada cerca de Middlebury donde habían hablado con profundidad y oraron acerca de su situación.

—No resolvimos los problemas que tenemos que afrontar en la iglesia

—dijo ella—, pero nos dio un tiempo a solas para reflexionar y dedicar a la oración, que nos estaba haciendo falta.

Emma se sentó al lado de Ruby Lee, agradecida por la oportunidad para hablar con ella sobre esto.

—Me alegro de que hayan podido hacerlo, Ruby Lee. Después de hablar con Lamar y enterarme cómo fueron las cosas la semana pasada, sabía que debías de estar sufriendo, así que traté de llamarte varias veces. Ahora entiendo por qué no me devolviste las llamadas.

—Así es, y no llamé cuando llegamos a casa ayer por la noche, porque sabía que la vería hoy.

—Solo quería saber si había algo que podía hacer y contarte que había estado orando por ti —dijo Emma, mientras le daba a Ruby Lee un suave apretón en el brazo.

Ruby Lee sonrió.

—Gracias, Emma. Se lo agradezco.

—Y ya sabes —agregó Emma—, Dios no quiere que perdamos la fe en Él o que caigamos en la desesperanza. Quiere que confiemos en Él y sigamos orando mientras esperamos y ansiamos lo mejor.

—Lo sé —dijo Ruby Lee en voz baja—. Me estoy esforzando para tratar de hacer eso.

Cuando todos habían terminado su refrigerio y retomaron sus trabajos, Emma se volvió hacia Jan y le preguntó:

—¿Cómo te fue en la semana?

El rostro de Jan se iluminó con una amplia sonrisa.

—Muy bien. Pasé más tiempo con Brutus por las tardes, y parece estar mucho más tranquilo ahora. Tratamos de dar un paseo por el vecindario antes de que oscurezca y estoy conociendo más y mejor a mis vecinos.

—Me alegro de que tu perro haya vuelto —dijo Emma con sinceridad.

—Sí, yo también. Mientras no estaba, lo extrañé mucho.

—Me dolió mucho ver ese perro muerto tirado al costado de la

carretera y luego preguntarme a quién pertenecía y si algún niño se iría a la cama esa noche extrañando a su perro —dijo Paul.

—Sí —intervino Stuart—. La gente debería cuidar mejor a sus mascotas.

Emma se volvió hacia Star para interiorizarse sobre su semana.

—Fue terrible... especialmente esta mañana, cuando me enteré de que mi mamá está decidida a casarse otra vez, y con ese tipo que ni siquiera me gusta.

—Sé que no te hace feliz —dijo Emma—, pero ¿crees que tu madre es feliz?

Star se encogió de hombros.

—Así parece.

—Entonces tal vez deberías estar feliz por ella —intervino Pam.

—Me gustaría estarlo, pero no me puedo imaginar a Mike viviendo en la misma casa con nosotras, criticando cómo visto, burlándose de mis canciones, y diciéndome qué debo hacer todo el tiempo.

Emma le dio a Star un apretón tranquilizador en los hombros.

—Tal vez no sea tan malo como piensas.

—Supongo que tendremos que esperar para ver cómo sigue. —Star frunció el ceño—. Si Mike sigue diciéndome qué hacer y trata de actuar como si fuera mi padre, es probable que termine mudándome por mi cuenta.

—Voy a orar por tu situación —dijo Emma.

—Gracias. Como Jan, nunca le di mucho crédito a la oración, pero supongo que no estarían de más unas cuantas oraciones por si acaso hay un Dios que, de hecho, pudiera estar escuchando.

—Ah, por supuesto que hay un Dios —intervino Paul—. Él es el único y verdadero Dios, y sin mi fe en Él, yo nunca hubiera podido sobreponerme a la muerte de Lorinda.

—Lo mismo me pasó a mí luego de la muerte de Ivan —agregó Emma—. El Salmo 71, versículo 3 dice que Dios es nuestra roca y nuestra fortaleza. Estoy muy agradecida por eso.

Ruby Lee asintió, y también lo hizo Paul, pero los demás se quedaron en silencio mientras continuaban con su labor. Emma esperaba que todos tomaran las palabras del salmo en serio y, si alguno de sus alumnos no conocía al Señor de una manera personal, que algún día tomara esa decisión. Para el resto de la clase, las cosas habían ido bastante bien. Luego, poco antes de que fuera la hora de irse, Paul dijo:

—Ah, casi lo olvido. Traje algunas fotos que tomé de Sophia el otro día. ¿Les gustaría verlas?

—Por supuesto que sí. —Ruby Lee sonrió—. ¿A quién no le gusta ver fotos de bebés?

Paul metió la mano en el bolso en el que había traído su proyecto de acolchado y sacó un sobre de papel manila. Luego, extrajo dos fotos de Sophia, de ocho por diez, y las compartió con la clase.

—¿Así que tú tomaste estas fotos de tu hija? —preguntó Stuart, mientras se las pasaba a Pam.

Paul sonrió.

—Claro que sí, y quedé muy contento con el resultado.

—Bueno, déjame decirte Paul —comentó Pam—, que estas fotos son tan buenas como las que les tomó un fotógrafo profesional a nuestros niños la Navidad pasada. Creo que están increíbles.

—Gracias. —Paul sonrió radiante—. Me ha interesado la fotografía desde que tenía once años, cuando mis padres me regalaron una cámara para Navidad. Todavía tengo esa cámara, pero ahora uso una digital. Ya saben, estas nuevas cámaras hacen casi todo el trabajo por uno hoy en día.

—Oye, amigo, tienes un gran talento —dijo Jan después de haber visto las fotos—. Si yo tuviera esa habilidad, estaría tomando fotos todo el tiempo.

Emma no dejó de percibir la mirada tierna en el rostro de Jan cuando observó la foto de Sophia. Era una lástima que no tuviera esposa ni hijos. Emma se imaginó que quizás a Jan le gustaba de esa manera, porque sabía que algunas personas, como ella, preferían permanecer solteras. No era que no le gustaba estar casada, porque sin duda había disfrutado los años que ella e Ivan pasaron juntos. Solo que no estaba abierta a la idea de casarse de nuevo.

—Estoy seguro de que mis padres no tenían idea de que la cámara que me regalaron sería el inicio de un pasatiempo que disfruto hasta el día de hoy —agregó Paul.

—¿Les gustaría ver algunas fotos de mis hijos gemelos cuando eran pequeños? —preguntó Ruby Lee. Antes de que nadie pudiera responder, ella ya había abierto la billetera y estaba distribuyendo las fotos.

Luego, Pam compartió algunas fotos de los niños de ella y de Stuart, y a continuación Star extrajo una foto de su billetera.

—Aquí tengo una foto mía de cuando era un bebé —dijo, mientras se la entregaba a Pam.

Pam echó una mirada a la foto y dijo:

—Eras un bebé precioso, ¿y supongo que es tu mamá la que te carga en su regazo?

Star asintió.

—¿Qué pasó aquí? —preguntó Stuart, mientras miraba por encima del hombro de su esposa—. Parece que arrancaron la imagen de alguien.

—Sí. Mi mamá la cortó porque era mi padre, y supongo que estaba muy enfadada con él. —Star frunció el ceño—. —El tipo me puso un nombre horrible, y luego, antes de que yo tuviera la edad suficiente para recordar su rostro, el imbécil se largó. Yo deseaba que regresara para poder conocerlo, pero tal vez haya sido mejor que no lo hiciera, porque si no le importaba mi mamá para casarse con ella, es probable que tampoco tuviera interés por mí.

Todos se quedaron en silencio. Ni Emma supo qué decir. No era de extrañar que esta pobre joven se escondiera detrás de sus ropas oscuras y pareciera tan confundida. Nunca había conocido a su padre, y era claro que estaba muy perturbada porque él las había abandonado cuando ella era un bebé. ¿Quién podría culparla por eso? Ah, cómo deseaba poder hacer algo para ayudarla.

—¿Puedo ver la foto? —preguntó Ruby Lee.

Pam se la alcanzó.

Ruby Lee estudió la foto, luego miró a Star y le sonrió.

—Eras una bebé hermosa, y eres una joven encantadora ahora.

—Estoy de acuerdo —dijo Emma, mientras le daba a Star un tierno abrazo.

Star parpadeó un par de veces como si estuviera conteniendo las lágrimas.

—Gracias. Nunca nadie me había dicho eso antes.

—A mí también me gustaría ver la foto —dijo Jan—. Quienquiera que fuese ese imbécil que tuviste como padre no sabía qué hacía cuando te abandonó.

Ruby Lee le entregó la foto a Jan. Éste permaneció sentado unos segundos, mirándola con una expresión peculiar, mientras sacudía la cabeza, como si no pudiera creer lo que veía. Apartó la mirada, luego la volvió a fijar, como si quisiera aclarar su visión. Después miró a Star, y con voz apenas más alta que un susurro, preguntó:

—¿Tu verdadero nombre es Beatrice Stevens?

Star asintió, con ojos entrecerrados.

—Sí. ¿Cómo lo sabes?

Lentamente, Jan metió la mano en el bolsillo trasero, sacó la billetera y extrajo una foto.

—Echa un vistazo a esto. —Sus manos temblaban mientras le entregaba la foto a Star, sin hacer contacto visual con ella—. Es la misma foto que tienes tú, sólo que, como puedes ver, en ésta yo no estoy cortado.

Star parpadeó y lo miró como si él hubiera perdido el juicio. Todo el mundo permaneció sentado sin decir una palabra.

—Bunny era mi novia —dijo Jan, mientras sus ojos se tornaban vidriosos.

—¿Bunny? —repitió Star.

—Sí. Bunny era el apodo de Nancy. Empecé a llamarla así cuando empezamos a salir porque movía la nariz cuando se disgustaba, como un conejito. —Jan hizo una pausa y se limpió el sudor de la frente con la mano.

Star se sentó rígida, sin querer mirarlo.

—Bunny y yo nos conocimos cuando ambos vivíamos en Chicago. Salimos un tiempo y luego nos fuimos a vivir juntos. Varios meses más tarde, me enteré de que ella iba a tener un bebé, así que le pedí que se casara conmigo. —Jan se interrumpió de nuevo, y se produjo un quiebre en su expresión. Emma percibió los profundos sentimientos que lo habían embargado. Después de un par de respiraciones profundas, Jan continuó—: Al principio, Bunny dijo que tendría que pensar en ello. Luego, cuando se acercaba la fecha del nacimiento de nuestro bebé, al fin aceptó casarse conmigo pero dijo que quería esperar hasta después de la llegada del bebé. —A Jan le tembló un poco la voz; luego se estabilizó—. Cuando nació nuestra hija, le pusimos Beatrice como mi madre.

Las manos de Star también habían empezado a temblar ahora, y cuando se puso de pie y señaló a Jan, su voz se agudizó.

—¿Tú... tú eres mi papá?

—Es una enorme sorpresa, pero sí, creo que es así —dijo Jan como si él mismo no pudiera creerlo.

—¡Así que tú eres el miserable que nos abandonó a mí y a mi mamá! Él sacudió la cabeza con fuerza.

—¡No, no! No fue así. Hay algo que debes saber. Yo no las abandoné. Tu mamá debe de haber cambiado de opinión acerca de que nos casáramos, porque desapareció contigo sin siquiera decirme adónde se iba.

Los ojos de Star se estrecharon cuando lo miró.

—¡Eres un mentiroso! Mamá nunca haría algo así.

—No, por favor, escucha; no estoy mintiendo. Quería casarme con tu mamá y lo que más deseaba era que fuéramos una familia. Pero Bunny tenía otros planes, y era obvio que no me incluían a mí.

Star y Jan parecían ajenos a todos los demás en la sala. Emma quedó tan impresionada por todo esto que no podía pensar en nada para decir.

—Oye, espera un minuto —dijo Star, con su voz aguda e intensa—. A mamá no siempre le funcionó bien la cabeza en lo que respecta a los hombres, y sé que miente acerca de algunas cosas, pero la historia que contó siempre sobre mi padre, y de cómo nos abandonó, nunca cambió. Así que no creo que ella me haya mentido.

—Pero tú no entiendes. Yo amaba a Bunny en ese entonces, a pesar de que ella siempre fue terca y un poco difícil de entender. —Jan abandonó su asiento y dio un paso hacia Star—. Quizás yo no era el mejor partido que una chica podría desear, pero tenía un trabajo bien pago, y hubiera dado todo por ti y Bunny. Y quiero que sepas que hice todo lo posible para encontrarlas a las dos. Pero tu mamá, bueno, ella hizo un buen trabajo escondiéndose de mí. Cuando contacté a la madre de Bunny, ni siquiera ella sabía dónde se había ido. —Jan respiró hondo y soltó un gemido—. No puedo creer que estuvimos aquí en la casa de Emma todas estas semanas, y yo no tenía ni idea de que mi propia hija en carne y hueso estaba delante de mí. Todos estos años preguntándome, y ahora, estás aquí. —Él parecía estar asimilando cada detalle de Star, como si la viera por primera vez—. Hasta tienes los ojos del mismo color que los míos, y ahora veo que tienes la nariz de tu madre.

Star retrocedió, como para poner un poco de distancia entre ellos, plantó las manos en las caderas y lo miró con furia.

—¡Deja de mirarme así! En serio, es escalofriante.

Él dio un paso más cerca y se estiró para llegar a tocarle el brazo, pero ella retrocedió aún más.

—¡No me toques! ¡No quiero tener nada que ver contigo!

—Debe ser el destino que los reunió —dijo Pam, como si tratara de calmar a Star. O quizá creyó que estaba presenciando una escena del tipo "vivieron felices para siempre". Bueno, no era así. Emma, sin duda, lo advertía.

—Yo creo que fue la intervención divina —dijo Emma, que por fin encontró su voz y se acercó a colocar la mano sobre el brazo de Star—. Fue el buen Dios que los reunió a ti y a tu padre.

—¡Bueno, me gustaría que no lo hubiera hecho! —dijo Star mientras señalaba a Jan, y añadió—: ¿Sabes qué? Estoy contenta de que no apareciste antes en mi vida, porque si lo hubieras hecho, te habría sacado a patadas. No creo ni por un minuto que mi mamá te dejó. —Star tomó sus cosas y salió corriendo hacia la puerta.

—¡Por favor, no te vayas! —gritó Jan—. ¡Esperé todos estos años para conocer a mi hija, y ahora no quiero perderla!

Star salió dando un portazo.

Jan gimió y se desplomó en una silla, dejando caer la cabeza hacia adelante en las palmas de las manos. Permaneció sentado así durante varios minutos, luego levantó la cabeza y se volvió hacia Emma con una mirada de desconcierto, como si buscara una respuesta... consejo... algo. El dolor en su rostro era innegable.

—¿En qué estaba pensando? —murmuró, sacudiendo la cabeza—. Esto no resultó como yo lo había imaginado si alguna vez encontraba a mi hija. No, esto salió mal. Sí, muy mal.

CAPÍTULO 30

Jan golpeó su rodilla y gruñó:

—¡Lo eché a perder! ¡De verdad lo eché a perder! No tendría que haber soltado la lengua así. Probablemente le di el susto de su vida a esa chica. Peor que eso, no me cree una sola palabra. Creo que me odia.

—¿Estabas diciendo la verdad acerca de que tú no fuiste el que huyó? —preguntó Stuart.

La mandíbula de Jan se puso tiesa.

—Claro que estaba diciendo la verdad. ¡No habría razón para mentir sobre algo tan importante como eso! —Fregó la mano contra el costado de su rostro, mientras reprimía la necesidad imperiosa de chillar como un bebé—. El problema es que no tengo pruebas. Es la palabra de Bunny contra la mía.

—Tal vez ayude si tú mismo hablas con la madre de Star —sugirió Paul—. Podrías recordarle cómo fueron las cosas.

Jan golpeó los dedos contra el borde de la mesa.

—Si creyera que por un momento Bunny fuese a decir la verdad, lo haría. Pero tengo el presentimiento de que seguiría mintiendo acerca de todo lo ocurrido. Además, estoy más que seguro de que después de todos estos años, Bunny probablemente no quiera ver a alguien como yo. —Movió la cabeza lentamente, sintiéndose cada vez peor—. Nunca entendí por qué me odiaba tanto como para largarse con nuestra bebé sin siquiera decirme que se iba o dónde. Pensé que Bunny me amaba y que quería casarse, pero algo debe de haber pasado para que cambiara de opinión. —Jan hacía todo lo posible para controlar sus emociones.

—Yo creo que lo mejor que puedes hacer es esperar a la semana próxima y ver qué tiene para decir Star en ese momento —dijo Ruby Lee.

—No creo que pueda esperar tanto. Además, ¿y si Star no vuelve? Tal vez no quiera volver a verme. —Jan miró hacia Emma y, con tono de súplica, dijo—: ¿Me puede ayudar? Si tiene la dirección de Star, ¿me la podría dar?

Emma sacudió la cabeza.

—No me sentiría bien si te diera esa información sin preguntarle a ella primero. Y, Jan, creo que realmente debes darle tiempo a Star para que revise las cosas. Como dijo Ruby Lee, puedes volver a hablar con ella la próxima semana. Estoy segura de que vendrá.

—Quizá Star hable con su madre y descubra que tú estabas diciendo la verdad —dijo Paul con tono de confianza.

Jan refunfuñó.

—Hombre, no sabes cuánto me gustaría ver que ocurriese eso, pero a menos que hayan cambiado a Bunny, es poco probable que admita que actuó mal.

Emma le dio a Jan una palmadita de consuelo en el brazo.

—Rezaré por ti esta semana, y espero que tú también lo hagas. Trata de recordar que Dios nos acompaña, sin importar qué situación tengamos que enfrentar.

———ᘉᘉ———

Goshen

Star se sentía tan nerviosa cuando llegó a Goshen que le temblaba el cuerpo y apenas podía respirar. Realmente no tendría que haber conducido a ningún lado si se sentía así de alterada, pero quería poner cierta distancia entre ella y Jan. También necesitaba tiempo para calmarse antes de hablar con su mamá, así que decidió detenerse y trotar un poco en el sendero Pumpkinvine.

Mientras corría, las piernas amenazaban con doblarse. Todavía no podía creer que el motociclista corpulento era su papá. Y a medida que pensaba en todo lo que le había dicho Jan acerca de la huida de mamá, su frustración y confusión aumentaban. No sabía si creerle o no. Todas estas semanas había visto a Jan como un buen tipo, al que le gustaban los niños y los perros.

"¿Era todo una pantalla? —se preguntaba—. ¿O Jan ha cambiado su manera de ser de cuando salía con mamá?". Por el momento, Star estaba enfadada con ambos: Con Jan, por abandonarlas cuando ella era un bebé; con su mamá, por negarse a contarle demasiado acerca de su papá o mostrarle fotos de él. Por supuesto, aunque hubiese visto una fotografía de Jan de ese entonces, sin duda había cambiado mucho, así que probablemente no lo habría reconocido. Pero si su mamá le hubiese dicho su nombre, se habría dado cuenta de las cosas mucho antes. Después de todo, ¿cuántos hombres podían llamarse Jan Sweet?

Al detenerse un minuto para recobrar el aliento, Star pateó una mata de maleza al costado del camino con la punta de su tenis y brincó hacia atrás cuando un conejo bebé corrió hacia una mata más alta.

—Ups. Lo siento, pequeñín. No quise asustarte —murmuró, al disfrutar momentáneamente la corta interrupción.

"Todavía no puedo creer que Jan sea mi verdadero papá —pensó Star, mientras comenzaba a correr nuevamente—. Todo el tiempo que estuvo sentado junto a mí en lo de Emma, las conversaciones y la manera

amigable de actuar mientras trabajábamos en nuestros proyectos de acolchados, y nunca tuve un indicio".

Con la decisión de acelerar el paso, Star jadeaba mientras corría con más intensidad. Mientras un hilo de sudor bajaba por la sien y se metía en sus ojos, sabía que no importaba qué tan rápido o intensamente corriese. Lo inesperado, la noticia impactante que había recibido hoy era ineludible. Estaba pensando seriamente en volver hasta lo de Emma y darle a Jan un puñetazo bien merecido. Pero ¿de qué habría de servirle? No cambiaría el pasado, pero ay, sí que la haría sentir mejor.

Con dolor en los costados y casi sin aire, Star supo que no podía correr más, así que se dirigió hacia su auto. Realmente necesitaba ir a casa y hablar con su mamá.

—☙—

Cuando Star entró en casa de la abuela un poco después, el teléfono estaba sonando. Corrió por la cocina y tomó el auricular.

—Hola.

—¿Eres tú, Star?

—Sí, ¿quién habla?

—Emma Yoder. —Hizo una pausa—. Estaba preocupada por ti y quería ver si estabas bien.

—Sí, estoy bien. Nunca mejor —murmuró Star.

—No suenas bien. El tono de tu voz dice que todavía sigues alterada.

El tono tranquilizador de Emma hizo que Star se relajara un poco.

—Yo... yo todavía no puedo creer lo que pasó hoy —dijo ella—. Digo, ¿cuáles son las probabilidades de que Jan Sweet resulte ser mi padre perdido hace mucho tiempo?

—¿Todavía sigues enfadada con él? —preguntó Emma.

—Seguro. ¿Por qué no habría de estarlo? Nos abandonó, Emma. El gran, dulce y amoroso Jan abandonó a su esposa y su bebé. ¿Y se supone que esté bien con eso? —La voz de Star se había vuelto chillona, pero no parecía poder evitarlo. Estaba tan enfadada que hasta podía soltar algún insulto.

—¿Qué dijo tu madre cuando le contaste acerca de Jan?

—Todavía no le conté. Acabo de volver a casa del sendero Pumpkinvine, donde fui a correr para tratar de quitarme las frustraciones.

Otra pausa. Luego Emma dijo:

—Jan quiere hablar contigo, Star, y con tu madre también. Quedó muy angustiado después de que te fuiste y me pidió si podía darle tu dirección o número telefónico.

Star se tomó del borde de la encimera a medida que el miedo se apoderaba de ella como una mordaza. Todavía no estaba lista para hablar con Jan. No hasta haber hablado con su mamá.

—No se lo dio, espero.

—No. Le dije que no podía sin tu permiso.

Star exhaló con alivio.

—Ay, gracias. Se lo agradezco. A mamá le daría una rabieta si Jan apareciera de la nada. De verdad necesito primero hablar con ella acerca de todo esto.

—Espero que todo esté bien cuando lo hagas. Ah, Star, ¿puedo decirte algo más?

—Sí, seguro. ¿Qué, Emma?

—No pienses mal acerca de una persona hasta tener todos los hechos.

—Sí, y yo también planeo tener todos los hechos. Tengo que irme, Emma. No escucho el televisor en la sala, así que creo que mamá debe de estar en su cuarto. Realmente debo hablar con ella ahora.

—Te dejo, entonces. Ah, y recuerda, Star, si necesitas hablar más acerca de esto, solo llámame. A menos que justo esté en la cabina telefónica, accederás a mi correo de voz. Pero te devolveré la llamada apenas reciba tu mensaje.

—Está bien, gracias, Emma. Adiós por ahora.

Star colgó el teléfono y estaba a punto de ir al cuarto de su mamá cuando divisó una nota sobre la mesa de la cocina. La tomó y la leyó en voz alta.

*Mike y yo estamos camino a Fort Wayne para ver a sus padres
y contarles sobre nuestro compromiso. Ya que no trabajo la semana
próxima y Mike tampoco, pensamos quedarnos con sus padres hasta
el jueves o viernes. Así Mike podrá ver el restaurante que planea
comprar. Si todo funciona bien, nos mudaremos a Fort Wayne
enseguida después de la boda.*

*Te iba a contar todo esto esta mañana en el desayuno, pero
saliste disparada y no tuve oportunidad.*

*Hay suficiente comida en el refrigerador, así que no deberías
preocuparte por ir al mercado mientras no estoy.*

Te veré el jueves a la noche o en algún momento del viernes.

Te ama,
Mamá

Las manos de Star temblaban mientras dejaba caer la nota sobre la
mesa. Más allá del hecho de que su mamá se había ido sin decirle, ahora
tenía que esperar varios días para contarle lo de Jan. ¿Y si su mamá y
Mike terminaban mudándose a Fort Wayne? ¿En qué lugar quedaría
Star? ¿Pretenderían que se mudara allí también? ¿Qué pasaría con la
vieja casa de la abuela? ¿Su mamá la vendería? No era justo. Necesitaba
hablar con su mamá inmediatamente. Necesitaba algunas respuestas
acerca de Jan.

—Nunca seré la princesa, abrazada a papá —cantaba Star mientras
se atragantaba con un sollozo ahogado. Hizo una pausa y tragó con
fuerza—. Nunca seré la niña de su vida. Nunca me llevará de la mano;
dulce viñeta. Nunca la respuesta perdida. Dime si me siento conectada;
por qué no puedo ceder el control. Dime si me siento protegida; quién
está orando por mi alma. Dime si me siento bien amada... jamás.

CAPÍTULO 31

Shipshewana

Cuando Jan se subió a la camioneta de Terry el lunes por la mañana, su amigo le preguntó:

—Eh, hombre, ¿cómo estuvo tu fin de semana?

—Bien por un lado, pero no tan bien por otro —dijo Jan mientras sacudía la cabeza—. Nunca vas a creer lo que tengo para contarte.

—¿Qué quieres decir?

Luego de hacer una pausa para encontrar las palabras correctas, Jan se humedeció los labios y dijo:

—Sábado, encontré a mi hija.

—¡Vaya, excelente noticia, hombre! —Terry le golpeó el hombro a Jan—. ¿Dónde la encontraste?

—En lo de Emma Yoder.

Las cejas de Terry subieron de golpe.

—¿Tu hija es amish?

—¿Me vas a escuchar? No es amish. Es una de las mujeres con las que estuve aprendiendo a confeccionar acolchados estas cinco últimas semanas.

—¿Eh?

—Esa chica de la que te hablé, la que se hace llamar Star. Descubrí al final de la clase del último sábado que es mi hija, Beatrice.

Terry soltó un suave silbido.

—¡Me tienes que estar bromeando!

—No, no estoy bromeando. —Jan continuó explicando acerca de la fotografía que Star había mostrado a la clase, cómo él tenía una igual, solo que la de él no tenía su parte arrancada.

—¡Eso es algo importante! —exclamó Terry—. Digo, ¿cuáles son las chances de que la hija que nunca pensaste volver a ver haya estado bajo tu nariz todas estas cinco semanas?

—Cuando me di cuenta, ese mismo pensamiento vino a mi cabeza. Pam lo llamó destino, y Emma dijo que debía de ser intervención divina. —Jan inspiró profundamente—. No estoy seguro de cómo llamarlo, pero seguro fue una sorpresa para ambos, para Star y para mí.

—En verdad estoy feliz por ti, hombre. —Terry le dio otro golpetazo en el brazo a Jan—. Seguro te sientes un gigante luego de reencontrarte con tu hija.

—Estoy contento de que finalmente logré conocerla, pero por desgracia, ella no se siente igual de conocerme a mí.

—¿Cómo es eso?

Jan explicó la mentira que Nancy le había contado a su hija y cómo había reaccionado Star cuando intentó explicarle lo ocurrido.

—No estoy seguro si la volveré a ver —dijo Jan, mientras sacudía la cabeza lentamente—. Emma Yoder me llamó el sábado por la tarde y me dijo que había hablado con Star. Le preguntó si podía darme su número telefónico y dirección, pero Star dijo que no —se quejó con profundidad y rascó el caballete de la nariz—. Me siento mal por todo esto, hombre. Había perdido toda esperanza de encontrar a Beatrice, y ahora que la encontré, no quiere saber nada conmigo.

—Si le das algo de tiempo para que se acostumbre a la idea, estoy seguro de que va a cambiar de opinión.

—Quisiera creer eso, pero tú no viste el rostro de Star cuando me agredió y me llamó un imbécil.

"Y todavía no puedo creer que hubiese pensado en invitarla a salir, mi propia hija, por favor —pensó Jan—. Pero, ¿cómo podía saber quién era Star realmente? ¡Uf! Sí que me alegra no haber cometido ese error".

—Quizás una vez que Star hable con su mamá, Nancy dirá las cosas como son realmente —dijo Terry con una expresión de esperanza—. Piénsalo, es mucho para asimilar para una hija, especialmente en poco tiempo. Diría que es más que mucho.

—Quisiera creer que Bunny le dirá la verdad a Star, pero si me odia como creo que me odia, dudo que admitirá que fue ella quien abandonó nuestra relación y no yo. Incluso después de todos estos años, sospecho que sigo siendo el malo de la película. Probablemente por eso nunca haya intentado encontrarme.

Jan intentaba imaginar cómo se estaría sintiendo Star. Después de todo, descubrir que era su papá y no solo un tipo motociclista que había ido a lo de Emma para aprender a confeccionar acolchados debió de haberle volado la cabeza. ¿Se atrevía a creer que ella podría cambiar de opinión después de analizar las cosas? ¿Se atrevía a esperar que Bunny le diría la verdad a su hija?

—Ve paso a paso y espera a ver qué sucede mañana —dijo Terry—. Eso es lo que están haciendo mis viejos con su relación en este momento.

—¿Cómo se están llevando tus padres? Quise preguntarte pero siempre se me olvidaba —dijo Jan, agradecido por el cambio de tema. Era mejor pensar en otra cosa ahora, en lugar de angustiarse por la traición de Bunny y el rechazo de Star.

—Comenzaron a ver a un consejero matrimonial —dijo Terry—. Va a tomar algo de tiempo y mucho de dar y recibir entre mamá y papá, pero creo que si hacen lo que les dice el consejero, pueden volver su matrimonio a la normalidad.

—Qué bueno. Porque no todos los que van a un consejero terminan en un matrimonio feliz. Seguro que no ayudó a poner fin a las discusiones de esa pareja que toma las clases conmigo, a pesar de que puede ser que no estén haciendo todo lo que les dice el consejero.

Terry gruñó y señaló por la ventana.

—Odio sumarle malas noticias a tu mañana, pero no creo que podamos terminar ningún techo hoy: ha empezado a llover y parece que va a ser un aguacero.

—⁂—

Goshen

Cuando Ruby Lee se despertó, aún luchaba contra la jaqueca que había comenzado el día anterior, y se sorprendió al ver que Gene ya se había levantado. Normalmente, los lunes dormía hasta más tarde porque era su día libre, pero desde que comenzaron los problemas en la iglesia, los hábitos de sueño de Gene habían cambiado. A veces Ruby Lee lo había encontrado a mitad de la noche caminando de un lado al otro. Y algunos días dormía en horas extrañas o por largos períodos.

"¿Cuándo terminará todo esto? —se preguntaba mientras bajaba de la cama y caminaba hacia la ventana—. ¿Mejorarán las cosas? ¿Gene y yo volveremos a tener paz y a sentir alegría? Me siento tan hipócrita, en la iglesia canto canciones de alabanza, sonrío, estrecho las manos de los feligreses y finjo que mi corazón está entero cuando, en realidad, desearía no estar ahí siquiera".

Ruby Lee apretó la nariz contra la ventana, apenas podía ver para afuera debido a la lluvia que caía como una catarata.

—Este clima horrible combina con mi humor —murmuró—. Nada

de jardinería hoy.

Se alejó de la ventana, se puso la bata y salió hacia el corredor, donde sintió el aroma del café recién hecho que la llamaba hacia la cocina. Encontró a Gene sentado a la mesa con la Biblia abierta. Cuando se acercó, él la miró y sonrió.

—Buen día, mi amor.

—Buen día —murmuró ella mientras tomaba un jarro y se servía algo de café.

—¿Cómo te sientes? Anoche dijiste que tenías jaqueca. ¿Ya pasó?

Ruby Lee hizo un gesto de dolor y sacudió la cabeza. El más mínimo movimiento empeoraba la sensación.

—Con suerte estaré mejor una vez que tome algo de café. —Se sentó en una silla frente a Gene, le agregó una cucharada de azúcar a la taza y la revolvió.

—Es una jaqueca por la tensión, ¿verdad? —preguntó él.

—Sí. Empezó ayer justo después de la iglesia. Y este clima horrible tampoco ayuda.

—¿Alguien de la congregación te dijo algo?

—No directamente, pero escuché a un par de esposas de miembros de la junta hablar en el vestíbulo justo antes de que comenzara el servicio. —Frunció el ceño—. Una de ellas, la Sra. Randall, dijo que pensaba que la junta debía pedirte que renunciaras.

Gene asintió lentamente mientras se desplomaban sus hombros.

—Imagino que eso sucederá en la próxima reunión de la junta, si no antes.

—Si lo sabes, entonces ¿por qué no renuncias antes de que te pidan que te vayas?

Él respondió lentamente:

—Ya sabes el porqué, Ruby Lee. El Señor Todopoderoso me

llamó a esta iglesia para que predique a estas personas, incluso a las difíciles. —Se estiró por sobre la mesa y colocó sus manos sobre las de ella—. Dios no quiere que perdamos la fe o que le demos lugar a la desesperanza. Quiere que sigamos orando y que esperemos lo mejor, siempre con confianza en Él.

—Eso es más o menos lo que me dijo Emma Yoder el sábado.

—Bueno, te dio un buen consejo.

—Pero si las personas de nuestra iglesia no te quieren ahí... —Ruby Lee se mordió el labio para evitar largarse a llorar. ¿Qué sentido tenía tratar de convencer a Gene? Ya habían tenido esta discusión tantas veces.

—Tú sabes cuánto he orado por esta situación y buscado la voluntad de Dios —dijo él.

Todo lo que ella pudo hacer fue asentir con la cabeza.

—Bueno, finalmente tomé una decisión. —Gene hizo una pausa y bajó la vista hacia la Biblia.

Ruby Lee contuvo la respiración y esperó que él continuara. "Por favor, Señor. Por favor, que diga que debemos dejar esa iglesia repleta de personas desagradecidas", pensó.

Gene señaló la Biblia y sonrió.

—Mi respuesta estuvo aquí todo el tiempo.

—¿Cuál es?

—"Cumplid mi gozo; que sintáis lo mismo, teniendo el mismo amor, unánimes, sintiendo una misma cosa". Filipenses 2:2 —leyó Gene de la Biblia—. Si la junta de la iglesia se opone a pedir dinero prestado para ampliar la iglesia, entonces yo, como su líder, necesito respetar esa decisión y dejar de presionarlos para que hagan lo que creen que la iglesia no puede afrontar.

—¿Vas a abandonar tu sueño de ampliar la iglesia?

—Así es.

—Pero si no la ampliamos, ¿cómo será posible que crezca la congregación? Digo, los asientos no alcanzan en el santuario los domingos a la mañana.

Él asintió.

—Es cierto, pero hay otras cosas que podemos hacer.

—¿Como qué?

—Podemos tener dos servicios o tal vez abrir una pared y usar la sala que ahora sirve para depósito, lo que permitirá que más personas se sienten.

—¿Entonces no vas a renunciar y buscar otra iglesia? —preguntó ella, aunque ya sabía la respuesta.

—Nop. —Los dientes parejos y blancos de Gene brillaban mientras sonreía—. Me quedaré aquí hasta que el buen Señor me diga.

—¿Y si la junta te pide que te vayas luego de que les comuniques que abandonas los planes de construcción?

—Acataré la decisión.

Ruby Lee soltó un suspiro de resignación. Tenía una corazonada de que una vez que Gene se reuniera con la junta y les contara su decisión, probablemente ya no le pedirían que se fuera. Y si así fuese, por el bien de Gene, continuaría acompañando su ministerio siendo la mejor esposa que pudiese ser. Lo haría porque lo amaba y sabía que era su responsabilidad.

En silencio, inclinó la cabeza hacia adelante y oró: "Dios celestial, sé ciertamente que Tú existes, y Te pido que me perdones por dudar de Tu presencia divina y por perder mi fe en las personas. Sé que Tú nos trajiste a Gene y a mí aquí por una razón y que tienes un plan concreto para nuestras vidas. Gracias por ese plan y por amarme lo suficiente para enviar a Tu Hijo, Jesús, para que muriera por mis pecados. Sin importar qué ocurra en los días venideros, ayúdame a confiar en Ti por sobre todas las cosas".

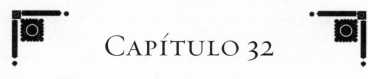

Capítulo 32

Shipshewana

El miércoles temprano por la mañana, Emma tiritaba, parada en el porche, mientras observaba caer la lluvia. Había comenzado a llover el lunes y había continuado durante todo el martes. Y tampoco era una lluvia ligera. Había caído un aguacero, había llenado los desagües con tanta agua que desbordaban continuamente, lo que provocó que los canteros se inundaran y se hicieran charcos en el césped. Junto con la lluvia, habían soplado vientos fuertes, hasta el punto de que Emma temiera que pudiesen romperse algunas ventanas. Pero el viento ya había cedido. Ahora solo faltaba la lluvia.

"La verdad, desearía poder salir de la casa un rato", pensó Emma. Habría disfrutado ir a la charca y sentarse junto al árbol en el que Ivan había tallado sus iniciales. Siempre pensaba mejor allí, y con todo lo que había tenido en mente esta semana, tenía mucho en qué pensar y por lo que orar. Si la lluvia cediera más tarde, tal vez podría ir a la charca. Esperaba que así fuese, porque no le gustaba quedarse encerrada en la casa durante mucho tiempo.

—m—

Emma se sintió aliviada cuando dejó de llover poco después del mediodía. El aire fresco se sentía bien, y ya estaba lista para salir un rato. Así que amarró su caballo al carro abierto y se dirigió hacia la charca para disfrutar del árbol especial que tenían con Ivan.

Emma no sabía por qué hoy tenía tanta necesidad de ir allí. ¿Podría ser porque había soñado con él la noche anterior y esta mañana se había despertado pensando en él?

—Oh, Dios, gracias por toda la belleza que Tú creaste —murmuró Emma mientras apreciaba el hermoso cielo azul. Hasta las nubes blancas y esponjosas que habían creado formas inusuales eran asombrosas.

Las aves cantaban un coro de notas alegres desde los árboles que cercaban el camino, y el caballo de Emma levantó la cabeza como si oliera el aire fresco y lo disfrutara. Hasta las criaturas de Dios se sentían felices luego de la lluvia. Emma amaba cuán limpio parecía y olía todo luego de una buena lluvia y no le importaba si le salpicaba alguna gota sobre el regazo, cuando caían de las ramas de los árboles.

No sabía hacia dónde mirar. Un resplandor anaranjado la guió mientras admiraba un manojo de lirios atigrados que crecían al borde del bosque. Se sentía tan agradecida por la creación de Dios.

Poco después, Emma guió su carro hacia el camino que llevaba a la charca. Sabía que había estado lloviendo fuerte los últimos días, pero no esperaba ver tanta agua por todos lados. Le pareció gracioso ver una familia de azulejos mientras chapoteaban y se bañaban en uno de los charcos. Hasta parecía como si la charca había crecido al doble de su tamaño. Al parecer, el suelo ya no podía absorber más agua.

Al buscar un área que no estuviese cubierta de agua, Emma finalmente encontró un árbol donde podía amarrar su caballo. Luego, mientras esquivaba un charco tras otro, logró bajar por el camino que la llevaba hasta el árbol especial de Ivan y ella.

Cuando se acercó al lugar donde había estado durante tantos años,

Emma se quedó sin aliento.

—¡Ay, de mí! ¿Qué sucedió aquí? —El hermoso árbol había sido arrancado de raíz, sin duda por el viento y la lluvia. Estaba tumbado cruzando el camino, rodeado de lodo y hojas, ya sin vida.

Emma se quedó mirándolo fijo, con dolor en el corazón. "¿Cuánto hace que nuestro árbol está caído? —se preguntó—. Si tan solo hubiese venido antes, pero ¿cómo, si me sentía tan mal durante mi brote de culebrilla?".

Se entristeció al saber que no habría más oportunidades de volver allí a pensar y orar mientras contemplaba las iniciales que, con tanto amor, había tallado Ivan en el tronco del árbol. Emma sabía que era tonto, pero sentía que podía echarse a llorar por un recuerdo tan especial que le había sido arrebatado. Deseó ser una artista, así de memoria podía hacer un bosquejo de la escena y preservar la imagen de lo que alguna vez había sido tan especial para ella y para Ivan.

Lentamente, caminó hacia el árbol caído, con las lágrimas que le nublaban la visión mientras observaba las hermosas iniciales que ahora miraban hacia el cielo. Al recorrer los dedos por la corteza tallada, Emma recordó una vez más la bondad que la había atraído hacia Ivan tantos años atrás. A este lugar que les había brindado tantos recuerdos maravillosos, aunque sencillos, ahora le faltaría una pieza de su pasado.

Emma cerró los ojos antes de irse, tratando de conservar una imagen de las iniciales en su mente. Sabía que una vez que hubiese pasado el tiempo, volvería allí, porque era el *lugar* el que conservaba esos recuerdos especiales, no solo el *árbol*. Por ahora, sin embargo, tendría que asimilar que el árbol no estaría más allí, y que este lugar cambiaría para siempre.

Cuando el tiempo mejore y todo se seque, es probable que alguien vaya y corte el árbol para hacer leña. "Bueno, al menos tendrá un buen uso, a pesar de que nuestras iniciales ya no estarán", se dijo a sí misma, tratando de mantener sus pensamientos positivos.

Al dar una mirada final, Emma notó unos iris salvajes que habían estado próximos al lugar donde el árbol había sido arrancado. Como los bulbos estaban expuestos, decidió llevar algunos a casa y plantarlos en uno de los canteros. Si sobrevivían, su jardín de flores conservaría otro recuerdo de algo muy querido.

Mientras tragaba el nudo que se le había formado en la garganta y luchaba contra más lágrimas de desesperanza, Emma se dio la vuelta y regresó lentamente por el camino. Todo lo que quería hacer era ir a casa, donde podía ocupar sus pensamientos en el trabajo que necesitaba hacer. Sabía por experiencia que mantenerse ocupada era el mejor remedio para la autocompasión.

—⚋—

Mishawaka

Todo estaba calmo esa noche cuando Stuart salió hasta la plataforma que mira hacia el jardín trasero. A continuación de la lluvia fresca, el clima se había vuelto húmedo y más cálido que lo normal, especialmente para principios de junio. Pronto llegaría el verano, con su clima aún más caluroso y húmedo. Así que esto era simplemente una muestra de lo que iba a venir.

Los árboles altos que rodeaban el jardín hacían sombra en gran parte del césped, pero desde la plataforma, las ramas frondosas no oscurecían la hermosa vista que tenían del cielo. Cuántas veces él y Pam habían hablado acerca de sentarse allí afuera en alguna tarde fresca de otoño o noche cálida de primavera, para observar las estrellas mientras bebían chocolate caliente y comían algún postre. En cierta forma, esos planes siempre quedaron en segundo plano, y nunca encontraron el momento de concretarlos.

Esta era una de esas veces en las que las estrellas parecían tan cerca, casi al alcance de la mano. Las luciérnagas también hacían lo suyo. La luz intermitente que emitían entre la tierra y el cielo parecía entremezclarse con las estrellas.

"Qué pena que Pam no está aquí afuera disfrutando de todo esto conmigo —pensó con tristeza—. Pero no, prefiere enfadarse y no hablarme. No veo cómo es que piensa que vamos a arreglar nuestros problemas matrimoniales así. Para alguien que se queja porque no pasamos tiempo juntos, tiene una forma graciosa de demostrar que quiere estar conmigo. No debe de haber escuchado lo que dijo Emma el sábado pasado acerca del matrimonio. Tal vez no le importa si recuperamos nuestro matrimonio o no. Creo que necesito seguir adelante y concentrarme en algo positivo".

Mientras Stuart continuaba observando el despliegue de luces, pensó en lo bien que había resultado la noche con Devin y Sherry. Después de cenar les había prometido que jugarían a lanzarse un Frisbee, y luego, cuando el sol comenzó a ponerse, él y los niños caminaron por el vecindario mientras Pam lavaba los platos. La había invitado a que fuera con ellos, pero ella se había negado. ¿Era porque todavía estaba enfadada por querer llevar a Devin de pesca? Bueno, tendría que superarlo y alegrarse de que quisiera pasar tiempo con su hijo.

Al volver sus pensamientos nuevamente al paseo que había dado junto con los niños, Stuart pensó acerca del vecindario en el que vivían y cuán agradable y amplio era, con grandes jardines entre las casas. Mientras él y los niños habían caminado por las calles, las luces exteriores de las casas de los vecinos brillaban como invitándolos a pasar. Hubo algunos "Hola, ¿qué tal?" con quienes estaban sentados en los porches o en las mesas de exterior. Uno de los vecinos había saludado mientras enrollaba la manguera que había quedado en el jardín antes de la tormenta. A pesar de que la mayoría eran casi extraños, se trataba de un lugar amigable. Stuart y Pam lo habían podido verificar varias veces en las que hubo emergencias en el vecindario. Todos dejarían lo que estuviesen haciendo para dar una mano donde fuese necesario, y saber que podían contar con los demás los hacía sentir seguros.

Al volver a casa después del paseo, Stuart había pensado en asar malvaviscos, pero ya se acercaba la hora de dormir de los niños. Para sorpresa de Stuart, Sherry y Devin habían cooperado cuando Pam dijo que era hora de darse un baño. Su nivel de energía era más intenso desde que habían terminado el año escolar. Pero a medida que se acercaba la hora de dormir, él podía ver que, de a poco, se iban relajando. Después de darles los besos de buenas noches, los niños se habían ido arriba a sus cuartos. Sin duda, en poco tiempo quedarían rendidos entre sueños de verano.

Mientras acercaba una silla y tomaba asiento, Stuart pensaba en que, cuando había sacado el tema de acampar la semana pasada, no había esperado que Pam se enfadara tanto, y todavía no podía entender por qué no le gustaba acampar en una tienda.

Acampar era lo único que conocía Stuart, y creía que era divertido vivir en la naturaleza por unos pocos días. Todos los veranos, cuando era niño, sus padres lo habían llevado a él y a su hermano menor, Arnie, a acampar y, generalmente, iban a algún parque diferente cada año. Qué aventura que había sido y, como la mayoría de los niños, siempre había esperado el viaje de campamento en familia del año siguiente. El amor de Stuart por acampar crecía cada vez, a pesar de que uno de los viajes podría haberse proclamado como desastroso.

Stuart sacudió la cabeza y sonrió al recordar ese año, en el que llegaron al Mohican State Park mucho más tarde de lo planeado porque su papá había tomado la salida equivocada y se habían perdido. Cuando finalmente llegaron al lugar, era cerca de medianoche, así que sus padres solo tuvieron tiempo de colocar las estacas principales para sostener la tienda. Habían decidido improvisar el sobretecho hasta la mañana siguiente, mientras Arnie y Stuart juntaban madera para la fogata.

Por desgracia, a la noche se desató una tormenta horrible, con fuertes vientos, lluvia torrencial y muchos relámpagos que iluminaban el cielo. En ese momento no fue divertido, y todos habían estado bastante asustados, pero luego se transformó en una buena historia, al contarles a todos cómo no se habían dado cuenta de que el sobretecho se había llenado de agua. Durante la tormenta, mamá y papá habían estado más preocupados por los relámpagos. El agua embolsada era tan pesada para el sobretecho que estaba extendido de manera provisoria, que el alero cedió e inundó toda la tienda.

Stuart se rió con ganas al recordar cuán mojados habían recibido la mañana. Por suerte, estaba soleado al día siguiente, así que pudieron dejar secar los sacos de dormir y la ropa mojada en un tendedero improvisado.

"Ay mi madre —no podía evitar pensar—. Con solo imaginar a Pam en algo así. ¡Casi puedo oírla chillar!".

Pensando en Pam, dejó que su mente fuera hacia algo que le había dicho la semana pasado. Le había conmocionado saber que la infancia de Pam no había sido color de rosa como había pensado, y que se había sentido molesta con su padre. Tal vez mañana podría intentar descubrir algo más, si es que ella quería hablar.

Cuando Stuart se levantó y caminó hacia la baranda del porche, alcanzó a ver una estrella fugaz y la observó hasta que desapareció lentamente de su vista.

—Desearía que Pam hubiese estado aquí para ver eso —murmuró.

Algo cansado, se dio vuelta y estaba a punto de entrar a la casa para asegurarse de que todas las luces estuvieran apagadas antes de ir a la cama cuando sonó su celular. Vio en la pantalla que se trataba de un empleado del trabajo y pensó que lo mejor era tomar la llamada.

—⁂—

Luego de llevar a los niños a la cama, Pam sintió la necesidad de tomar aire fresco y decidió acompañar a Stuart en el porche. Tal vez si pasaran algunos minutos solos, disfrutando la brisa fresca que solía levantarse en las noches sofocantes, podrían comunicarse sin terminar en una pelea.

Al menos valía la pena el intento.

Pam se había alegrado cuando Stuart dijo que quería salir a caminar por el vecindario con Sherry y Devin. Se había sentido tentada de acompañarlos, pero pensó que sería bueno que él pasara algo de tiempo solo con los niños. Además, necesitaba una oportunidad para meditar sobre las cosas que Emma había dicho en la última clase de confección de acolchados. Pam sabía que solo había visto lo negativo y que no apreciaba todo lo bueno que tenía.

"Emma tenía razón —pensó Pam—. Si no me hubiese casado con Stuart, no habríamos tenido la dicha de criar a dos niños muy especiales".

Pam estaba a punto de abrir la puerta mosquitero cuando escuchó a Stuart hablando con alguien. ¿Se había acercado alguno de los vecinos? Era bastante tarde para eso.

Espió por el mosquitero y vio a Stuart cerca de la baranda del porche con el celular en la oreja. Curiosa por saber quién era, se quedó a un lado escuchando en silencio.

—Sí, no está bien, y sé qué es necesario hacer —dijo Stuart al teléfono—. Voy a llamar a un abogado a primera hora de la mañana. No le encuentro otra alternativa.

Con el corazón a toda velocidad, Pam se alejó de la puerta y atravesó el vestíbulo hasta su habitación. Sabía que las cosas entre ella y Stuart no habían mejorado mucho y le había preocupado que Stuart pudiera dejarla, pero no había esperado que fuese tan pronto, o que tuviese que enterarse de ese modo. ¿Sería de ayuda si le dijera a Stuart lo que había escuchado y le rogara que reconsiderase? ¿O mejor no pelear, simplemente acordar un divorcio amistoso? Después de todo, incluso con las sesiones con la consejera, su matrimonio no había mejorado.

—Ay, no —gimió, casi ahogándose con el sollozo que le subía por la garganta—, si nos separamos, ¿cómo afectará a los niños?

CAPÍTULO 33

Goshen

Mientras Star comía un sándwich de jamón sentada a la mesa de la cocina el viernes por la noche, la invadió una sensación de enojo. Su mamá todavía no había vuelto, y ni siquiera se había molestado en llamar. Star tampoco tenía el número de los padres de Mike, y como su mamá no tenía celular y Star no conocía el número de celular de Mike, todo lo que podía hacer era sentarse aquí.

"¿Cómo podía ser tan desconsiderada? —Star golpeó los dedos contra el borde la mesa—. Solo espero que llegue para poder contarle acerca de Jan. Quiero escuchar qué tiene para decir de todo esto. Mejor aún, no puedo esperar para ver su expresión cuando escuche las grandes novedades. Apuesto que estará tan aturdida como yo al saber que su ex, mi papá, ha estado yendo a las clases de confección de acolchados de Emma conmigo las últimas cinco semanas. —Se estremeció—. Y pensar que hasta me imaginé cómo sería si me invitara a salir. Ay, por favor... Si Jan se hubiese interesado en mí, ¡habría terminado saliendo con mi propio padre!".

Sintiéndose a punto de tener náuseas, Star dejó de lado su sándwich y se levantó. Estaba por despejar la mesa cuando oyó que se abría la puerta trasera y que entraban su mamá y Mike. "¡Ah, genial! Ahora no puedo decirle nada a mamá sobre Jan hasta que el Sr. Maravilla se vaya", pensó.

—¿Dónde has estado, mamá? —preguntó Star, con la sensación de estar perdiendo la paciencia—. Ya estaba pensando que no volverías.

Su mamá se rió como una colegiala tonta y le dio un abrazo a Star.

—Te dije que volvería el jueves o viernes.

—Sí, pero esperaba que fuera antes, porque de verdad necesitaba hablar contigo acerca...

—Tu mamá y yo estuvimos ocupados toda la semana, vimos algunos condominios y revisamos los detalles de mi nuevo restaurante —dijo Mike, cortando a Star en mitad de la frase.

—Bueno, al menos podrías haber llamado —dijo Star entre dientes, incapaz de ocultar su enfado.

—Disculpa —dijo su mamá—, pero estuvimos tan ocupados que perdí la noción del tiempo. —Miró a Mike con una sonrisa cariñosa que hizo que Star sintiera aún más náuseas—. Estamos muy entusiasmados por su nuevo negocio.

—Así es —coincidió Mike—. Tendré que hacer algunas refacciones al edificio que compré, pero estará listo para su apertura a principios del otoño, justo después de que tu mamá y yo hayamos vuelto de nuestra luna de miel.

—¿A dónde van? —preguntó Star.

Los ojos de su mamá se iluminaron como las luces de un árbol de Navidad.

—Mike me llevará a Hawái. ¿No es genial?

Star asintió con la cabeza, mientras le causaba fastidio el tono alegre de su mamá. Sabía que no estaba bien sentirse así, pero le enfermaba ver lo felices que parecían su mamá y Mike. Él permanecía cerca de su mamá con el brazo alrededor de la cintura de ella y una sonrisa tonta que se extendía de oreja a oreja.

—Después de nuestro viaje a Hawái, tu mamá y yo nos mudaremos a Fort Wayne —dijo Mike.

Así que su mamá recibiría un viaje a Hawái. Bien por ella. Había dicho muchas veces que siempre había querido ir allí. Star se imaginó que nunca hubiese podido ir a Hawái, o a cualquier lugar interesante. Bueno, al menos no habían dicho nada acerca de que ella se mudaría a Fort Wayne con su mamá y Mike. Eso era algo bueno. Tendría que buscar un apartamento, porque la abuela le había dejado esta casa a su mamá, y probablemente ella querría venderla y usar el dinero para ayudar a comprar el condominio para ella y Mike en Fort Wayne. Star iba a extrañar esta vieja casa cuando se mudase, pero al menos no tendría que vivir con Mike y con su mamá, y verlos hablarse con efusividad, mientras Mike, creyendo ser su padre, le decía qué hacer y qué no. ¡Viviría en una caja de cartón en la calle antes de soportar eso!

—Bueno, Nancy, creo que me voy a casa y las dejo conversar. —Mike inclinó la cabeza y le dio un beso ruidoso—. Te veo mañana, cariño.

Star se rascó el cuello y alejó la mirada con desagrado. Esperaba que Mike fuese sincero y que realmente amara a su mamá, pero si resultaba como cualquiera de los otros hombres con los que había estado, a Star no la asombraría.

—Hay algo que necesito contarte —le dijo Star a su mamá luego de que Mike se fue.

—¿Puede esperar hasta mañana? —Su mamá bostezó y estiró los brazos por sobre la cabeza—. Ha sido un día largo, y estoy muy cansada, así que me gustaría tomar un baño e ir a la cama.

Star sacudió la cabeza con determinación.

—No, mamá, no puede esperar. Esto es importante y necesitamos hablar ahora.

—Está bien, pero que sea rápido. Como dije, estoy muy cansada. —Se sentó a la mesa, y Star hizo lo mismo.

—Conocí a mi papá el sábado pasado —dijo de golpe.

—Mmm... ¿qué dijiste? —preguntó su mamá mientras se quitaba una pelusa del frente de la blusa.

—Dije que conocí a mi papá el sábado pasado.

Su mamá movió la cabeza.

—¿Eh? ¿Qué dijiste?

Star lanzó un gruñido exasperado y repitió lo que había dicho por tercera vez.

—Tú... ¿tú conociste a tu papá?

—Sí... Jan Sweet.

Su mamá saltó como si le hubiera dado un rayo.

—¡Ay mi madre! ¡Esto no es lo que necesitaba escuchar hoy! —Se inclinó hacia adelante y miró a Star fijamente, con el sudor que le corría por la frente—. ¿Has estado buscándolo a mis espaldas? Lo encontraste y organizaste un encuentro el sábado pasado... ¿es eso lo que ocurrió?

Star sacudió la cabeza.

—No, nosotros...

—Bueno entonces, ¿cómo? ¿Dónde conociste a Jan exactamente, y qué te hace pensar que es tu papá?

Star explicó rápidamente cómo se había revelado la identidad de Jan el sábado pasado y para finalizar dijo:

—No puedo creer que estuve sentada allí, en la sala de costura de Emma todo el tiempo, sin saber que mi papá estaba tomando la clase conmigo. —gimió y sacudió la cabeza lentamente—. Creo que tenemos cierta clase de conexión, mamá. Hasta el sábado pasado, cuando descubrí quién era, me gustaba el tipo, y parecíamos almas gemelas. —Star no mencionó sus pensamientos acerca de la posibilidad de que Jan la invitara a salir. Quería olvidar que alguna vez tuvo esa idea tonta.

—No puedo creer que Jan viva tan cerca de nosotras. Si hubiese tenido alguna idea de que vivía en la zona, no me hubiese mudado aquí a Goshen.

Star se puso tensa.

—¿Estás diciendo que si hubieras sabido que Jan vivía en Shipshewana, no habrías venido a ayudar a la abuela cuando estuvo enferma?

Su mamá se retorció en la silla.

—Bueno, yo...

—¿Tenías tanto miedo de volver a verlo?

Su mamá asintió.

—Todos estos años he temido que te encontrara.

—Ay, por favor, mamá, ¿de verdad Jan era tan mal tipo? Porque, para ser honesta, no lo parece ahora.

—Bueno... mmm... era motociclista y demasiado salvaje.

—¿La abuela sabía de Jan?

—Lo conoció cuando todos vivíamos en Chicago, pero cuando ella se mudó a Indiana unos años después de que Jan y yo nos separamos, no creo que volviese a tener contacto con él. Y estoy segura de que no tenía idea que vivía cerca, porque de ser así, me lo hubiera dicho. —Las mejillas de su mamá se enrojecieron—. ¿Jan te... eh... dijo algo acerca de mí? —preguntó con un tono de voz más alto que lo normal.

—Sí, tenía mucho para decir.

—¿Como qué?

—Dijo que tu apodo era Bunny. De hecho, lo tiene tatuado en el brazo derecho. ¿Es cierto, mamá? ¿Jan te llamaba Bunny?

Su mamá asintió lentamente.

—¿Cómo puede ser que nunca me hayas contado acerca de tu apodo? Creo que tendrías que haberlo hecho ya que yo cambié mi nombre de Beatrice a Star.

—No creí que fuese importante, y como Jan era el único que me llamaba Bunny...

—Jan dijo que no nos abandonó —dijo Star, interrumpiendo a su mamá—. Dijo que fuiste tú quien se fue y que había tratado de encontrarnos sin éxito. —Star miró a su madre a los ojos—. No es verdad, ¿no, mamá? Jan estaba mintiendo acerca de eso, ¿no?

Su mamá permaneció sentada y mirando la mesa fijamente por una eternidad. Luego, con los ojos llenos de lágrimas, finalmente susurró:

—No, Star, tu papá te estaba diciendo la verdad. Te mentí al respecto. Yo me fui, no él.

Star gimió y se inclinó hacia adelante, hasta que la frente quedó apoyada sobre la mesa.

—¿Por qué, mamá? —preguntó, a punto de ahogarse con las palabras—. ¿Por qué dejaste a Jan, y cómo puede ser que me mintieras y me dijeras que había sido él quien nos abandonó?

—Bueno, yo...

Star levantó la cabeza y pudo ver que su mamá estaba visiblemente alterada.

—Todos estos años he pensado cuán imbécil debía de ser para abandonarnos así. Y ahora, después de tanto tiempo, ¿me dices otra cosa? ¿Mentir es lo que haces mejor? —El tono de Star era agresivo, pero no le importaba. Su mamá la había decepcionado muchas veces en el pasado, pero nunca más que ahora.

Su mamá alejó la silla de la mesa y fue hasta el fregadero a buscar un vaso con agua. Después de beberlo, regresó a la mesa y se sentó en la silla con un chillido patético.

—Jan y yo viajábamos junto con un club de motociclistas, pero él lo tomó más seriamente que yo. Quería viajar casi todos los fines de semana, lo cual estaba bien para mí al principio. —La mamá de Star movía la mano de un lado a otro, como si quisiera resaltar su posición—. Incluso después de que quedé embarazada de ti, acompañé a Jan en algunos viajes cortos. Pero una vez que naciste, me di cuenta de que era momento de sentar cabeza y crear un hogar para mi bebé.

—Jan dijo que quería casarse contigo y darnos una casa a las dos —dijo Star.

—¡Bah! Eso es lo que me dijo a mí también, pero era salvaje y libre, no el tipo de hombre que sienta cabeza. Al menos eso pensaba yo entonces. —Tomó aire profundamente y lo soltó con un largo suspiro—.

Honestamente, Star, para cuando tú naciste, Jan ya no me interesaba. Había sido divertido mientras duró, pero estaba cansada de los amigos motociclistas y harta de recorrer millas y millas en la parte trasera de una estúpida motocicleta.

Star escuchaba con interés mientras su mamá continuaba.

—Hasta los fines de semana en los que Jan decidía quedarse en casa conmigo aparecía alguno de la pandilla. —Tomó a Star del brazo y agregó—: ¿No te das cuenta? Solo quería algo de paz y tranquilidad en mi vida. También quería eso para ti, pero no creía que podía lograrlo si me quedaba con Jan. Así que me fui sin decirle a nadie dónde me iba, ni siquiera a mi mamá. No tuve contacto con ella hasta dos años después, una vez que se mudó de Chicago y supe que Jan estaba fuera de la escena.

Star permaneció sentada un tiempo para asimilar todo lo que su mamá le había dicho. Era mucho para entender, y entre todo lo que le habían contado Jan y su mamá, tenía mucho en qué pensar.

—¿Y cuál es la razón por la que me hiciste creer que mi papá nos había abandonado? —preguntó—. ¿Por qué no pudiste ser honesta y decirme que tú habías huido de él?

Se derramaron algunas lágrimas de los ojos de su mamá y cayeron sobre sus mejillas color carmesí.

—Yo... yo no quería que pensaras mal de mí por alejarte de tu papá.

—Ah, ¿entonces preferiste que pensara mal de él?

Su mamá asintió lentamente.

—Yo soy quien te tenía que criar, así que...

—¿*Tenía* que criar? —La voz de Star subía mientras apretaba los dedos—. ¿Como si criarme fuese una carga pesada en lugar de felicidad? ¿No es así como debería ser?

—No lo veía como una carga, en verdad. Quiero decir, era duro estar sola y todo eso, pero te amaba y quería tu respeto, así que no podía decirte que yo dejé a tu papá.

—Como si alguna vez te preocupara tener mi respeto —masculló Star, aún más confundida y molesta.

—¿Qué se supone que significa eso?

Ya que Star había empezado a contarle a su mamá cómo se sentía, pensó que también podría decirle todo lo que tenía en mente.

—Significa que, a excepción de la abuela, nunca me sentí amada. Siempre parecías preocuparte más por el novio de turno que por mí.

—Eso no es cierto, Star. Trabajé mucho para darte todo lo que necesitabas.

—Darle a una persona lo que crees que necesita no es lo mismo que hacerla sentir amada y bien consigo misma. —Los nudillos de Star se volvieron blancos mientras apretaba aún más los dedos—. Nunca me has alentado para que cantara o escribiera canciones; nunca me has dicho que era bonita o lista; y cada vez que venías a casa con algún novio asqueroso, nunca te importó si me gustaba o no.

—Yo... supongo que tienes razón en eso, y por desgracia, la mayoría eran perdedores. No tomé buenas decisiones. —Los labios de su mamá temblaban mientras hablaba—. Pero creo que finalmente encontré al indicado esta vez. Mike de verdad se preocupa por mí, y quiere darme buenas cosas.

—Sí, *a ti*, mamá... no a mí. Mike no quiere otra cosa que hacerme pasar un mal rato.

—Ah, vamos, Star. Sabes que eso no es cierto.

—¿No lo es? Todo lo que ha hecho fue criticar mi ropa, mi música y todo lo que se le cruce por la cabeza. Nunca jamás ha dicho algo agradable sobre mí.

—Hablaré con Mike acerca de eso. Si se disculpa, ¿estará bien para ti?

—Una disculpa estaría bien si es de corazón, pero como tú y Mike se mudarán a Fort Wayne y yo buscaré un apartamento aquí, no tendré que estar mucho con él, así que no me importa demasiado si se disculpa o no.

Su mamá permaneció sentada en silencio, rascando una mancha en la mesa de la cocina.

—Así que ahora ya sé por qué mentiste acerca de la huida de mi papá —dijo Star, llevando la conversación nuevamente hacia Jan—. Lo que no sé es por qué no querías que viera fotografías de él o que supiera su nombre.

—No quería que hicieras más preguntas acerca de Jan. Peor aún, me preocupaba que quisieras buscarlo.

—¿Hubiese sido tan terrible? ¿No pensaste que tenía el derecho de conocer a mi propio papá?

Más lágrimas cayeron sobre el rostro de su mamá, y ella buscó un pañuelo para secarlas.

—Yo... tenía miedo de que si alguna vez conocías a tu papá te gustase más que yo. Tenía miedo de que te volviera en mi contra y que intentara llevarte.

—He llegado a conocer bastante bien a Jan durante las últimas semanas, y siempre pareció bueno conmigo. Incluso después de contarme acerca de ti y de él y cómo se separaron, no dijo nada malo de ti, aunque estoy segura de que podría haberlo hecho. —Star hizo una pausa e inspiró profundamente, con la esperanza de calmarse un poco—. Ahora veo que Jan estaba tratando de decirme la verdad. ¡Y terminé llamándolo un mentiroso y un imbécil por habernos abandonado! Probablemente nunca me perdone por eso.

—Lo siento mucho, Star, y espero que algún día puedas perdonarme —dijo su mamá con lágrimas.

Star, incapaz de aceptar las disculpas de su madre, cerró el puño con fuerza sobre la mesa, haciendo sonar entre sí el salero y el pimentero.

—¿Sabes una cosa? Esto es tan ridículo, como una de esas novelas que ves en televisión. Nunca conocí a mi papá, mi mamá me ha estado mintiendo todos estos años, llamé mentiroso a mi papá cuando me contó la verdad, y ahora voy a tener que soportar a otro padrastro que apenas tolero. —Star se paró tan de prisa que la silla se desplomó—. ¿Sabes qué es lo gracioso de todo esto? —agregó con sorna—. De golpe me llamas Star. ¿Lo haces para convencerme?

—No, yo...

—Vaya, te lo digo... ¡mi vida apesta! —Las paredes de la casa vibraron cuando Star corrió hasta su habitación y dio un portazo.

—∿—

Shipshewana

Exhausto luego de otra semana de mucho trabajo, Jan se metió en la cama y se desplomó sobre las almohadas. Agradecía las largas horas de labor. Lo mantenían bien ocupado como para pensar en la mentira que Bunny le había dicho a Star. Pero cuando cerró los ojos, los recuerdos de Bunny y cómo eran las cosas entre ellos se le vinieron encima como una pila de tejas.

La mente de Jan lo llevó al día en que Bunny le había contado que estaba embarazada. Al principio se había sentido conmocionado, pero luego de que el atontamiento desapareció, estaba entusiasmado con la idea de ser padre. Como había sido hijo único, siempre había deseado tener un hermano o hermana. Ahora tendría un hijo o hija a quien comprarle juguetes, y cuando fuese más grande, podrían andar juntos por ahí. Estaba ansioso por cargar a su bebé y salir juntos como una familia. Cuando fuese aún mayor, Jan le enseñaría a montar una motocicleta, y los tres podrían salir de viaje juntos. Un viaje a Disney World u otro parque de diversiones sería entretenido. Jan podía imaginar cómo sería tener a su propio hijo de carne y hueso sentado junto a él en algún juego alocado, en el que podrían reír y gritar como locos. Se imaginó que Bunny también lo disfrutaría.

—Pero nada de eso ocurrió —murmuró Jan, y su mente volvió repentinamente al presente. Gracias a que Bunny había huido, le habían robado la posibilidad de conocer y pasar tiempo con su hija todos estos años. Y gracias a Bunny, estaba seguro de que Star lo odiaba.

Gimió. "¿Qué debería hacer con esto? Si mi hija no aparece mañana en lo de Emma, ¿debería insistirle a Emma para que me de la dirección y número telefónico de Star? ¿O sería mejor que me olvidara de todo y no aparecer por allí? Tal vez sería mejor para todos los involucrados si me borrara del mapa", pensó Jan.

CAPÍTULO 34

Emma acababa de terminar de lavar los platos de la cena cuando alguien tocó a la puerta trasera. Curiosa por ver quién era, secó sus manos en una toalla y salió disparada de la cocina.

Emma se sorprendió cuando abrió la puerta y descubrió a Lamar en el porche.

—Buenas noches, Emma —dijo él con la sonrisa amigable de siempre.

—Buenas noches —respondió Emma.

—Tengo algo para ti en mi carro.

—¿De qué se trata? —preguntó ella, mientras miraba con curiosidad hacia el carro.

Lamar hizo un gesto con el dedo.

—Ven a ver, acompáñame.

Emma salió hacia el porche, algo confundida, y siguió a Lamar por el jardín. Cuando llegaron al carro, él se acercó a la parte trasera y corrió la lona.

Emma contuvo el aliento al ver una pequeña mesa de madera y una imagen que creía perdida para siempre apareció frente a sus ojos, hecha con belleza y preservada para siempre.

—Mira aquí —dijo Lamar, señalando la parte superior de la mesa—. Son tus iniciales que habían sido talladas en ese árbol junto a la charca.

A Emma se le cerró la garganta mientras lidiaba con un remolino de emociones.

—¿Pero cómo? Quiero decir... —Casi se ahoga y fue incapaz de decir el resto de la frase.

—Yo sabía acerca de la existencia del árbol en el que tu difunto esposo había tallado las iniciales porque Mary me lo contó. Y cuando tú y yo nos encontramos en la charca hace unas semanas, recordé que dijiste que ibas allí a veces para pensar y orar.

Emma hizo un lento gesto de aprobación.

—Estuve allí hace algunos días y encontré que el árbol había sido arrancado de raíz por la tormenta. Supuse que alguien lo usaría como leña, pero me entristecía saber que las iniciales de Ivan y las mías iban a ser destruidas. Era uno de los dulces recuerdos que tengo de él.

—Comprendo cómo es. Cuando miro el bonito acolchado en mi cama que hizo mi esposa, me ayuda a mantener vivo su recuerdo aquí. —Lamar puso la mano sobre el pecho.

—¿Y cómo apareció esta hermosa mesa? —preguntó Emma.

—Bueno, verás, cuando pasé por la charca hace unos días para ver si se había inundado, anduve por el camino y descubrí que tu árbol especial había sido arrancado de raíz. Como me imaginé que sin dudas lo ibas a extrañar, corté la parte que tenía tus iniciales talladas e hice la tabla de la mesa con esa sección. Luego le agregué unas patas que ya tenía hechas.

—Gracias —dijo Emma, mientras contenía las lágrimas—. ¿Cuánto te debo por esta bonita mesa?

Lamar sacudió la cabeza.

—Ni un solo centavo. La hice para demostrarte cuánto me importas, y solo ver tu reacción es todo el pago que necesito.

—Bueno, realmente te lo agradezco.

—¿Te la alcanzo hasta tu casa? —preguntó él.

—Sí, por favor.

Lamar tomó la mesa del carro, y Emma lo siguió hasta la casa. Estaba comenzando a ver a Lamar con otros ojos, y algunas de las barreras detrás de las que se había estado escondiendo comenzaron a caer. Mirando hacia atrás, todo lo relacionado con Lamar comenzaba a aclararse. Todo lo que él había hecho fue mostrarle amabilidad, y ella solo se había resistido. Tal vez si él continuara en busca de una relación con ella, hasta consideraría permitirle que la cortejara.

—¿Y cómo te fue en tu clase de confección de acolchados el sábado pasado? —preguntó Lamar mientras caminaban por la hierba.

—Interesante y con un final inesperado —respondió ella.

—¿Cómo es eso?

—Entremos la mesa y te contaré todo mientras comemos una porción de pastel de ángel con crema. ¿Qué te parece?

Él le sonrió.

—Me parece excelente.

—⚹—

Mishawaka

—¿Necesitas ayuda? —preguntó Stuart al entrar en la cocina y encontrar a Pam frente al fregadero lavando unos comederos de colibrí. El año pasado, los niños habían estado fascinados al ver un pequeño colibrí revoloteando de un capullo de azalea a otro, así que este año Pam había comprado algunos comederos para que Sherry y Devin pudieran verlos más de cerca.

—Creo que podrías terminar de lavar estos. —Pam señaló los comederos que aún estaban sin lavar—. Mientras lo haces, llenaré los limpios con el néctar fresco que preparé hace un tiempo.

Él sonrió. Al menos esa tarde le hablaba, aunque no fuera en el tono más amigable.

—¿Cómo fue tu día con los niños? —preguntó Stuart, con la esperanza de generar más conversación.

Ella se encogió de hombros de manera evasiva.

"Genial", se dijo Stuart. Él había tratado de hablar con Pam el día anterior, pidiéndole que le contara más acerca de su infancia, pero ella se había negado a hablar con él acerca de eso. No estaba haciendo ningún esfuerzo por mejorar su comunicación como les había pedido la consejera en la última sesión.

—¿Hicieron algo especial hoy? —preguntó Stuart, en un intento de que se abriera. Aclaró el primer comedero, lo colocó sobre una toalla que Pam había estirado sobre la encimera y esperó su respuesta.

—Terminé todo lo que había que hacer en mi tapiz acolchado mientras los niños jugaban con el rociador para refrescarse. Hizo un calor abrasador.

—Sí, lo sé.

"Bien, está hablando nuevamente. Creo que podríamos estar progresando", se dijo Stuart.

—Afortunadamente el aire acondicionado estuvo encendido hoy en la tienda. Cuando dejó de funcionar el año pasado durante la ola de calor, recibimos muchas quejas hasta que lo hicimos reparar —continuó Stuart.

Pam abrió la puerta de la alacena y sacó un paquete de azúcar.

—Stuart, necesito preguntarte algo.

—¿De qué se trata?

—¿Planeas iniciar los trámites de divorcio?

Las cejas de él se elevaron.

—Otra vez no, Pam. ¿Por qué me preguntas eso?

—Porque oí que hablabas por teléfono con alguien la otra noche cuando estabas en el porche, y mencionaste que verías a un abogado.

Stuart se rascó el caballete de la nariz, como si tratara de recordar la conversación que había tenido con el empleado de la tienda.

—Ah, ahora me acuerdo. Blaine y yo estábamos hablando acerca de una persona que se había caído en la tienda el otro día, y cuando dijo que creía que la mujer podría intentar demandarnos, le dije que llamaría a nuestro abogado.

—¿En serio? ¿Eso era todo?

—Sí, Pam. No voy a iniciar los trámites de divorcio, y espero que tú tampoco. Los niños nos necesitan a ambos, y necesitamos seguir trabajando en nuestro matrimonio hasta que las cosas mejoren.

—Tienes razón y así será —dijo ella con expresión de alivio.

Durante los minutos siguientes, se ocuparon de los comederos en silencio. Stuart estaba a punto de hacerle más preguntas a Pam acerca de su infancia, pero ella habló primero.

—¿Qué vas a hacer con tu tapiz? Apenas lo tocaste en toda la semana, y mañana Emma nos mostrará cómo colocar los ribetes; y luego terminaremos.

—Trabajaré en eso cuando haya terminado de lavar los comederos.

—No podrás terminarlo a tiempo. Te falta demasiado.

—Entonces supongo que no lo terminaré.

"¿Por qué tiene que provocarme todo el tiempo? —se enfureció Stuart—. ¿En verdad es tan importante que termine ese estúpido tapiz? Justo cuando acabo de decir que necesitamos seguir trabajando en nuestro matrimonio, y ella vuelve a la carga contra mí".

Stuart tomó uno de los comederos más pequeños y, con la frustración que sentía, lo sujetó con demasiada fuerza. *¡Crack!* El vidrio estalló.

Stuart hizo un gesto de dolor al ver que salía sangre de la cortadura horrible que se había hecho en el dedo.

—¡Ay no! ¿Qué hice?

Cuando intentó mover el dedo y no pudo, se dio cuenta de qué había sucedido.

—Tenemos que ir rápido a la sala de emergencias, ¡creo que me corté el tendón del dedo!

—ᘑ—

Cuando Pam encendió las luces de la todoterreno y salió del aparcadero del hospital, la invadió una sensación de fatiga, como si tuviera encima un edredón pesado. El día había comenzado ocupado como de costumbre, y no había tenido ningún problema en manejarlo. Con los años había adquirido la destreza de hacer cosas en la casa y cuidar a los niños. Pero esta tarde, luego de que Stuart se cortó el dedo, todo lo que pudo hacer fue poner la mente en frío y pensar con claridad. Y ahora empezaba a pagar las consecuencias.

Cuando habían salido de la sala de emergencias y del edificio, se había sorprendido al ver que ya era de noche. Después de llegar al hospital, había perdido la noción del tiempo. Con todos los papeles que hubo que llenar y luego la espera al doctor para que viera el dedo de Stuart y evaluara qué debía hacerse, cada minuto parecía llevar al siguiente. Todo lo que quería era ir a casa y desplomarse en la cama.

Realmente la había perturbado oír que Stuart se había cortado el tendón del dedo y que necesitaría cirugía la semana siguiente. Y que se lo hubiera cortado mientras la ayudaba a limpiar los comederos de los colibríes la hacía sentir culpable, sin mencionar que lo había estado molestando por no terminar su tapiz. Si tan solo hubiera mantenido la boca cerrada, el accidente no habría ocurrido.

—Espero que los niños estén bien en lo de los Anderson —dijo Stuart, interrumpiendo los pensamientos de Pam.

—Están bien. Llamé cuando estabas con el doctor y le dije a Betty que llegaríamos apenas pudiésemos —dijo Pam, mirando a Stuart—. Betty dijo que no nos preocupásemos porque ella y Lewis estaban disfrutando mucho de Devin y Sherry. Hasta preguntó si podían quedarse a dormir.

Stuart asintió.

—Qué bien.

Pam apreciaba a los Anderson. Era como tener un par de abuelos en la casa de al lado. A Devin y Sherry les encantaba pasar tiempo con ellos y viceversa. Cada vez que los niños encontraban algo interesante en el jardín, como un sapo o un saltamontes, corrían a casa de los vecinos para mostrarles a Betty y Lewis como si ellos nunca hubiesen visto criaturas semejantes. Los hijos de los Anderson habían crecido y ya no vivían con ellos, así que cuando el matrimonio mayor tenía alguna oportunidad de pasar tiempo con Devin y Sherry, no se la querían perder. Pam esperaba que cuando los niños fuesen grandes y tuvieran familias, ella y Stuart pudieran ser buenos abuelos.

Tragó el nudo que se le había hecho en la garganta. "Eso, si todavía estamos casados para entonces", pensó.

A pesar de que Stuart le había asegurado que no planeaba divorciarse, ella temía que así fuera si no mejoraban las cosas entre ellos.

—Lamento haberte hecho pasar por todo este caos esta noche. —Stuart estiró la mano sana y le dio una palmada a Pam en el hombro—. Pude ver cuán impresionada estabas en la sala de emergencias.

Pam asintió con la cabeza y suspiró, mientras se rascaba la sien.

—Agradezco que no hayas perdido el dedo.

—No más agradecido que yo. Solo que hubiese preferido que hicieran la cirugía mientras estábamos en el hospital.

—Supongo que será por alguna razón, Stuart. Pero no te preocupes. Como dijo el doctor, programarán la cirugía para la próxima semana, y será ambulatoria. Dijo que la operación no debería tomar más de una hora, así que estoy segura de que estarás bien. —Pam trataba de sonar segura mientras presionaba el botón para bajar la ventanilla. Necesitaba algo de aire fresco para mantenerse concentrada hasta que llegaran a casa—. Avísame si es demasiado aire, y subiré un poco la ventanilla.

—Gracias, pero el aire de la noche se siente bien.

Pam echó una mirada a Stuart y advirtió que estaba mirando el vendaje que le habían hecho en el dedo.

—¿Duele mucho?

—En realidad, no. —Stuart sacudió la cabeza—. Pensé que dolería más, pero supongo que todavía está dormido por la inyección que me dieron antes de hacer la sutura temporaria. —Hizo una pausa y volvió a dejar la mano sobre el regazo—. ¿Puedes creer la cantidad de gente que había en la sala de emergencias? Ya empezaba a creer que nunca me asistirían.

Pam estaba por decir algo, pero el nudo de la garganta no le permitía soltar las palabras. Su voluntad la estaba abandonando. No había sido fácil disimular su temor por la herida de Stuart frente a Devin y Sherry y luego mantener una actitud positiva para Stuart, llevarlo al hospital y esperar en la sala de emergencias, pero ahora su habilidad para mantenerse fuerte se le estaba escurriendo entre los dedos.

—Pam, ¿te encuentras bien?

—¡Ay, Stuart! —Una vez que comenzaron a caer las lágrimas, ya no podía detenerlas. Era como si hubieran abierto una compuerta, y su visión se hizo borrosa instantáneamente. No tenía otra opción más que aparcar a un costado del camino y apagar el motor. Una vez que lo hizo, los sollozos se hicieron más fuertes, y le costaba respirar. Puso la cabeza entre las manos y lloró como si no hubiera un mañana.

Stuart se desprendió el cinturón de seguridad y le acarició el hombro.

—Cielo, ¿qué sucede?

A Pam le gustó que Stuart fuese paciente con ella, porque le tomó un tiempo calmarse para poder hablar otra vez.

—Me asusté mucho cuando vi tanta sangre que salía de tu dedo. Todo lo que podía hacer era mantener la mente en frío y la calma frente a los niños. —Casi se ahoga por el hipo—. Todo lo que podía pensar era

en llevarte a salvo al hospital. —Otro hipo—. Ay, Stuart, no sé qué haría si algo te sucediera.

Stuart se acercó, y Pam nunca se había sentido más contenida que cuando la tomó entre sus brazos. Con cuidado para no hacerle daño en el dedo herido, rodeó el cuello de Stuart con sus brazos y comenzó a llorar otra vez.

Una vez que se calmó un poco, miró a Stuart y, con la barbilla temblando, dijo:

—Si... si supieras lo bien que se siente que me abraces así. —Mientras Stuart le quitaba suavemente un mechón de cabello del rostro, ella cerró los ojos y se sintió una niña otra vez—. Habría dado lo que fuera porque mi papá me abrazara así cuando tenía miedo de todas las cosas invisibles que imaginas cuando eres una niña. Todo lo que quería era que se diera cuenta de mi presencia y que me dijera que me amaba y que estaba orgulloso de mis logros. Podía estar en la misma habitación, viendo televisión con él, y ni se percataba de que yo estaba allí. Creía que hacía todo bien: mis calificaciones eran buenas en la escuela, y jamás les di problemas a mis padres. Habría ido a pescar con él si me lo hubiese pedido, pero por supuesto, nunca lo hizo. Cuando crecí... —Pam inspiró profundamente, y el resto salió en un susurro—. Finalmente un día me di cuenta de que mi papá era egoísta y que yo no le importaba. —Creyó que ya no le quedaban lágrimas, pero ahora su llanto se había convertido en un suave lloriqueo.

Stuart continuaba abrazándola y la mecía como a un bebé. Se sentía contenida, aunque su mente era un remolino de dudas perturbadoras. Después de abrirse a él como lo había hecho, ¿habría alguna diferencia en el modo en que la trataba? Las cosas entre ellos estaban mejor esta noche, ¿pero lo estarían por la mañana?

Capítulo 35

Goshen

El sábado a la mañana, Star entró a la cocina y encontró a su madre sentada a la mesa con una taza de café y el periódico.

—¿Cómo dormiste anoche? —preguntó su mamá mientras miraba a Star.

—No muy bien. —Star apenas podía mirar a su mamá, mucho menos responder sus preguntas.

—Yo tampoco. Me quedé pensando en las cosas que hablamos anoche, y quiero que sepas que realmente lo siento.

Star se sirvió una taza de café y se quedó junto al fregadero mirando por la ventana.

—Tomé una decisión importante.

Star giró lentamente y miró a su mamá.

—¿De qué se trata?

Su mamá bebió algo de café antes de decir algo más. Cuando bajó la taza, miró a Star y sonrió.

—Voy a darte esta vieja casa.

—¿Eh?

—Ya no la necesitaré luego de que Mike y yo nos casemos, y estoy segura de que tu abuela habría querido que la tuvieras tú en lugar de venderla a unos extraños.

—Pero, ¿y qué hay del dinero que recibirías si la vendieras? —preguntó Star.

Su mamá sacudió la cabeza.

—Mike se ocupará de mí luego de que nos casemos, y como tu trabajo no paga mucho, realmente no puedes mantener un departamento tú sola. Si te quedas aquí, tendrás todos los recuerdos de la abuela contigo, sin mencionar un lugar cómodo donde vivir y escribir tus canciones sin interrupciones.

A Star se le hizo un nudo en la garganta. No podía creer que su mamá realmente le daría la casa de la abuela. Tal vez su mamá sí sentía algo de amor por ella después de todo.

—Gracias. Te lo agradezco —dijo Star entre lágrimas—. Tal vez pueda tomar algunas lecciones de canto y aprender a cantar mejor.

Su mamá se levantó de la silla y abrazó a Star.

—Puedes, si quieres, pero creo que ya cantas bastante bien.

Star aspiró profundamente.

—¿Lo dices en serio?

—No lo habría dicho si no fuese en serio.

—¿Crees que alguna vez tendré éxito en el mundo de la música?

Su mamá se encogió de hombros.

—No lo sé, pero creo que debes intentarlo.

—Sí, tal vez haga el intento.

—¿Y qué vas a hacer hoy? —preguntó su mamá, cambiando de tema abruptamente.

—¿Qué quieres decir?

—¿Vas a ir a la última clase de confección de acolchados en casa de Emma Yoder?

—Seguro. ¿Por qué no?

—¿Y si Jan está allí? ¿Qué le dirás?

—Tuve problemas para dormir y estuve pensando en eso la mayor parte de la noche.

—¿Y?

—Ahora que sé la verdad, lo primero será disculparme con Jan por llamarlo mentiroso e imbécil.

—¿Y luego?

—Luego espero que podamos pasar algún tiempo juntos fuera de la clase, para conocernos mejor y, tal vez, ser buenos amigos.

—No estaría mal. Me alegrará si eso sucede porque, Dios sabe, hice que lo odiaras durante demasiado tiempo. —El tono de su mamá era tan sincero como la expresión en su rostro, y le dio a Star una sensación de paz. Ahora solo esperaba que Jan aceptara sus disculpas.

—Hay una cosa más. —Su mamá tomó un sorbo de café antes de continuar—. Me gustaría tener la oportunidad de disculparme con Jan. Puede ser que no me crea, pero me siento muy mal por cómo resultaron las cosas. Años atrás, creía que estaba haciendo lo correcto, pero ahora me doy cuenta de que todo lo que hice fue generar un montón de dolor innecesario, especialmente a ti. No sabes cuánto me arrepiento. Las cosas podrían haber sido diferentes, y ahora lo veo. Así que luego de que tú hayas pasado algún tiempo con Jan y se hayan conocido mejor, me gustaría tener la oportunidad de reparar las cosas. Él necesita saber que nuestra separación no fue completamente por su culpa, y que en verdad lamento haber huido contigo como lo hice.

Star colocó una mano sobre el brazo de su mamá.

—Acepto tus disculpas y, yo... yo te perdono.

—Sé que no lo merezco, pero te lo agradezco.

Sintiéndose un poco mejor, Star se sentó a la mesa. Estaba ansiosa por ir a lo de Emma y hablar con Jan.

—⁓—

Mishawaka

Stuart miró de reojo a su esposa mientras ella conducía hacia lo de Emma para la última clase de confección de acolchados. Vio el destello en los ojos de Pam, como si estuviera absorta en sus pensamientos. Se sentía feliz por este momento de calma, asombrado por cuán rápido habían cambiado las cosas entre él y Pam.

"Dicen que todo pasa por una razón", pensó, recordando la frase que había oído años atrás. Mientras asentía con la cabeza, se dio cuenta de que podía tener algo de verdad. A Stuart le resultaba difícil no sonreír al recordar los hechos recientes. Recordó cómo se había sorprendido al ver la reacción de Pam luego del percance con el comedero de los colibríes. Parecía estar tranquila camino al hospital, concentrada en el tránsito y llevándolo a salvo a la sala de emergencias.

Como quería estar bien despierto, Stuart no había tomado toda la cantidad de analgésicos esta mañana, así que el dedo le latía como loco del dolor. Pero pudo ignorar la incomodidad mientras seguía recordando los hechos de anoche.

El viaje de regreso del hospital fue una completa revelación para Stuart. Fue como si hubieran abierto una compuerta, y una vez abierta, nada podía detener las lágrimas de Pam. Todavía no podía creer todas las frustraciones y el dolor que Pam había tenido guardados acerca de la relación con su padre. Era como si todas las lágrimas que había guardado durante años ya no podían contenerse más. Si tan solo él hubiese sabido esto antes, la habría entendido mejor y se habría dado cuenta por qué se sentía de determinada forma ante ciertas situaciones. Tal vez las cosas habrían sido diferentes entre ellos, y no siempre tan agresivas.

Stuart sabía que él y Pam tenían sus maneras, pero estaba seguro de que anoche habían marcado un hito. Había mirado a Pam con una sensación de asombro, como lo estaba haciendo ahora, y se dio cuenta de que ella realmente lo amaba.

En cuanto a él, a pesar de todos los altibajos, nunca había tenido duda alguna de su amor por Pam. Es probable que no lo hubiese demostrado de manera que ella lo entendiera, pero siempre la había amado. Nunca tanto como la amaba ahora.

A pesar de que sabía lo difícil que había sido para Pam, que hubiera compartido esas cosas sobre su padre lo hacían sentir más cerca de ella que nunca. Fue una buena dosis de realidad, comenzar a entender de qué modo todos estos años él había puesto otras cosas por encima de las necesidades de su esposa. Se alegraba por haberse quedado hasta tarde anoche, hablando acerca del pasado y del futuro de los dos. Con los años, tendrían que haber pasado más tiempo hablando y escuchándose, en lugar de peleando y echándose culpas.

Recordaba lo que había dicho Paul durante una de las clases, que la vida se escapa en un abrir y cerrar de ojos; así que, de ahora en más, Stuart había decidido hacer un cambio radical.

—Nunca creí que diría esto, pero ¿sabes qué? —preguntó, mientras tocaba suavemente el brazo de Pam.

—¿Qué?

—Si bien me duele el dedo esta mañana, en verdad estoy feliz de ir contigo a nuestro pequeño club del acolchado.

Pam sonrió.

—Me alegra.

—¿Recordaste traer la planta que pusiste en la maceta para Emma?

—Sí, me acordé. La puse más temprano en la parte trasera de la todoterreno así no la olvidábamos. Espero que a Emma le guste —añadió Pam.

—Seguro que sí. Ah, y olvidé decirte, el pequeño refrigerador en el asiento trasero, hay algo allí para Emma.

—¿De qué se trata? —preguntó ella.

—Pensé que tal vez le gustaría probar algunos de los frutos rojos que recogí cuando fui a acampar el último verano. Tomé uno de los recipientes del congelador para dárselo a ella. ¿Crees que le gustarán los frutos... tal vez horneará algo con ellos?

—Stuart, eso fue muy considerado. Estoy segura de que Emma apreciará los frutos, y como siempre está horneando algo, apuesto que les dará un buen uso. —Pam suspiró—. Sabes, hoy será algo triste que terminen las clases. Nunca he sido buena para las despedidas, y he llegado a conocer y me ha gustado tanto Emma que será difícil dejarla.

—Bueno, tal vez nuestros caminos se vuelvan a cruzar. Tal vez podamos pasar a visitarla cuando alguna vez estemos por Shipshewana.

—Esa es una buena idea. —Pam le sonrió a Stuart con una expresión de felicidad que él no había visto por mucho tiempo.

El resto del viaje fue tranquilo, pero esta vez fue más alegre y pacífico que todos los otros viajes que habían hecho a lo de Emma. Si bien las cosas no estaban perfectas entre Pam y él, Stuart estaba seguro que iban en camino de recuperar su matrimonio.

Capítulo 36

Shipshewana

Emma permaneció de pie en la sala de estar, mirando con felicidad la nueva mesa y ansiosa por mostrársela a Mary y otros miembros de la familia. Todavía no podía olvidar la consideración de Lamar al haberla hecho. Mary había tenido razón, era un buen hombre.

"La próxima vez que Lamar me pida ir a algún lado con él, creo que debería aceptar su invitación —resolvió—. Incluso tal vez lo invite a cenar cuando venga parte de la familia la próxima semana".

Las cavilaciones de Emma se detuvieron cuando oyó que llegaba un auto. Miró por la ventana y, cuando vio que se trataba de Star, fue hasta la puerta y la abrió.

—Buen día —dijo Star mientras ingresaba al porche—. Parece que soy la primera.

—Así es. Eres la primera. Entra y podemos conversar mientras llegan los demás.

Star siguió a Emma dentro de la casa, y cuando llegaron a la sala de costura, ambas se sentaron. A Emma le agradó ver que hoy Star no llevaba puesta la sudadera negra con capucha. Tenía unos jeans y una camiseta blanca, similar a las que usaba Jan.

—¿Cómo estás? —preguntó Emma, con la esperanza de que la llegada ansiosa de Star no significara que había tenido una mala semana.

—Estuve muy nerviosa toda la semana hasta que hablé con mamá, cosa que, a propósito, no ocurrió hasta que volvió anoche, porque había estado en Fort Wayne con el tipo con quien planea casarse.

—¿Le contaste acerca de Jan y de cómo te enteraste que era tu padre?

—Sí, y no hace falta que lo diga, se sorprendió mucho. —Star frunció el ceño con gravedad—. Parece que mamá me mintió cuando dijo que mi papá nos había abandonado poco después de mi nacimiento.

—¿Qué ocurrió realmente?

—Mamá cambió de parecer con respecto a casarse con él. Dijo que pensaba que era demasiado salvaje y que había decidido que no lo amaba realmente. Así que partió conmigo y no le dijo a Jan ni a su madre siquiera a dónde iba.

—¡Ay, por favor! —Emma no podía imaginar que alguien pudiese huir así, pero la madre de Star debía de ser joven y seguramente estaba muy confundida entonces. Y si creía que Jan era demasiado salvaje, probablemente haya hecho lo que en ese momento creyó que era correcto para ella y Star. Emma recordaba bien que cuando se es joven, uno piensa diferente, pero lamentablemente, a veces toma varios años darse cuenta de los errores.

—¿Y ahora qué? —preguntó Emma—. ¿Vas a contarle a Jan lo que dijo tu madre?

—Por supuesto. Estoy nerviosa y hasta ansiosa por ver a Jan hoy. Necesito decirle que lo siento por reaccionar como lo hice la semana pasada y por llamarlo mentiroso, entre otras cosas.

Emma colocó una mano con dulzura sobre el brazo de Star.

—Estoy segura de que entenderá y aceptará tus disculpas. También creo que le alegrará saber que has hablado con tu madre y que sabes la verdad.

—Eso espero. —Star metió la mano en el bolsillo de sus jeans y le entregó a Emma una hoja de papel doblada.

—¿Qué es esto? —preguntó Emma, mirando a Star por encima de los anteojos.

—Es una canción que escribí para ti. Quería que supieras cómo me siento por el modo en que tocaste mi vida.

Emma abrió el papel y vio que la canción se titulaba *Me viste*.

—Las cortezas me albergan —leyó Emma en voz alta—. Me ocultan... Corazas que alivian mi dolor. Montón de historias velan... me cuidan; baúl de cuentos protector. Más allá de mi pasado robado. Me viste; miraste todo y un poco más... Me viste, me ayudaste a ser valiente. Escondida, sola y perdida, me viste.

Las lágrimas brotaron en los ojos de Emma y nublaron las palabras de la página.

—Gracias —dijo, y le dio un abrazo a Star—. Las palabras que escribiste significan mucho y son hermosas. Me alegra tanto que hayas venido a mi clase, y aún más que hayas encontrado a tu papá.

Star asintió lentamente.

—Sí, yo también, no puedo esperar a que llegue.

Justo en ese momento se detuvo otro auto, y unos minutos después tocaron a la puerta. Cuando Emma respondió, encontró a Paul en el porche con dos bolsas de papel, un sobre de papel manila y su cámara.

—Parece que viniste con algo más que tu proyecto de acolchado hoy —dijo Emma, sonriéndole.

—Tiene razón, así es. —Le entregó el sobre de papel manila—. Esto es para usted. Como hoy es nuestra última clase, quería que tuviese algo para que me recordara. Tenía mi cámara en la camioneta el sábado pasado, y tomé la fotografía antes de ir a casa.

Emma abrió el sobre y sacó una foto de su granero de ocho por diez. Varias de sus cabras también estaban en la imagen, debido a que el corral estaba próximo al granero.

—Esto es tan bonito. Gracias, Paul.

—Tengo algo más también. —Paul metió la mano en la bolsa de papel y sacó un paquete envuelto en papel aluminio—. Aquí tiene algunos tamales que preparó mi hermana, Maria. Espero que los disfrute.

—Ah, seguro que sí —apenas pudo decir Emma por la emoción—. No esperaba recibir regalos hoy. —Señaló a Star y dijo—: Ella escribió una canción especial y me la entregó unos minutos antes de que llegaras.

Star se ruborizó y se encogió de hombros.

—No fue mucho.

—Lo fue para mí. —Emma deslizó el brazo alrededor de la cintura de Star—. Tal vez algún día editen alguna de tus canciones.

—Eso sería lindo, pero no me quita el sueño, porque sé por experiencia que las cosas no siempre se dan como quisiera.

Emma sonrió.

—Bueno, oremos para que esta vez así sea.

—También traje esto —dijo Paul, señalando la cámara y llevando la conversación en otra dirección—. Como es el último día de clases, pensé que sería lindo tomar una fotografía de todos.

—Eres bienvenido a hacerlo, pero yo no podré estar en la fotografía —dijo Emma.

—¿Cómo es eso?

—Posar para las fotos no está bien visto por mi iglesia. Creemos que es un signo de soberbia.

—Está bien —dijo Paul—. Tal vez usted pueda usar mi cámara y tomar una fotografía de los seis que hemos venido a su clase de confección de acolchados.

—Eso estaría bien. Podemos hacerlo luego de que todos lleguen —dijo Emma.

—Ah, antes de que me olvide, nunca adivinarán quién le envió un paquete a Sophia esta semana —dijo Paul con una sonrisa de oreja a oreja.

—¿Quién? —preguntaron al unísono Emma y Star.

—La hermana de mi esposa, Carmen.

—Paul, eso es grandioso. —Emma sonrió, mientras pensaba que este día cada vez se ponía mejor y mejor.

—Los padres de Lorinda vendrán a visitarnos en unas pocas semanas, y estoy ansioso por contarles la buena noticia, también. Si bien Carmen puede seguir pensando que yo tengo la culpa por la muerte de Lorinda, al menos ahora reconoce a Sophia.

Emma podía ver cuán a gusto se sentía Paul por esto.

—Sabes, Paul, antes de que llegaras, estaba a punto de decirle a Star que yo creo que Dios tiene planes para la vida de todos —dijo—. No siempre entendemos ese plan, pero a veces, más adelante en el camino, podemos mirar hacia atrás y darnos cuenta de por qué las cosas sucedieron de cierta manera. —Emma sabía que eso aplicaba a ella también.

—Sé a qué se refiere —coincidió Paul—. Voy a seguir rezando por Carmen y tratando de estar en contacto. También voy a confiar en que Dios hará que finalmente recapacite.

—Yo también rezaré por eso. —Emma le dio a Paul una suave palmadita en el brazo, y cuando oyó que llegaba otro auto, se acercó hasta la ventana.

A continuación llegó Ruby Lee y le entregó a Emma cuatro dedales hermosos. Cada uno tenía el nombre de una estación y una imagen pintada; una flor para primavera; un sol para verano; una hoja para otoño y un copo de nieve para invierno.

Emma le agradeció a Ruby Lee por el presente tan considerado y luego ella le contó que su esposo se había reunido con la junta de la iglesia la noche anterior.

—Gene accedió a dejar de lado los planes de ampliación de la iglesia, y a los miembros de la junta les alegró oír eso —dijo—. Así que al menos por ahora, Gene seguirá siendo su pastor.

—Eso es algo bueno, ¿verdad? —preguntó Star.

—Supongo, pero será difícil dejar atrás todo esto. —Ruby Lee frunció el ceño—. Corrieron demasiados chismes y se dijeron cosas hirientes sobre Gene, y todavía me gustaría poder decirles unas cuantas cosas a algunos. Todo esto me destrozó.

—El Salmo 34:18 dice: "Cercano está Jehová a los quebrantados de corazón; Y salvará a los contritos de espíritu" —dijo Emma.

Ruby Lee asintió.

—Así es, y la Nueva Versión Internacional lo expresa así: "El Señor está cerca de los quebrantados de corazón, y salva a los de espíritu abatido". Creo que debería aprender ese versículo de memoria. A veces es difícil perdonar y seguir adelante, pero sé que como cristiana es lo que Dios espera que haga.

Paul asintió con la cabeza.

—Dios elige por lo que pasamos, pero nosotros elegimos cómo pasar por eso.

—Me gustaría saber más acerca de esta relación que ustedes tres tienen con el Señor. —Star miró hacia Ruby Lee—. ¿Estaría bien que alguna vez vaya a tu iglesia? ¿Y tal vez llevar a Jan?

—¿Quieres ir allí incluso después de todas las cosas malas que he dicho sobre algunas personas?

Star se encogió de hombros.

—¿Y quién dice ser perfecto?

—Tienes mucha razón —dijo Emma—. Y algo más que necesitamos recordar es que quien no haya probado lo amargo no conoce lo dulce. Los malos momentos realmente nos ayudan a recordar que debemos apreciar los buenos.

Nuevamente tocaron a la puerta.

—¿Quiere que vaya yo? —preguntó Star—. Podría ser Jan.

Emma sonrió.

—Si gustas.

Cuando Star regresó a la sala de costura unos minutos después, Stuart y Pam la acompañaban. A Emma le sorprendió ver que Stuart tenía una tablilla en el dedo índice de su mano izquierda, pero más le sorprendió ver que su otra mano sostenía con fuerza la de Pam.

—¿Qué te pasó en la mano? —preguntó Paul.

—Tuve un pequeño accidente con un comedero de colibrí. El vidrio roto cortó el tendón de mi dedo, así que iré a cirugía la semana próxima. —Stuart miró a Pam y sonrió—. Pero algo bueno surgió de todo esto.

—¿De qué se trata? —preguntó Ruby Lee.

—Pam comenzó a llorar cuando se dio cuenta de lo mal que estaba mi dedo, y entonces supe que realmente se preocupa por mí. Tuvimos una larga charla acerca de algunas cosas, algo que también ayudó. Y cuando volvimos a casa de la sala de emergencias, se quedó despierta hasta tarde para terminar de acolchar mi tapiz.

Ahora le tocaba sonreír a Pam.

—Así es, y Stuart demostró que también me ama cuando me dijo esta mañana que planea comprar una caravana en la que podemos dormir cuando vamos a acampar.

Emma se alegró al ver que las cosas iban mejorando un poco en la vida de todos. Ahora si tan solo llegara Jan y respondiera de manera favorable a las disculpas de Star, todo sería casi perfecto. Ay, a Emma le gustaban los finales felices, y esperaba poder presenciar hoy uno de esos.

—Pam y yo tenemos algo para ti —dijo Stuart—. Lo mío son unos frutos rojos congelados que recogí el último verano cuando fui a acampar, y Pam trajo una planta que dejó en tu porche frontal. —Sonrió y le entregó a Emma una bolsa de papel que había traído bajo el brazo.

—Es algo muy lindo. Muchas gracias a los dos. —Emma giró hacia la cocina—. Los pondré en el refrigerador mientras ustedes se sientan.

Cuando Emma entró a la cocina, miró el reloj en la pared del fondo y se dio cuenta de que eran las diez y cuarto. Como Jan todavía no había aparecido, cuando regresó a la sala de costura sugirió comenzar con la clase y esperar para tomar la fotografía.

—⚶—

Mientras Emma les mostraba a todos cómo ribetear sus tapices acolchados, Star apenas podía concentrarse en lo que estaba diciendo. Seguía mirando el reloj, y a medida que pasaba el tiempo, se preocupaba aún más: "¿Dónde está Jan? Tal vez no venga hoy. Probablemente esté molesto por las cosas que le dije la semana pasada y no quiere volver a verme".

—Ayer horneé algunos pasteles de ángel con crema —dijo Emma alrededor de las once—. ¿Tomamos un receso ahora y comemos algo, o prefieren seguir trabajando en sus tapices y esperamos al final de la clase?

—Yo no tengo hambre —murmuró Star—. Pero ustedes pueden hacer lo que quieran. —Estaba convencida de que Jan no vendría. Si no, ya habría llegado.

Emma le brindó una sonrisa compasiva y le ofreció algunas palabras de consuelo. Los otros también, pero por mucho que Star agradeciera su preocupación, todavía se sentía horrible. Toda su vida había deseado conocer a su padre. Ahora, a pesar de que sabía quién era, estaba segura de que nunca tendría la oportunidad de conocerlo realmente.

—Creo que deberíamos seguir trabajando en nuestros tapices y podemos comer cuando terminemos —dijo Ruby Lee.

Todos asintieron.

Todos se turnaron para usar las máquinas de coser a batería, y Ruby Lee hasta probó la vieja máquina a pedal de Emma, y comentó cuánto más difícil de usar le resultaba.

—Es cierto —coincidió Emma—, pero una vez que te acostumbres al pedal, no será tan difícil y, quién sabe, hasta te pueda parecer divertido. Yo disfruto mucho de usar esa vieja máquina.

Poco antes de las doce, todos habían terminado de ribetear sus tapices, así que Paul tomó su cámara y sugirió que todos se reunieran para la foto.

Star sacudió la cabeza.

—Yo no estoy de humor. Además, Jan no está aquí, y sin él, no sería una foto de la clase, realmente.

—Lamento mucho que no esté aquí —dijo Emma—, ¿pero al menos no te gustaría tener una foto de los que están hoy aquí?

En realidad no la quería, pero aceptó a regañadientes. Hoy había ido sin la sudadera con capucha, pero deseaba habérsela puesto, porque realmente tenía un humor de perros.

—Salgamos y tomemos la fotografía —sugirió Emma—. Probablemente no haya suficiente luz aquí para tomar una buena fotografía. —Abrió la puerta y todos salieron al porche y se pusieron en pose. Star era la única que no sonreía. No podía forzar los labios hacia arriba cuando se sentía tan mal.

Después de que Paul le mostró a Emma cómo usar la cámara, ella se paró en el jardín y estaba a punto de tomar la fotografía cuando Jan llegó caminando y con la lengua afuera. Los brazos y el rostro estaban sudados, y su ropa estaba toda manchada.

Lágrimas de alegría se escurrieron por entre las pestañas de Star, pero no dijo una palabra. Esperó para ver qué diría Jan.

—Perdón por llegar tarde —le dijo a Emma—. Se rompió la estúpida cadena de mi bicicleta, y luego derrapé sobre grava y me caí. Estuve lidiando con la cadena un tiempo, pero sin herramientas, fue en vano. Como tenía decidido venir aquí, dejé la bicicleta donde estaba y empecé a caminar. Luego un chucho, que tendría que haber estado en su caseta, me persiguió durante un rato. Pero cuando apareció un carro, el perro renunció a mí y empezó a fastidiar al caballo. Las cosas fueron de mal en peor después de eso. El caballo se asustó tanto que terminó por mandar al carro dentro de una zanja. —Jan se detuvo y tomó algo de aire—. Bueno, no podía dejar que la pobre mujer amish que manejaba el carro se ocupara sola de todo eso, así que después de espantar al perro, saqué el caballo de la zanja y volví a poner el carro nuevamente en el camino. Para entonces, sabía que había perdido buena parte de la clase, pero tenía que venir de todos modos porque necesitaba ver a Star, aunque fuese por última vez.

—Está bien. Aquí estás ahora; es todo lo que importa —dijo Emma.

Todos coincidieron mientras sonreían. Ellos también parecían felices de que Jan hubiese llegado antes del final de la clase. Pero ninguno estaba más feliz que Star. Estaba tan contenta por ver a Jan que casi le dio un abrazo. Conteniéndose a tiempo, sonrió y dijo:

—Me alegra que estés aquí. Me preocupaba que no vinieras.

Jan sacudió la cabeza.

—En verdad pensé en no venir, pero no, decidí que no podía hacer eso.

—Necesito decirte algo —dijo Star, mientras se acercaba a él lentamente, con las manos juntas detrás de la espalda. El corazón le latía con tanta fuerza que creyó que le explotaría el pecho.

—¿De qué se trata? —preguntó él esperanzado.

—Hablé con mi mamá anoche, y admitió que fue ella la que se largó.

El rostro de Jan dibujó una enorme sonrisa.

—¿En serio?

Star asintió.

—Lamento no haberte creído, pero no quería creer que mamá pudiese mentirme sobre algo tan importante como esto. ¿Podemos volver a empezar, tal vez pasar algún tiempo juntos y conocernos mejor? —preguntó ella, bajando la mirada.

—Sí, eso me gustaría. Me gustaría mucho. —Jan levantó la barbilla de Star para que lo mirara a los ojos—. Pronto recuperaré mi licencia de conducir. ¿Crees que tal vez te gustaría dar un paseo en mi Harley entonces?

—Claro, sería genial. También me gustaría conocer a tu perro. Nunca tuve una mascota, así que sería divertido ver cómo es eso, también.

Star también le contó a Jan que, cuando fuese el momento, a su madre le gustaría hacer las paces con él.

Jan, más que un poco sorprendido, asintió y dijo:

—No hay problema. Estaría encantado de volver a hablar con Bunny y tratar de arreglar las cosas entre nosotros. Sé que no podemos recuperar lo que tuvimos, pero si pudiésemos ser amigos, significaría mucho para mí.

—Significaría mucho para mí también —dijo Star con sinceridad.

Star y Jan comenzaron a hablar de otras cosas que les gustaría hacer juntos hasta que Paul aclaró la garganta con bastante fuerza.

—¿Tomamos la foto ahora así podemos comer nuestros refrigerios?

—Yo sí que no puedo salir en ninguna foto —dijo Jan, mientras miraba la suciedad y sudor en su ropa y brazos.

—¿Cómo? ¿También va en contra de tu religión? —preguntó Stuart.

—No, nada de eso, pero mírame, hombre, ¡estoy hecho un desastre!

—El baño se encuentra cruzando el vestíbulo —dijo Emma—. Puedes ir allí y limpiarte, y hasta puedo prestarte una de las camisas de mi esposo.

Jan le sonrió.

—Le agradezco mucho.

—Mientras te limpias y te cambias, traeré el pastel y algo para tomar. Luego tomaré la fotografía de ustedes seis, y después podremos disfrutar el pastel mientras conversamos —dijo Emma.

—Me parece bien. —Jan miró a Star y los ojos se le llenaron de lágrimas—. Nunca creí que diría esto, pero algo bueno salió de perder mi licencia de conducir.

—¿Qué cosa? —preguntó ella.

—Como la perdí y tuve que pasar algún tiempo en prisión, me obligaron a ver a un agente de libertad condicional, que dijo que debía encontrar mi parte creativa. Si no hubiese visto el anuncio de Emma y me hubiese anotado en la clase, nunca habría conocido a mi hija. —Jan le sonrió a Star de un modo tan especial que ella se sintió como su hija—. Bueno, creo que mejor me voy a limpiar —dijo Jan, antes de dirigirse hacia el vestíbulo. Cuando estaba a mitad de camino, se dio vuelta y le gritó a Star—: No vayas a ningún lado, ¿escuchaste?

—No se me ocurriría —respondió ella.

Star no sabía qué le depararía el futuro con respecto a su carrera musical, pero sabía que estaba agradecida por la oportunidad de conocer a su padre y feliz porque el futuro lo incluiría a él.

—⁓—

Luego de que Emma encontró una de las camisas de Ivan para Jan, se dirigió hacia la cocina y le agradó que tanto Pam como Ruby Lee la siguieran.

—¿Cómo podemos ayudarla? —preguntó Pam.

—Déjame ver... El pastel está sobre la encimera, así que si alguna de las dos lo quisiera cortar, yo sacaré los platos, cubiertos y servilletas.

—Yo cortaré el pastel —ofreció Ruby Lee.

Emma miró a Pam.

—Hay té helado en el refrigerador, y los vasos están en la alacena. Así que si no te molesta, puedes llevarlos al comedor donde nos sentaremos y tomaremos nuestros refrigerios.

Pam sonrió.

—No me molesta en absoluto.

—Puedes colocarlos aquí. —Emma le entregó a Pam una bandeja de servir grande.

—Voy a extrañar venir aquí cada semana —dijo Ruby Lee cuando comenzó a cortar el pastel.

—Yo también los extrañaré a todos ustedes —admitió Emma—. Pero son bienvenidos a pasar cuando quieran, ya sea para conversar o para que los ayude con algún otro proyecto de acolchado. Me encantaría volver a verlos a todos.

—Usted ha sido una buena maestra —dijo Pam—. Y yo, al menos, aprendí muchísimo aquí, no solo acerca de la confección de acolchados.

—Yo también —coincidió Ruby Lee—. Conocerlos a todos y compartir nuestros problemas ha sido bueno para cada uno de nosotros, creo.

—Bueno, a lo largo de estas seis semanas, yo también he aprendido algo —dijo Emma.

Pam levantó las cejas.

—¿Acerca de la confección de acolchados?

Emma sacudió la cabeza.

—Acerca de las personas, y de qué manera cada uno de nosotros es especial ante los ojos de Dios. También he aprendido a aceptar la ayuda de los demás cuando la necesito.

—¿Se refiere, por ejemplo, al buen hombre que la reemplazó cuando estuvo enferma? —preguntó Ruby Lee.

—Sí. Lamar ha sido de gran ayuda en varias formas, y anoche me trajo algo que hizo para mí.

—¿Qué era? —preguntó Pam.

—Hizo una mesa muy especial. Se las mostraré luego de que comamos nuestro refrigerio.

—Esto ya está listo. —Ruby Lee señaló el pastel que había cortado en partes iguales.

—Entonces volvamos con los demás. —Emma las condujo hacia la sala de costura, donde Stuart, Paul, Jan y Star estaban sentados y

conversando alrededor de la mesa.

—¿Podemos tomar la fotografía de la clase ahora, antes de comer? —preguntó Star.

Emma asintió.

—Salgamos al porche.

Pam y Ruby Lee dejaron el pastel y el té helado sobre la mesa del comedor, y todos salieron.

Paul le mostró a Emma qué botón debía presionar y le recordó que la cámara hacía autofoco. Luego, los seis alumnos de Emma se reunieron en el porche mientras Emma permanecía parada en el jardín con la cámara.

—Podemos ser un montón de confeccionadores de acolchados a medio coser —dijo Jan mientras se paraba junto a Star y sonreía—, pero estoy seguro de que aprendimos algunas lecciones aquí al comenzar a conocer y entender a los demás, y creo que también aprendimos algo acerca del amor.

Star lo miró y sonrió.

—Realmente lo estoy sintiendo ahora. ¿Y tú? ¿También lo sientes?

Jan chocó los cinco con ella.

—Sip. Así es, y no quiero perderte otra vez. —Dudó un momento, pero luego se estiró y colocó su mano alrededor del hombro de Star. Se veía feliz cuando Star se acercó.

Emma sostuvo la cámara con firmeza y tomó la fotografía. Planeaba colocar un anuncio para otra clase de confección de acolchados y no podía esperar para conocer al próximo grupo de alumnos que Dios le pondría en el camino.

—Muy bien —dijo, mientras entraba en el porche—. ¿Quién quiere una porción de mi pastel de ángel con crema?

EPÍLOGO

Un año después

Mientras estaban sentados en el porche frontal comiendo un tazón de helado de frutillas casero, Lamar le dijo a Emma:

—Es una linda noche, ¿no?

Ella sonrió.

—Tienes razón, pero lo que la hace aún más linda es tener alguien con quien compartirla.

Los ojos de Lamar brillaban mientras le daba un abrazo.

—¿Eso significa que no te arrepientes de haberte casado conmigo esta primavera?

—Por supuesto que no, tonto. —Ella se estiró y le dio una palmadita afectuosa en el brazo—. La única cosa que me decepcionaría sería que dejaras de amarme.

Él sacudió la cabeza.

—No te preocupes, eso no va a suceder nunca.

Emma apoyó los pies contra las tablas de madera del porche e hizo que la mecedora de nogal que Lamar le había dado como regalo de bodas se moviera hacia adelante y atrás.

Un año atrás, había decidido no volver a casarse. Pero eso fue antes de que Lamar ganara su corazón con sus modos amables y dulces. Estaba agradecida de haber encontrado el amor por segunda vez y sentía que Ivan también estaría feliz por ella.

—¿Necesitas que te ayude en algo con tu clase de confección de acolchados de mañana? —preguntó Lamar.

—Esperaba que pudieses mostrarles a mis nuevos alumnos el nuevo diseño con el que apareciste el otro día —respondió ella.

—Sí, seguro, con todo gusto se los mostraré.

Permanecieron en silencio, observando cómo las luciérnagas subían desde la hierba y representaban su espectáculo nocturno de verano, hasta que un *¡Br... um! ¡Br... um!* interrumpió la calma.

Cuando Emma vio dos motocicletas que venían por la entrada de la casa, supo inmediatamente que debían de ser Jan Sweet y Star Stephens. Solían pasar a conversar con frecuencia, como lo hacían los otros que habían asistido a su primera clase de confección de acolchados. Es probable que a Jan y Star les hubiesen robado la posibilidad de conocerse durante la infancia de Star, pero Emma estaba contenta de ver cuán felices eran ahora, que pasaban juntos buena parte del tiempo libre. Habían viajado en motocicleta a Disney World, y con la ayuda de uno de los amigos de Ruby Lee, Star había logrado que le editaran dos de sus canciones. La madre de Star, Nancy, que ahora vivía en Fort Wayne con su esposo, Mike, se había puesto en contacto con Jan y finalmente habían hecho las paces. Emma creía que lo mejor era que Jan y Star habían ido juntos a la iglesia de Ruby Lee algunas veces.

Pam y Stuart también parecían más felices. Según Pam, desde que Stuart había comprado una caravana, pasaban más tiempo juntos como familia, algo que a su vez había mejorado su matrimonio. Ellos también habían ido varias veces a la iglesia el año pasado, algo que para Emma también había fortalecido su matrimonio.

Paul Ramirez había terminado el acolchado de bebé que su esposa había comenzado antes de morir, y había llevado a la pequeña Sophia en varias ocasiones para que viera las cabras de Emma y jugara con los gatitos que habían nacido a principio de la primavera. Él también parecía feliz y contento y se mantenía en contacto con la familia de su difunta esposa en California. La mejor noticia que le había contado fue que su cuñada finalmente había aceptado la muerte de Lorinda y ya no culpaba a Paul por el accidente. Incluso Carmen estaba planeando un viaje a Elkhart para ver a Paul y Sophia en algún momento del verano.

Ruby Lee Williams, cuyo esposo aún predicaba a su congregación en Goshen, había pasado recientemente y le había contado a Emma que la iglesia había crecido y las finanzas habían mejorado tanto que la junta ahora estaba hablando de ampliar el edificio. A Emma le alegraba que Ruby Lee y su esposo hubieran sido persistentes y que confiaran en Dios para satisfacer las necesidades de su iglesia. A Ruby Lee también le alegraba, ya que le admitió a Emma que su fe se había fortalecido gracias a esta experiencia.

Emma saludó con la mano cuando Jan y Star aparcaron sus motocicletas y se dirigieron hacia la casa. Si bien había dado muchas más clases de confección de acolchados en el curso de un año, sabía que siempre habría un lugar especial en su corazón para los alumnos de su primera clase.

Miró a Lamar y sonrió.

—¿No es lindo saber que el amor ve más allá de lo que la gente es hacia lo que puede ser?

Él se estiró para tomar la mano de Emma y le dio un suave apretón.

—Tienes razón, y me alegra tanto que podamos ser instrumentos del Señor en cualquier momento si estamos dispuestos.

RECETA DEL PASTEL DE ÁNGEL DE EMMA YODER

Ingredientes:

1 taza de media crema

1 taza de crema de montar espesa

½ taza de azúcar

⅛ cucharadita de sal

2 cucharadas (algo colmadas) de harina

1 cucharadita de vainilla

2 claras de huevo batidas a nieve

1 base para pastel cruda (9 pulgadas)

Precalentar el horno a 350 grados. En una cacerola colocar la media crema y la crema de montar. Calentar solo un poco. Apagar el fuego y agregar, mientras se bate con un batidor, el azúcar, la sal y la harina. Añadir la vainilla y luego las claras a nieve con movimientos envolventes. Verter dentro de la base para pastel. Hornear durante 45 minutos o hasta que el relleno no esté del todo firme.

Acerca de la autora

Wanda E. Brunstetter es una autora de libros muy vendidos que disfruta de la escritura acerca de temas relacionados con la comunidad amish, como así también de las novelas históricas. Descendiente de anabaptistas, Wanda comenzó a interesarse profundamente por los grupos de cristianos sencillos cuando se casó con su esposo, Richard, que creció en una iglesia menonita en Pennsylvania. Wanda y su esposo viven en el estado de Washington, pero aprovechan cualquier oportunidad para visitar a sus amigos amish en diferentes comunidades alrededor del país, lo que les permite reunir más información acerca de su estilo de vida.

Wanda y su esposo tienen dos hijos mayores y seis nietos. En su tiempo libre, Wanda disfruta de la fotografía, la ventriloquia, la jardinería, la lectura, coleccionar estampillas y divertirse con su familia.

Además de sus novelas, Wanda ha escrito dos libros de recetas amish, dos devocionarios amish, varios libros infantiles amish, como así también numerosas novelas, cuentos, artículos, poemas y guiones para títeres.

Visite el sitio web de Wanda en www.wandabrunstetter.com y siéntase libre de enviarle un mensaje a wanda@wandabrunstetter.com.

Preguntas para el debate

1. A pesar de que Emma agradecía la ayuda de su familia, no quería ser una carga y buscaba maneras de ser más independiente. ¿Cuáles son las cosas que podemos hacer para ayudar a nuestros familiares o amigos que hayan perdido a un ser querido sin hacerles sentir que son una carga?

2. A veces, luego de que una persona pierde a su esposo o esposa, se cierra a la idea de volver a casarse, con la creencia de que nadie podría ocupar el lugar del ser querido fallecido. ¿Emma se había cerrado demasiado a la idea de tener una amistad con Lamar? ¿Cuánto tiempo cree usted que debe esperar una persona luego de la muerte de su esposo o esposa para volver a casarse?

3. Debido a los problemas que tenían en la iglesia, Ruby Lee quería que su esposo abandonara el ministerio. ¿Abandonar es siempre la mejor respuesta cuando un pastor siente que su congregación está descontenta con él? ¿Qué otras opciones podría tener un pastor en lugar de abandonar una iglesia para la que fue llamado a guiar?

4. ¿Ruby Lee apoyó lo suficiente a su esposo, o se sentía tan en el límite que no veía ninguna posibilidad de final feliz? ¿De qué maneras podemos mantener fortalecida nuestra fe cuando atravesamos momentos difíciles?

5. Jan, al sentirse muy herido porque su novia lo abandonó, eligió no volver a comprometerse con ninguna otra mujer. ¿De qué manera una persona puede manejar el rechazo y no permitir que lo afecte en sus relaciones futuras?

6. Pam le escondió a Stuart las decepciones que había tenido en su infancia. ¿Existe algún momento en el que una persona deba esconderle cierta información acerca de su pasado a su esposo o esposa? ¿De qué manera la infancia de Pam la afectó como adulta? ¿De qué manera una persona puede lidiar con las cicatrices de su infancia y no permitir que afecte su matrimonio?

7. La comunicación es importante en el matrimonio. ¿Stuart y Pam tenían una relación sincera, o callaban demasiados sentimientos? ¿Cuán importante es la sinceridad en el matrimonio? ¿De qué maneras una pareja casada puede aprender a ser más sincera?

8. Al principio, Stuart no entendía por qué a Pam no le gustaba acampar ni pescar. ¿Qué podría haber hecho para lograr que se sintiera más cómoda con la idea? ¿Él tendría que haber estado dispuesto a quedarse más en casa y hacer otras cosas en familia?

9. Star, como creció sin un padre, tenía problemas con el abandono y la autoestima. También creía que su madre se preocupaba más por sus propias necesidades que por las de Star. ¿De qué maneras un padre o madre soltera puede asegurarse de que sus hijos se sienten amados y seguros? ¿De qué forma un adulto que creció con un padre o madre solamente puede lograr sentirse más seguro?

10. A veces Paul se sentía culpable al dejar a su bebé en la guardería o con una niñera. ¿De qué manera un padre o madre, especialmente si lo está criando solo, puede lidiar con los sentimientos de culpa cuando deja a sus hijos con una niñera? Paul también lidiaba con el hecho de que su cuñada lo culpaba por el accidente de su esposa. ¿Cómo podemos manejar el dolor de ser acusados injustamente?

11. ¿Cómo cree que los amish ven a quienes no pertenecen a su comunidad? ¿Cree que la reacción de Emma hacia sus alumnos fue la habitual para una mujer amish que enseña a confeccionar acolchados? ¿Cree que existen problemas de prejuicio dentro de la comunidad amish?

12. ¿Hubo algo en particular que aprendió al leer este libro? ¿Alguno de los versículos de las Escrituras le llegó al corazón?